O LIVRO DO RISO E DO ESQUECIMENTO

MILAN KUNDERA

O LIVRO DO RISO E DO ESQUECIMENTO

Tradução
Teresa Bulhões Carvalho da Fonseca

4ª reimpressão

Título original
Kniha Smichu a Zapomnéni

Tradução autorizada pelo autor, com base na versão francesa de François Kérel

Tradução anteriormente publicada pela Editora Nova Fronteira S.A.

Capa
Jeff Fisher

Preparação
Valéria Franco Jacintho

Revisão
Pedro Carvalho
Renato Potenza Rodrigues

Dados Internacionais de Catalogação na Publicação (CIP)
(Câmara Brasileira do Livro, SP, Brasil)

Kundera, Milan, 1929-
O livro do riso e do esquecimento / Milan Kundera; tradução Teresa Bulhões Carvalho da Fonseca. — São Paulo : Companhia das Letras, 2008.

Título original: Kniha Smichu a Zapomnéni.
ISBN 978-85-359-1360-6

1. Romance tcheco I. Título.

08-10478 CDD-891.863

Índice para catálogo sistemático:
1. Romances : Literatura tcheca 891.863

EDITORA SCHWARCZ S.A.
Rua Bandeira Paulista, 702, cj. 32
04532-002 — São Paulo — SP
Telefone: (11) 3707-3500
www.companhiadasletras.com.br
www.blogdacompanhia.com.br

SUMÁRIO

Primeira parte
AS CARTAS PERDIDAS

1

Em fevereiro de 1948, o dirigente comunista Klement Gottwald postou-se na sacada de um palácio barroco de Praga para discursar longamente para centenas de milhares de cidadãos concentrados na praça da Cidade Velha. Foi um grande marco na história da Boêmia. Um momento fatídico que ocorre uma ou duas vezes por milênio.

Gottwald estava cercado por seus camaradas, e a seu lado, bem perto, encontrava-se Clementis. Nevava, fazia frio e Gottwald estava com a cabeça descoberta. Clementis, muito solícito, tirou seu gorro de pele e o colocou na cabeça de Gottwald.

O departamento de propaganda reproduziu centenas de milhares de exemplares da fotografia da sacada de onde Gottwald, com o gorro de pele e cercado por seus camaradas, falou ao povo. Foi nessa sacada que começou a história da Boêmia comunista. Todas as crianças conheciam essa fotografia por a terem visto em cartazes, em livros ou nos museus.

Quatro anos mais tarde, Clementis foi acusado de traição e enforcado. O departamento de propaganda imediatamente fez com que ele desaparecesse da História e, claro, de todas as fotografias. Desde então Gottwald está sozinho na sacada. No lugar em que estava Clementis, não há mais nada a não ser a parede vazia do palácio. De Clementis, só restou o gorro de pele na cabeça de Gottwald.

2

Estamos em 1971 e Mirek diz: a luta do homem contra o poder é a luta da memória contra o esquecimento.

Ele quer justificar assim aquilo que seus amigos chamam de imprudência: mantém cuidadosamente seu diário, guarda sua correspondência, redige as minutas de todas as reuniões em que discutem a situação e se indagam como continuar. Ele lhes explica: não estão fazendo nada que seja contra a Constituição. Esconder-se e sentir-se culpado seria o começo da derrota.

Há uma semana, quando trabalhava com sua equipe de montadores de obra no telhado de um edifício em construção, olhou para baixo e sentiu vertigem. Perdeu o equilíbrio e segurou-se numa viga mal consolidada, que soltou; em seguida foi preciso retirá-lo dali. À primeira vista, o ferimento parecia sério, mas pouco depois, quando verificou que se tratava apenas de uma fratura banal do antebraço, pensou com satisfação que iria ter algumas semanas de folga e que poderia finalmente pôr em dia problemas com os quais não pudera se ocupar até então.

Afinal acabou enquadrando-se na opinião de seus amigos mais prudentes. A Constituição, é verdade, garante a liberdade de palavra, mas as leis punem tudo que pode ser qualificado de atentado à segurança do Estado. Nunca se sabe quando o Estado vai começar a gritar que essa palavra ou aquela atentam contra a sua segurança. Decidiu portanto levar para lugar seguro seus escritos comprometedores.

Mas quer primeiro acertar esse problema com Zdena. Telefonou para a cidade onde ela mora, mas não conseguiu encontrá-la. Perdeu assim quatro dias. Só ontem conseguiu falar com ela. Ela prometeu esperá-lo à tarde.

O filho de Mirek, que tem dezessete anos, protestou: Mirek não podia dirigir com um braço engessado. Na verdade, ele dirigia com dificuldade. O braço machucado, na tipóia, balançava diante do peito, impotente e inútil. Para mudar de marcha, Mirek era obrigado a largar o volante.

3

Tivera uma ligação com Zdena havia vinte e cinco anos e, dessa época, restavam-lhe apenas algumas lembranças.

Um dia em que se encontraram, ela não parava de enxugar os olhos com um lenço e fungava. Ele lhe perguntou o que tinha. Ela explicou que um homem de Estado russo morrera na véspera. Um certo Jdanov, Arbouzov ou Masturbov. A julgar pela abundância das lágrimas, a morte de Masturbov a sensibilizara mais do que a morte do próprio pai.

Teria isso acontecido realmente? Não seria apenas a raiva que ele sentia agora que inventava esse choro pela morte de Masturbov? Não, isso sem dúvida acontecera. Mas evidentemente é verdade que as circunstâncias imediatas que haviam tornado aquelas lágrimas verossímeis e reais lhe escapavam hoje, e que a lembrança delas as tornava inverossímeis como uma caricatura.

Todas as lembranças que ele tinha dela eram assim: Voltavam juntos, de bonde, do apartamento onde haviam feito amor pela primeira vez. (Mirek constatava com especial satisfação que esquecera totalmente suas relações sexuais, não conseguindo lembrar nem um detalhe delas.) Ela estava sentada num canto do banco, o bonde sacolejava, e estava com a fisionomia aborrecida, fechada, espantosamente velha. Quando ele lhe perguntou por que estava tão taciturna, soube que ela não ficara satisfeita com a maneira como tinham feito amor. Disse que ele fizera amor como um intelectual.

A palavra *intelectual*, no jargão político de então, era um insulto. Designava um homem que não compreende a vida, que está excluído do povo. Todos os comunistas que foram enforcados nessa época por outros comunistas foram agraciados com essa injúria. Ao contrário daqueles que tinham os pés solidamente na terra, deles dizia-se que pairavam em algum lugar no espaço. Era portanto justo, em certo sentido, que, como castigo, a terra fosse definitivamente negada a seus pés e que eles ficassem suspensos um pouco acima do solo.

Mas o que Zdena queria dizer quando o acusava de fazer amor como um intelectual?

Por uma razão ou por outra, ela estava descontente com ele e, assim como ela era capaz de impregnar a relação mais irreal (a relação com Masturbov, que ela não conhecia) com o sentimento mais concreto (materializado numa lágrima), era capaz de dar ao mais concreto dos atos uma significação abstrata e à sua insatisfação uma denominação política.

4

Ele olha pelo retrovisor e percebe que um carro de turismo, sempre o mesmo, vem atrás dele. Nunca duvidou que fosse seguido, mas até agora agiram com discrição exemplar. Hoje aconteceu uma mudança radical: querem que ele perceba a presença deles.

No meio do campo, há uns vinte quilômetros de Praga, existe uma grande cerca e, atrás dela, um posto de gasolina com uma oficina. Ele tem um amigo que trabalha lá, e gostaria de mandar trocar o motor de arranque defeituoso. Parou o carro em frente à entrada bloqueada por uma barreira pintada com listras vermelhas e brancas. Ao lado, de pé, estava uma mulher gorda. Mirek esperou que ela levantasse a barreira, mas ela se contentou em olhá-lo longamente, sem se mexer. Ele buzinou, mas em vão. Pôs a cabeça para fora da janela. "Eles ainda não prenderam você?", perguntou a mulher.

"Não, eles ainda não me prenderam", respondeu Mirek. "Você poderia levantar a barreira?"

Com ar ausente ela continuou olhando para ele durante longos segundos, depois bocejou e voltou para sua guarita. Instalou-se ali, atrás da mesa, e não lhe dirigiu mais o olhar.

Ele então desceu do carro, contornou a barreira e foi até a oficina procurar o mecânico, que era seu conhecido. Este voltou com ele e levantou a barreira (a mulher gorda continuava sentada na guarita com o mesmo olhar ausente) para que Mirek pudesse entrar no pátio com o carro.

"Viu? É porque você apareceu demais na televisão", disse o mecânico. "Todas as mulheres reconhecem você."

"Quem é?", perguntou Mirek.

Ficou sabendo que a invasão da Boêmia pelo Exército russo, que ocupara o país e exercia sua influência por toda parte, representou para ela o sinal de uma vida fora do comum. Via que as pessoas colocadas acima dela (e o mundo inteiro estava acima dela) eram, ao menor pretexto, privadas de seu poder, sua posição, seu emprego e seu pão, e isso a excitava; ela começara a denunciar por conta própria.

"E como é que ainda continua como guarda? Ela ainda não foi promovida?"

O mecânico sorriu: "Ela não sabe nem contar até dez. Não podem lhe arranjar outro trabalho. Não podem fazer outra coisa senão reafirmar seu direito de denunciar. Isso é que é promoção para ela!".

Levantou o capô e olhou o motor.

De repente Mirek se deu conta de que havia um homem ao seu lado. Virou-se: o homem vestia paletó cinza, camisa branca com gravata e calça marrom. Em cima do pescoço grosso e do rosto inchado ondulava uma cabeleira grisalha frisada a ferro. Estava plantado de pé e observava o mecânico debruçado sob o capô levantado.

Ao fim de um instante, o mecânico também se deu conta

de sua presença, levantou-se e perguntou: "Está procurando alguém?".

O homem de pescoço grosso e rosto inchado respondeu: "Não, não estou procurando ninguém".

O mecânico debruçou-se novamente sobre o motor e disse:

"Na praça São Venceslau, em Praga, um sujeito está vomitando. Outro sujeito passa diante dele, olha-o com tristeza e balança a cabeça: se você soubesse como eu o compreendo..."

5

O assassinato de Allende encobriu rapidamente a lembrança da invasão da Boêmia pelos russos, o sangrento massacre de Bangladesh fez esquecer Allende, a guerra no deserto do Sinai cobriu com seu alarido as lamentações de Bangladesh, os massacres do Camboja fizeram esquecer o Sinai, e assim por diante, até o esquecimento completo de tudo por todos.

Numa época em que a História caminhava ainda lentamente, seus acontecimentos pouco numerosos se inscreviam facilmente na memória e teciam um pano de fundo conhecido de todos, diante do qual a vida privada apresentava o espetáculo cativante de suas aventuras. Hoje, o tempo avança a grandes passos. O acontecimento histórico, esquecido numa noite, cintila a partir do dia seguinte com o orvalho do novo e não é mais, portanto, um pano de fundo no relato do narrador, mas sim uma surpreendente *aventura* que se desenrola no segundo plano da banalidade, demasiadamente familiar, da vida privada.

Não existe um só acontecimento histórico que se possa supor conhecido de todos, é preciso falar de acontecimentos que se passaram há alguns anos como se tivessem mil anos: Em 1939, o Exército alemão invadiu a Boêmia, e o Estado dos tchecos deixou de existir. Em 1945, o Exército russo invadiu a Boêmia, e o país foi mais uma vez chamado de República independente. As pessoas ficaram entusiasmadas com a Rússia, que expulsara os alemães, e, como viam no Partido Comunista Tcheco seu braço fiel, transferiram para ele suas simpatias. Com isso, quando os comunistas se apossaram do poder em fevereiro de 1948, não o fizeram nem com sangue nem pela violência, e sim saudados pelo alegre clamor de cerca da metade do país. Agora, prestem atenção: essa metade, que dava gritos de alegria, era mais dinâmica, mais inteligente, melhor.

Sim, não importa o que digam, os comunistas eram mais inteligentes. Tinham um programa grandioso. O plano de um mundo inteiramente novo onde todos encontrariam seu lugar. Os que estavam contra eles não tinham grandes sonhos, apenas alguns princípios morais gastos e enfadonhos, de que queriam se servir para remendar a calça furada da ordem estabelecida. Portanto, não é de surpreender que esses entusiastas, esses corajosos tenham triunfado facilmente sobre os tíbios e os prudentes e que tenham bem depressa empreendido a realização de seu sonho, esse idílio de justiça para todos.

Sublinho: *idílio* e *para todos*, pois todos os seres humanos aspiram desde sempre ao idílio, a esse jardim em que cantam os rouxinóis, a esse reino da harmonia em que o mundo não se coloca como um estranho contra o homem, e o homem contra os outros homens, mas em que, ao contrário, o mundo e todos os homens são moldados numa única e mesma matéria. Lá cada um é uma nota de uma sublime fuga de Bach, e quem não quer ser uma nota torna-se um ponto negro inútil e destituído de sentido, que basta apanhar e esmagar sob a unha como uma pulga.

Há pessoas que logo compreenderam que não tinham o

temperamento necessário para o idílio e quiseram partir para o estrangeiro. Mas, como o idílio é essencialmente um mundo para todos, os que desejavam emigrar se revelaram negadores do idílio e, em vez de irem para o estrangeiro, foram para trás das grades. Outros não demoraram a seguir o mesmo caminho aos milhares e dezenas de milhares, e entre estes havia inúmeros comunistas, como o ministro das Relações Exteriores, Clementis, que emprestara seu gorro de pele a Gottwald. Nas telas dos cinemas, os tímidos apaixonados se davam as mãos, o adultério era severamente reprimido pelos tribunais de honra, formados por cidadãos comuns, os rouxinóis cantavam, e o corpo de Clementis balançava como um sino repicando pela nova manhã da humanidade.

Então, esses seres jovens, inteligentes e radicais tiveram subitamente a estranha sensação de ter lançado no vasto mundo a ação que começava a viver por conta própria, deixando de se parecer com a idéia que eles haviam concebido, deixando de se importar com os que tinham lhe dado origem. Esses seres jovens e inteligentes puseram-se a gritar por sua ação, a chamá-la, a culpá-la, a persegui-la, a caçá-la. Se eu escrevesse um romance sobre a geração desses seres dotados e radicais, eu lhe daria o título de *A caça à ação perdida*.

6

O mecânico fechou o capô e Mirek perguntou quanto lhe devia.

"Nada", respondeu o mecânico.

Mirek sentou-se ao volante, comovido. Não tinha a menor vontade de continuar sua viagem. Preferia ficar com o mecânico ouvindo histórias engraçadas. O mecânico debruçou-se para dentro do carro e deu-lhe um tapinha amistoso. Em seguida, dirigiu-se à guarita para levantar a barreira.

Quando Mirek passou diante dele, o mecânico lhe mostrou com um movimento de cabeça o carro estacionado em frente à entrada do posto de gasolina.

O homem do pescoço grosso e cabelo ondulado estava postado ao lado da porta do carro aberta. Olhava para Mirek. O sujeito na direção também o observava. Os dois homens o encaravam com insolência e sem constrangimento, e Mirek, ao passar perto deles, esforçou-se para olhá-los com a mesma expressão.

Passou por eles e viu pelo retrovisor que o sujeito entrou no carro e deu meia-volta para poder continuar a segui-lo.

Pensou então que realmente deveria ter se descartado antes de seus papéis comprometedores. Se tivesse feito isso desde o dia de seu acidente, sem esperar para conseguir falar com Zdena por telefone, poderia ainda tê-los transportado sem perigo. Só que não conseguia pensar em outra coisa senão nessa viagem para ver Zdena. Na verdade, pensa nisso há muitos anos. Mas, nessas últimas semanas, sente que não pode esperar mais, porque seu destino se aproxima do fim a grandes passos, e ele deve fazer tudo por sua perfeição e beleza.

7

Nesses dias longínquos em que rompera com Zdena (a ligação dos dois tinha durado aproximadamente três anos), ele experimentava o sentimento perturbador de uma imensa liberdade, e tudo de repente começava a dar certo para ele. Pouco depois casou com uma mulher cuja beleza lhe dava finalmente segurança. Tempos depois sua mulher morreu e ele ficou sozinho com o filho, numa solidão sedutora que lhe proporcionava a admiração, o interesse e a solicitude de muitas outras mulheres.

Ao mesmo tempo, ele se impunha na pesquisa científica e esse sucesso o protegia. O Estado precisava dele, e assim ele podia se permitir ser cáustico em relação a este, numa época em que ainda quase ninguém ousava sê-lo. Pouco a pouco, à medida que aqueles que perseguiam a própria ação aumentavam sua influência, ele começou a aparecer cada vez mais nas telas de televisão e tornou-se uma celebridade. Depois da chegada dos russos, quando se recusou a negar suas convicções, foi demitido e cercado por policiais à paisana. Isso não o abateu. Estava apaixonado por seu próprio destino e sua caminhada para a ruína parecia-lhe nobre e bela.

Compreendam-me bem: eu não disse que ele estava apaixonado por si mesmo, mas por seu destino. São duas coisas totalmente diferentes. Como se sua vida se emancipasse e tivesse de repente seus próprios interesses, que não correspondiam de maneira alguma aos de Mirek. É assim que, na minha opinião, a vida se transforma em destino. O destino não tem intenção de levantar nem ao menos o dedo mindinho por Mirek (por sua felicidade, sua segurança, seu bom humor e sua saúde), ao passo que Mirek está pronto a fazer tudo por seu destino (por sua grandeza, sua clareza, sua beleza, seu estilo e seu significado). Ele se sente responsável por seu destino, mas seu destino não se sente responsável por ele.

Tinha com sua vida a mesma relação que o escultor tem com sua escultura ou o romancista com seu romance. O direito intangível do romancista é poder retrabalhar seu romance. Se o começo não lhe agrada, pode reescrevê-lo ou suprimi-lo. Mas a existência de Zdena recusava a Mirek essa prerrogativa do autor. Zdena insistia em permanecer nas primeiras páginas do romance e não se deixava apagar.

8

Mas por que exatamente sentiria ele tanta vergonha?

A explicação mais fácil é esta: Mirek é daqueles que muito cedo perseguiram sua própria ação, ao passo que Zdena foi sempre fiel ao jardim onde cantam os rouxinóis. Nos últimos tempos, ela fazia parte dos dois por cento da nação que acolheu com alegria a chegada dos tanques russos.

Sim, é verdade, mas não creio que essa explicação seja convincente. Se houvesse apenas essa razão, o fato de ela ter se alegrado com a chegada dos tanques russos, ele a teria insultado em voz alta, publicamente, mas não teria negado que a conhecia. Era de uma coisa mais grave que Zdena se tornara culpada em relação a ele. Ela era feia.

Mas o que importava que ela fosse feia, já que havia vinte anos não dormia com ela?

Isto contava: mesmo de longe, o nariz grande de Zdena projetava uma sombra em sua vida.

Anos antes, tivera uma amante bonita. Um dia, ela fora até a cidade onde Zdena mora e voltara contrariada: "Diga, como é que você pôde dormir com aquele horror?".

Ele declarou só conhecê-la de vista e negou energicamente ter tido um caso com ela.

Pois o grande segredo da vida não lhe era desconhecido: As mulheres não procuram o homem bonito. As mulheres procuram o homem que teve mulheres bonitas. Portanto, é um erro fatal ter uma amante feia. Mirek esforçou-se para varrer qualquer traço de Zdena e, como aqueles que gostavam dos rouxinóis o detestavam cada dia mais, ele esperava que Zdena, que constituía uma carreira diligente como elemento remunerado do partido, fosse esquecê-lo rápido e de bom grado.

Mas se enganara. Ela falava sempre dele, por toda parte e em todas as oportunidades. Uma vez, por uma funesta coincidência, eles se encontraram numa reunião social, e ela apressou-se em lembrar um fato que mostrava claramente que tinham sido muito íntimos.

Ele ficou fora de si.

Uma outra vez, um de seus amigos que a conhecia perguntou-lhe: "Se você detesta tanto essa moça, me diga, por que viveu com ela?".

Mirek começou a lhe explicar que na época era um garoto bobo de vinte anos, e ela era sete anos mais velha. Ela era respeitada, admirada, poderosa! Conhecia todo mundo no comitê central do partido! Ajudava-o, estimulava-o, apresentava-o a pessoas influentes!

"Eu era um arrivista, seu idiota!", começou a gritar. "Foi por isso que me pendurei no pescoço dela, e nem me importei que ela fosse feia!"

9

Mirek não está dizendo a verdade. Embora tivesse chorado a morte de Masturbov, Zdena, há vinte e cinco anos, não tinha grandes relações e não tinha nenhum meio de fazer carreira, nem de facilitar a carreira dos outros.

Então por que ele inventou isso? Por que mentiu?

Ele segura o volante com uma das mãos, pelo retrovisor vê o carro da polícia secreta e subitamente enrubesce. Uma lembrança inteiramente inesperada acaba de surgir na sua memória:

Quando ela reclamou, na primeira vez em que dormiram juntos, de seu jeito muito intelectual, ele quis, logo no dia seguinte, retificar essa impressão e demonstrar uma paixão espontânea, desenfreada. Não, não era verdade que esquecera todas as suas relações sexuais! Esta ele vê com muita clareza: Ele se movia sobre ela com fingida violência, arrancava de dentro de si um longo gemido, como um cão que se bate com o chinelo do dono, e ao mesmo tempo observava (com ligeiro estupor) a mulher estendida debaixo dele, muito calma, silenciosa e quase impassível.

O automóvel ressoava com esse gemido velho de vinte e cinco anos, ruído insuportável de sua submissão e de seu zelo servil, ruído de sua solicitude e de sua complacência, de seu ridículo e de sua miséria.

Sim, era isso: Mirek chegava a se proclamar arrivista, a fim de não ter de confessar a verdade: ele dormira com um bucho porque não ousava abordar as mulheres bonitas. Ele mesmo achava que não merecia mais que uma Zdena. Essa fraqueza, essa pobreza, era o segredo que ele escondia.

O automóvel ressoava com o gemido frenético da paixão, e esse ruído lhe provava que Zdena nada mais era do que a imagem enfeitiçada que ele queria alcançar para nela destruir sua própria juventude detestada.

Parou diante da casa dela. O carro que o seguia parou atrás.

10

Os acontecimentos históricos quase sempre imitam uns aos outros sem talento, mas parece-me que na Boêmia a História pôs em cena uma situação jamais experimentada. Lá não foi, como nos moldes antigos, um grupo de homens (uma classe, um povo) que insurgiu contra um outro, mas homens (uma geração de homens e mulheres) que se rebelaram contra sua própria juventude.

Eles se esforçavam em agarrar e domar sua própria ação, e por pouco não o conseguiram. Nos anos 60, conquistaram cada vez mais influência, e no começo de 1968 a influência deles era quase irrestrita. É esse período que é chamado normalmente de Primavera de Praga: os guardiões do idílio se viram forçados a desmontar os microfones dos apartamentos particulares, as fronteiras foram abertas e as notas fugiram da grande partitura de Bach para soar cada uma a seu modo. Foi uma incrível alegria, um carnaval!

A Rússia, que compôs a grande fuga para todo o globo terrestre, não podia tolerar que as notas se espalhassem. Em 21 de agosto de 1968, mandou para a Boêmia um exército de meio milhão de homens. Pouco depois, mais ou menos cento e vinte mil tchecos deixaram o país, e, entre os que ficaram, mais ou menos quinhentos mil foram obrigados a trocar seu emprego por oficinas perdidas em fins de mundo, por fábricas distantes, pelo volante de caminhões, isto é, por lugares em que ninguém mais ouviria suas vozes.

E para que a sombra de uma lembrança má não consiga distrair o país de seu idílio restaurado, é preciso que a Primavera de Praga e a chegada dos tanques russos, essa mancha numa História bonita, sejam reduzidas a nada. É por isso que hoje, na Boêmia, passa-se em silêncio o aniversário do 21 de agosto, e os nomes daqueles que se rebelaram contra sua própria juventude são cuidadosamente apagados da memória do país como um erro na lição de casa de um colegial.

Também apagaram o nome de Mirek. E, se nesse momento ele está subindo os degraus que vão levá-lo à porta de Zdena, é que na realidade não é senão uma mancha branca, um fragmento de vazio circunscrito que sobe a espiral da escada.

11

Sentado em frente a Zdena, ele balança o braço na tipóia. Zdena olha para o lado, evita seus olhos e fala sem parar:

"Não sei por que você veio. Mas fico contente que esteja aqui. Falei com uns camaradas. Afinal de contas, é um absurdo que você acabe seus dias trabalhando num canteiro de obras. Sei com certeza que o partido ainda não fechou as portas para você. Ainda está em tempo."

Ele pergunta o que deve fazer.

"É preciso pedir uma audiência. Você mesmo. É você que deve dar o primeiro passo."

Ele sabe do que se trata. Avisam que ele tem ainda cinco minutos, os cinco últimos, para proclamar bem alto que renega tudo aquilo que disse e fez. Conhece esse mercado. Estão prontos a vender às pessoas um futuro em troca de seu passado. Vão obrigá-lo a falar na televisão com uma voz estrangulada para explicar ao povo que estava enganado quando falava contra a Rússia e contra os rouxinóis. Vão forçá-lo a jogar longe sua vida e transformar-se numa sombra, num homem sem passado, num ator sem papel, e a transformar em sombra até mesmo sua vida rejeitada, até mesmo esse papel abandonado pelo ator. Dessa maneira, metamorfoseado em sombra, eles o deixarão viver.

Ele olha para Zdena: Por que ela fala tão depressa e com voz tão hesitante? Por que olha de lado, por que evita seus olhos?

É mais do que evidente: ela lhe preparou uma armadilha. Agiu de acordo com instruções do partido ou da polícia. Tem a tarefa de convencê-lo a capitular.

12

Mas Mirek se engana! Ninguém encarregou Zdena de negociar com ele. Ah, não! Ninguém mais hoje em dia, entre os poderosos, concederia uma audiência a Mirek, mesmo que ele implorasse. É tarde demais.

Se Zdena o incita a fazer alguma coisa para se salvar e se pretende transmitir a ele um recado dos camaradas que ocupam postos mais importantes, é apenas porque sente um desejo vago e confuso de ajudá-lo. E, se fala tão depressa e evita seus olhos, não é porque tem nas mãos uma armadilha pronta, e sim porque tem as mãos absolutamente vazias.

Não teria Mirek compreendido isso?

Ele sempre pensou que Zdena fosse tão freneticamente fiel ao partido por fanatismo.

Não é verdade. Ela havia continuado fiel ao partido porque amava Mirek.

Quando ele a deixara, ela tinha desejado apenas uma coisa: provar que a fidelidade é um valor superior a todos os outros. Quis provar que ele era infiel *em tudo* e que ela era *em tudo* fiel. Aquilo que parecia fanatismo político era apenas um pretexto, uma parábola, uma manifestação de fidelidade, uma censura cifrada por uma desilusão amorosa.

Eu a imagino, numa bela manhã de agosto, acordando, sobressaltada, com o barulho horrível dos aviões. Sai para a rua correndo e as pessoas, enlouquecidas, dizem que o exército russo ocupou a Boêmia. Ela explode num riso histérico! Os tanques russos tinham vindo punir todos os infiéis! Finalmente ela iria ver a queda de Mirek! Finalmente iria vê-lo de joelhos! Finalmente ia poder inclinar-se sobre ele como aquela que sabe o que é a fidelidade, e ajudá-lo.

Mirek resolveu interromper brutalmente a conversa que tinha tomado um rumo duvidoso.

"Você lembra que em outros tempos escrevi muitas cartas para você. Gostaria de tê-las de volta."

Ela levantou a cabeça com um ar surpreso: "Cartas?".

"É, minhas cartas. Devo ter escrito umas cem naquela época."

"Ah, sei, suas cartas", ela diz e bruscamente pára de desviar o olhar e fixa-o diretamente nos olhos dele. Mirek tem a impressão desagradável de que ela enxerga o fundo de sua alma e sabe exatamente o que ele quer e por quê.

"Suas cartas, é, suas cartas", ela repete. "Eu as reli há

pouco tempo. E me perguntei como é que você pôde ser capaz de tamanha explosão de sentimentos."

E ela repete muitas vezes essas palavras, *explosão de sentimentos*, não as pronuncia com pressa, numa cadência precipitada, mas lentamente, com uma voz pausada, como se visasse um alvo que não quer errar, e não tira os olhos dele, para ter certeza de que acertou na mosca.

13

O braço engessado balança diante de seu peito e seu rosto está vermelho: pode-se dizer que ele acaba de levar uma bofetada.

Ah, sim! É verdade que suas cartas eram terrivelmente sentimentais. Ele precisava provar a si próprio, a qualquer preço, que não eram sua fraqueza e sua miséria que o prendiam àquela mulher, mas sim o amor! E só uma paixão realmente imensa podia justificar uma ligação com uma mulher tão feia.

"Você me escrevia que eu era sua companheira de combate, lembra?"

Ele enrubesceu mais ainda: seria possível? Que palavra infinitamente ridícula essa, *combate*! O que era o combate deles? Eles assistiam a reuniões intermináveis, ficavam com bolhas nas nádegas, mas, quando se levantavam para proferir opiniões extremas (era preciso castigar ainda mais duramente o inimigo de classe, formular esta ou aquela idéia em termos ainda mais categóricos), tinham a impressão de que pareciam personagens de quadros históricos: ele cai por terra, um revólver na mão e um ferimento sangrando no ombro, e ela, de pistola em punho, vai em frente, até onde ele não conseguiu chegar.

Naquele tempo ele ainda tinha a pele coberta de acne

juvenil e, para que isso não fosse notado, trazia sobre o rosto a máscara da revolta. Contava para todo mundo que rompera para sempre com o pai, um rico fazendeiro. Cuspia, dizia ele, na cara da secular tradição rural que estava ligada à terra e à propriedade. Descrevia a cena da briga e sua dramática saída da casa paterna. Em tudo isso não havia um grama de verdade. Hoje, quando olha para trás, não vê senão lendas e mentiras.

"Naquele tempo, você era um homem diferente do de hoje", disse Zdena.

E ele imagina-se levando consigo o pacote de cartas. Pára diante da primeira lixeira, segura prudentemente as cartas entre os dedos, como se fossem papéis sujos de merda, e as joga no meio do lixo.

14

"Para que iriam lhe servir essas cartas?", pergunta ela. "Para que exatamente você as quer?"

Ele não podia dizer que queria jogá-las na lixeira. Assumiu então uma voz melancólica e começou a contar-lhe que estava numa idade em que se olha para trás.

(Sentia-se pouco à vontade ao dizer isso, tinha a impressão de que seu conto de fadas não era convincente, e estava envergonhado.)

É, ele olha para trás, porque hoje esquece aquele que foi na juventude. Sabe que fracassou. É por isso que quer saber de onde partiu, para compreender onde cometeu o erro. É por isso que quer voltar à sua correspondência com Zdena, para encontrar aí o segredo de sua juventude, seus começos e suas raízes.

Ela balançou a cabeça negativamente: "Nunca vou devolvê-las a você".

Ele mentiu: "Queria apenas emprestado".

Ela balançou de novo a cabeça negativamente.

Ele pensou que em algum lugar, nesse apartamento, estavam suas cartas e que a qualquer momento ela poderia dá-las para qualquer um ler. Achava insuportável que um pedaço de sua vida ficasse nas mãos de Zdena, tinha vontade de bater na cabeça dela com o pesado cinzeiro de vidro que estava entre eles, em cima da mesa baixa, e levar suas cartas. Em vez disso, recomeçou a explicar-lhe que olhava para trás e queria saber de onde tinha partido.

Ela se levantou e o fez se calar com um olhar: "Nunca vou devolver as cartas. Nunca".

15

Quando saíram juntos do prédio de Zdena, os dois carros estavam estacionados, um atrás do outro, diante da porta. Os tiras andavam de um lado para o outro na calçada em frente. Nesse momento pararam e ficaram olhando.

Ele os mostrou: "Esses dois homens me seguiram o tempo todo na estrada".

"Verdade?", disse ela, incrédula, com uma ironia forçada. "Todo mundo persegue você?"

Como pode ela ser cínica a ponto de afirmar-lhe na cara que os dois homens que os estão examinando de maneira ostensiva e com insolência são apenas transeuntes ocasionais?

Só existe uma explicação: Ela faz o jogo deles. O jogo que consiste em fingir que a polícia secreta não existe e que ninguém é perseguido.

Enquanto isso, os tiras atravessaram a rua e, sob o olhar de Mirek e Zdena, entraram no carro.

"Passe bem", disse Mirek, sem nem ao menos olhá-la. Tomou a direção. Viu pelo retrovisor o carro dos tiras, que acabava de arrancar atrás dele. Não via Zdena. Não queria vê-la. Não queria vê-la nunca mais.

Por isso não soube que ela ficou na calçada e que o seguiu por muito tempo com os olhos. Tinha um ar assustado.

Não, não era cinismo da parte de Zdena recusar-se a reconhecer como tiras os dois homens que andavam de um lado para o outro na calçada em frente. Ela fora tomada de pânico diante de coisas que não compreendia. Quisera esconder-lhe a verdade, e escondê-la de si mesma.

16

Um carro esporte vermelho dirigido por um motorista em desabalada carreira apareceu de repente entre Mirek e os tiras. Ele pisou no acelerador. Eles entraram num povoado. A estrada fazia uma curva. Mirek compreendeu que naquele momento seus perseguidores não podiam vê-lo e desviou por uma pequena rua. Os freios cantaram e um garoto que se preparava para atravessar a rua teve o tempo exato de se jogar para trás. Mirek enxergou pelo retrovisor o carro vermelho que corria pela estrada principal. Mas o carro dos perseguidores ainda não passara. Um instante depois ele conseguiu entrar numa outra rua e desaparecer assim definitivamente do campo visual dos dois.

Saiu da cidade por um caminho que ia numa direção inteiramente diferente. Ninguém o seguia, a estrada estava deserta.

Ele imaginou os infelizes tiras que o procuravam e que tinham medo de ser esganados pelos superiores. Desatou a rir. Diminuiu a velocidade e começou a olhar a paisagem. Na verdade, nunca tinha olhado a paisagem. Ia sempre em direção a um objetivo, para resolver uma coisa ou discutir outra, de modo que o espaço do mundo se tornara para ele uma coisa negativa, perda de tempo, obstáculo que freava sua atividade.

A certa distância diante dele, duas barreiras com listras vermelhas e brancas se abaixam lentamente. Ele pára.

De repente sente-se infinitamente cansado. Por que foi vê-la? Por que quis ter de volta aquelas cartas?

Sente-se assaltado por tudo que há de absurdo, de ridículo, de pueril em sua viagem. Não foi um raciocínio nem um cálculo que o levou até ela, mas um desejo insuportável. O desejo de estender o braço até seu passado e esmagá-lo com o punho. O desejo de dilacerar com uma faca o quadro de sua juventude. Um desejo arrebatado que ele não pôde dominar e que vai continuar insatisfeito.

Sente-se infinitamente cansado. Agora, sem dúvida, não vai mais conseguir retirar do seu apartamento os papéis comprometedores. Os tiras estão nos seus calcanhares, não vão largá-lo. É tarde demais. Sim, tarde demais para tudo.

Ouviu ao longe o arquejo de um trem. Em frente à casa do guarda-cancela estava uma mulher com um lenço vermelho na cabeça. O trem aproximava-se, era um veículo lento, um bom camponês com seu cachimbo pendurava-se numa janela e cuspia. Depois ouviu um toque contínuo de campainha, e a mulher do lenço vermelho deu alguns passos em direção à passagem de nível e girou uma manivela. As barreiras começaram a levantar, e Mirek arrancou. Entrou numa pequena cidade, que era apenas uma rua interminável em cujo fim ficava a estação: uma casinha baixa e branca, com uma cerca de madeira através da qual se viam a plataforma e os trilhos.

17

As janelas da estação estão enfeitadas de vasos de flores onde crescem begônias. Mirek parou o carro. Está sentado ao volante e olha a casa, a janela e as flores vermelhas. De uma época há muito esquecida chega à sua lembrança a imagem de uma outra casa pintada de branco, que tinha na beirada das janelas a vermelhidão das pétalas das begônias. É um pequeno hotel numa cidadezinha de montanha, e isso acontece durante as férias de verão. Na janela, entre as flores, aparece um nariz grande. Mirek tem vinte anos; ergue os olhos em direção a esse nariz e sente um imenso amor.

Ele logo quis pisar no acelerador para escapar dessa lembrança. Mas dessa vez não vou me deixar enganar, e chamo essa lembrança para detê-la um instante. Portanto, repito: na janela, entre as begônias, está o rosto de Zdena com um nariz gigantesco e Mirek sente um imenso amor.

É possível?

É. E por que não? Um rapaz fraco não pode sentir amor verdadeiro por uma moça feia?

Ele lhe contava que tinha se revoltado contra o pai reacionário, ela insultava os intelectuais, eles tinham bolhas nas nádegas e davam-se as mãos. Iam às reuniões, denunciavam os concidadãos, mentiam e se amavam. Ela chorava a morte de Masturbov, ele gemia como um cachorro sobre seu corpo e eles não podiam viver um sem o outro.

Se ele queria apagá-la das fotografias de sua vida, não era porque não a amava, mas sim porque a tinha amado. Ele a apagara, a ela e a seu amor por ela, raspara a imagem dela até fazê-la desaparecer, como o departamento de propaganda do partido fizera desaparecer Clementis da sacada de onde Gottwald havia pronunciado seu histórico discurso. Mirek reescreveu a História exatamente como o Partido Comunista, como todos os partidos políticos, como todos os povos, como o homem. Gritamos que queremos moldar um futuro melhor, mas não é verdade. O futuro nada mais é do que um vazio indiferente que não interessa a ninguém, mas o passado é cheio de vida e seu rosto irrita, revolta, fere, a ponto de querermos destruí-lo ou pintá-lo de novo. Só queremos ser mestres do futuro para podermos mudar o passado. Lutamos para ter acesso aos laboratórios onde se pode retocar as fotos e reescrever as biografias e a História.

Por quanto tempo ele permaneceu em frente àquela estação?

E o que significava aquela parada?

Não significava nada.

Ele a riscou imediatamente do pensamento, o que fazia com que nesse momento já não soubesse mais nada sobre aquela casinha branca onde havia begônias. Mais uma vez andava depressa sem olhar a paisagem. Mais uma vez o espaço do mundo era apenas um obstáculo que atrasava sua ação.

18

O carro que ele conseguira despistar estava estacionado em frente à sua casa. Os dois homens estavam um pouco mais longe.

Ele estacionou atrás do carro deles e desceu. Os homens lhe sorriram quase alegremente, como se sua escapada tivesse sido apenas uma travessura que os tinha divertido. Quando ele passou diante deles, o homem de pescoço grosso e cabelos frisados a ferro fez-lhe um sinal com a cabeça. Mirek ficou angustiado com essa familiaridade, que indicava que agora estariam mais intimamente ligados.

Sem pestanejar, Mirek entrou em casa. Abriu a porta do apartamento com sua chave. Primeiro viu o filho e seu olhar cheio de emoção contida. Um desconhecido de óculos aproximou-se de Mirek e declarou sua identidade. “O senhor quer ver o mandado de perquirição do procurador?”

“Quero”, disse Mirek.

No apartamento havia mais dois desconhecidos. Um estava de pé em frente à mesa de trabalho, onde se amontoavam pilhas de papéis, cadernos e livros. Apanhava os objetos na mão, um a um. Um segundo homem, sentado em frente à escrivaninha, escrevia o que o primeiro lhe ditava.

O homem de óculos tirou um papel dobrado do bolso e entregou-o a Mirek: "Tome, eis o mandado do procurador, e ali", apontou os dois homens, "estamos preparando para o senhor a lista dos objetos apreendidos".

No chão havia muitos papéis e livros espalhados, as portas dos armários embutidos estavam abertas, os móveis estavam afastados das paredes.

O filho virou-se para Mirek e disse: "Eles chegaram cinco minutos depois de você sair".

Em frente à mesa de trabalho, os dois homens faziam a lista dos objetos apreendidos: cartas de amigos de Mirek, documentos dos primeiros dias da ocupação russa, análises da situação política, atas de reuniões e alguns livros.

"O senhor não tem muita consideração com seus amigos", disse o homem de óculos, e, com um movimento de cabeça, apontou os objetos apreendidos.

"Não existe nada aí que seja contrário à Constituição", disse o filho, e Mirek sabia que eram palavras suas, palavras de Mirek.

O homem de óculos respondeu que cabia ao tribunal decidir aquilo que era ou não contrário à Constituição.

19

Os que emigraram (cento e vinte mil), os que foram reduzidos ao silêncio e expulsos do seu trabalho (meio milhão) desaparecem como um cortejo que se afasta no nevoeiro, invisíveis e esquecidos.

Mas a prisão, apesar de cercada de muros de todos os lados, é uma cena maravilhosamente iluminada da História.

Mirek sabe disso há muito tempo. Durante todo este último ano, a prisão o atraía de maneira irresistível. Era assim sem dúvida que Flaubert era atraído pelo suicídio de mme. Bovary. Não, Mirek não podia imaginar um fim melhor para o romance da sua vida.

Queriam apagar da memória centenas de milhares de vidas, para que ficasse apenas o tempo imaculado do idílio imaculado. Mas, sobre esse idílio, Mirek vai se colocar com todo seu corpo, como uma mancha. Ele ficará como o gorro de Clementis na cabeça de Gottwald.

Fizeram Mirek assinar a lista dos objetos apreendidos, depois pediram que os seguisse em companhia do filho. No fim de um ano de prisão preventiva, houve o processo. Mirek foi condenado a seis anos, seu filho a dois, e uma dezena de amigos deles a penas de um a seis anos de prisão.

Segunda parte
MAMÃE

1

Houve um tempo em que Markéta não gostava da sogra. Na época em que morava com Karel na casa dela (quando o sogro era vivo) e em que era alvo constante de sua rabugice e de sua suscetibilidade. Eles não agüentaram muito tempo e se mudaram. A divisa dos dois era então *o mais longe possível de mamãe*. Foram morar numa outra cidade, do outro lado do país, e assim mal viam os pais de Karel uma vez por ano.

Um dia o pai de Karel morreu e mamãe ficou sozinha. Voltaram a vê-la no enterro; ela estava humilde e miserável e pareceu-lhes menor do que antes. Ambos tinham uma frase na cabeça: "Mamãe, você não pode ficar sozinha, venha morar conosco".

A frase ressoava em sua cabeça, mas eles não a diziam. Ainda mais porque, no dia seguinte ao enterro, durante um triste passeio, mamãe, miserável e miúda como estava, lhes havia censurado, com uma veemência que consideraram despropositada, todas as injustiças que haviam cometido com ela. "Nada mais vai mudá-la", disse Karel a Markéta depois, quando estavam no trem. "É triste, mas para mim vai ser sempre: longe de mamãe."

Depois os anos se passaram e, se era verdade que mamãe continuava a mesma, ela, Markéta, sem dúvida mudara, porque de repente teve a impressão de que tudo que sua sogra fizera era no fundo bem inofensivo e que ela, Markéta, é que tinha cometido o verdadeiro erro dando muita importância às suas gritarias. Naquela época considerava mamãe assim como uma criança considera um adulto, ao passo que agora os papéis haviam se invertido: Markéta era adulta e, nessa grande distância, mamãe lhe parecia pequena e indefesa como uma criança. Markéta sentiu por ela uma paciência indulgente e até começou a escrever-lhe regularmente. A velha senhora acostumou-se depressa, respondia-lhe cuidadosamente e exigia de Markéta cartas cada vez mais freqüentes, pois suas cartas, dizia ela, eram a única coisa que lhe permitia suportar a solidão.

Havia algum tempo a frase que nascera durante o enterro do pai de Karel recomeçara a martelar-lhes a cabeça. E de novo foi o filho que reprimiu o acesso de bondade da nora, de modo que, em vez de dizer à mamãe: "Mamãe, venha morar conosco", eles a convidaram para passar uma semana com eles.

Era Páscoa, e o filho deles de dez anos tinha saído de férias. Para o fim de semana, esperavam Eva. Queriam muito passar toda a semana com ela, menos o domingo. Eles lhe disseram: "Venha passar uma semana conosco. Do próximo sábado até o seguinte. No outro domingo temos compromisso. Vamos viajar". Não lhe disseram nada mais preciso, porque não queriam muito falar sobre Eva. Karel repetiu-lhe ainda duas vezes ao telefone: "Do próximo sábado até o seguinte. Temos um compromisso no outro domingo, vamos viajar". E mamãe disse: "Está bem, meus filhos, vocês são muito amáveis, podem ficar certos de que irei embora quando quiserem. Tudo que desejo é fugir um pouco da minha solidão".

Mas no sábado à noite, quando Markéta foi lhe perguntar a que horas ela queria que a levassem à estação na manhã seguinte, mamãe anunciou, calmamente, sem hesitar, que partiria na segunda-feira. Markéta olhou-a com surpresa, e mamãe continuou: "Karel me disse que vocês já têm compromisso na segunda-feira, que vocês vão viajar e que devo partir na segunda-feira de manhã".

Markéta evidentemente poderia ter respondido: "mamãe,

você se enganou, é amanhã que vamos viajar", mas não tinha coragem. Não conseguiu, na hora, inventar o lugar para onde iriam. Compreendeu que tinham preparado mal a mentira, não disse nada, e aceitou a idéia de que a sogra iria ficar na casa deles durante o domingo. Tranqüilizava-se ao pensar que o quarto do garoto, onde a sogra dormia, localizava-se do outro lado do apartamento, e que mamãe não iria atrapalhá-los. Disse a Karel em tom de censura:

"Por favor, não seja mau com ela. Olhe para ela, pobrezinha. Só de vê-la fico com o coração partido."

2

Karel encolheu os ombros, resignado. Markéta tinha razão: mamãe realmente mudara. Ficava contente com tudo, agradecia tudo. Karel espreitava em vão o momento em que iriam brigar a troco de nada.

No outro dia, durante um passeio, ela havia olhado para longe e dito: "O que é aquela cidadezinha branca, bonita, lá adiante?". Não era uma cidade, eram frades-de-pedra. Karel sentiu pena da mãe, cuja vista diminuía.

Mas esse defeito de visão parecia exprimir algo de mais essencial: aquilo que para eles parecia grande, ela achava pequeno, aquilo que eles viam como frades-de-pedra, para ela, eram casas.

Para dizer a verdade, isso não era nela um traço exatamente novo. A diferença era que antes eles se indignavam. Uma noite, por exemplo, os tanques do gigantesco país vizinho tinham invadido seu país. Isso tinha sido um choque tão grande, um pavor tão grande que durante muito tempo ninguém pôde pensar em outra coisa. Era o mês de agosto, e as peras estavam maduras no jardim deles. Uma semana antes, mamãe havia convidado o farmacêutico a colhê-las. Mas o farmacêutico não fora e nem ao menos tinha apresentado desculpas. Mamãe não podia perdoá-lo por isso, o que deixava Karel e Markéta fora de si. Eles a censuravam: todo mundo está pensando nos tanques e você fica pensando nas peras. Depois se mudaram, levando a lembrança dessa mesquinharia.

Só que seriam os tanques realmente mais importantes que as peras? À medida que o tempo passava, Karel compreendia que a resposta para essa pergunta não era assim tão evidente como ele sempre pensara, e começava a sentir uma simpatia secreta pela perspectiva de mamãe, na qual havia uma grande pêra em primeiro plano e, em algum lugar, bem atrás, um tanque do tamanho de uma joaninha, que pode voar de um minuto para o outro e esconder-se dos olhares. Ah, sim! Na realidade, é mamãe quem tem razão: o tanque é perecível e a pêra é eterna.

Antigamente mamãe queria saber tudo sobre o filho e ficava com raiva quando este lhe escondia alguma coisa de sua vida. Portanto, dessa vez, para agradar-lhe, eles lhe contavam o que faziam, o que lhes acontecia, os projetos que tinham. Mas logo perceberam que mamãe os escutava mais por gentileza e que, em resposta ao que contavam, ela falava de seu cão de água, que ela havia confiado a uma vizinha durante a sua ausência.

Antes, Karel teria considerado isso egocentrismo ou mesquinharia; mas agora sabia que não era nada disso. Tinha passado mais tempo do que imaginavam. Mamãe renunciara ao bastão de marechal de sua maternidade e partira para um mundo diferente. Outra vez, durante um passeio, foram surpreendidos por uma tempestade. Seguraram-na cada um por um braço, tinham literalmente de carregá-la, do contrário o vento a levaria. Karel sentiu com emoção o peso irrisório em sua mão e compreendeu que sua mãe pertencia a outro reino de criaturas: menores, mais leves e mais facilmente carregadas pelo vento.

3

Eva chegou depois do almoço. Foi Markéta quem foi buscá-la na estação, porque a considerava sua amiga. Não gostava das amigas de Karel. Mas com Eva era outra coisa. Na verdade, ela a conhecera antes de Karel.

Fazia mais ou menos seis anos. Ela estava descansando com Karel numa estação de águas. Dia sim outro não, ia à sauna. Estava na cabine, nadando em suor, sentada com outras senhoras num banco de madeira, quando viu entrar uma moça alta nua. Elas sorriram uma para a outra sem se conhecerem e no fim de um instante a moça começou a falar com Markéta. Como ela era muito direta e Markéta lhe ficou muito agradecida pela manifestação de simpatia, logo se tornaram amigas.

O que seduzia Markéta em Eva era o encanto de sua originalidade: Só esse jeito de dirigir-lhe a palavra imediatamente! Como se tivessem marcado um encontro! Ela não perdeu tempo para iniciar a conversa, de acordo com as regras e as convenções, sobre a sauna, que é boa para a saúde e abre o apetite, mas começou logo a falar de si mesma, um pouco como as pessoas que se conhecem por anúncios e que se esforçam, desde a primeira carta, para explicar ao futuro parceiro, com densidade lacônica, quem são e o que fazem.

Quem é então Eva, segundo as palavras de Eva? Eva é uma alegre caçadora de homens. Mas ela não os caça para o casamento. Ela os caça como os homens caçam as mulheres. O amor não existe para ela, só a amizade e a sensualidade. Por isso tem muitos amigos: os homens não temem que ela queira casar com eles, e as mulheres não receiam que ela possa privá-las de um marido. Aliás, se um dia ela se casasse, seu marido seria um amigo a quem ela permitiria tudo e de quem não exigiria nada.

Depois de explicar tudo isso a Markéta, ela declarou que

Markéta tinha um belo *arcabouço*, o que era uma coisa muito rara, porque, segundo Eva, muito poucas mulheres tinham um corpo realmente bonito. Esse elogio lhe escapara com tanta naturalidade que Markéta sentiu um prazer maior do que se ele tivesse vindo de um homem. Essa moça lhe virava a cabeça. Tinha a sensação de ter entrado no reino da sinceridade e marcou encontro com Eva para dois dias depois, à mesma hora, na sauna. Mais tarde, apresentou-lhe Karel, mas nessa amizade ele sempre fez figura de terceiro.

"Estamos com nossa sogra em casa", disse-lhe Markéta, num tom culpado, saindo da estação. "Vou apresentá-la como minha prima. Espero que isso não a incomode."

"Ao contrário", disse Eva, e pediu a Markéta que lhe desse algumas informações sumárias sobre sua família.

4

Mamãe nunca se interessou muito pela família de sua nora, mas as palavras *prima*, *sobrinha*, *tia* e *neta* reanimavam seu coração; era o bom reinado das noções familiares.

E ela acabava de ter uma nova confirmação daquilo que já sabia havia muito tempo: seu filho era um incorrigível original. Como se ela pudesse atrapalhar por estar ali ao mesmo tempo que uma parenta. Que eles quisessem ficar sozinhos para conversar à vontade, ela compreendia. Mas não era razão para mandá-la embora um dia antes. Felizmente, ela sabia como agir com eles. Simplesmente decidira que tinha se enganado de dia, e por pouco não riu ao ver que a valente Markéta não conseguia lhe dizer que fosse embora no domingo de manhã.

Sim, era preciso reconhecer, eles se mostravam mais simpáticos do que antes. Alguns anos antes Karel lhe teria dito impiedosamente que fosse embora. Na verdade, ontem, com aquela pequena esperteza, ela tinha lhes prestado um grande favor. Ao menos uma vez não teriam que se culpar por a despacharem um dia antes, sem motivo, de volta à sua solidão.

Aliás, ela estava muito contente de ter conhecido essa nova parenta. Era uma moça muito simpática. (E era espantoso como ela lhe lembrava alguém, mas quem?) Durante duas horas ela respondera às suas perguntas. Como era que mamãe se penteava quando moça? Usava trança. Evidentemente, era ainda no antigo Império Austro-Húngaro. Viena era a capital. O colégio de mamãe era tcheco e mamãe era uma patriota. E, de repente, ela teve vontade de cantar para eles algumas das canções patrióticas que se cantavam naquela época. Ou de recitar-lhes poesias! Certamente, ela ainda sabia muitas de cor. Logo depois da guerra (sim, claro, depois da guerra de 1914, em 1918, quando foi fundada a República Tchecoslovaca. Meu Deus, a prima não sabia quando a República tinha sido proclamada!), mamãe tinha recitado uma poesia numa reunião solene do colégio. Celebrava-se o fim do Império austríaco. Celebrava-se a independência! E imaginem que, de repente, tendo chegado à última estrofe, ela teve um branco; impossível lembrar o resto. Calou-se, o suor escorria-lhe pela testa, ela pensava que iria morrer de vergonha. E, de uma vez só, contra qualquer expectativa, explodiram grandes aplausos! Todo mundo pensou que o poema tinha terminado, ninguém notou que faltava a última estrofe! Mas assim mesmo mamãe ficou desesperada e, de vergonha, precipitou-se até o banheiro, onde se trancou, e o próprio diretor correu para buscá-la e bateu muito tempo na porta suplicando-lhe que não chorasse, que saísse, porque ela tinha feito um grande sucesso.

A prima ria e mamãe a olhava longamente: "Você me lembra alguém, meu Deus, quem é que você me lembra...".

"Mas, depois da guerra, você não estava mais no colégio", observou Karel.

"Acho que devo saber quando estive no colégio!"

"Mas você fez os exames de conclusão do curso secundário no último ano da guerra. Foi ainda sob o Império Austro-Húngaro."

"Devo saber quando foi que fiz os exames", respondeu ela com irritação. Mas, nesse momento, já sabia que Karel não estava enganado. Era verdade, ela tinha feito os exames durante a guerra. De onde tinha vindo então essa lembrança da reunião solene no colégio depois da guerra? De repente, mamãe hesitou e calou-se.

Durante esse breve silêncio, ouviu-se a voz de Markéta. Ela se dirigia a Eva e o que ela falava não dizia respeito nem à recitação de mamãe nem a 1918.

Mamãe sentiu-se abandonada em suas lembranças, traída por esse súbito desinteresse e pela falha de sua memória.

"Divirtam-se, meus filhos, vocês são moços e têm muito assunto." Tomada por um súbito descontentamento, ela foi para o quarto do neto.

5

Enquanto Eva pressionava mamãe com perguntas, Karel a olhava com comovida simpatia. Ele a conhecia havia dez anos e ela sempre fora assim. Direta, intrépida. Ele a conhecera quase tão rapidamente quanto a mulher, alguns anos mais tarde. Um dia recebera no escritório uma carta de uma desconhecida. Ela dizia conhecê-lo de vista e ter decidido escrever-lhe porque as convenções não tinham nenhum sentido para ela quando um homem lhe agradava. Karel lhe agradava e ela era uma mulher caçadora. Uma caçadora de experiências inesquecíveis. Não admitia o amor. Só a amizade e a sensualidade. Acompanhando a carta ia a fotografia de uma moça nua, numa atitude provocante.

Karel a princípio hesitara em responder, pois tinha pensado que fosse uma brincadeira. Mas, por fim, acabou não resistindo. Escreveu à moça, para o endereço indicado, convidando-a a ir ao apartamento de um amigo. Eva foi, alta, magra e malvestida. Tinha o ar de uma adolescente grande demais que tivesse posto as roupas da avó. Sentou-se diante dele e explicou-lhe que as convenções não faziam sentido para ela quando um homem lhe agradava. Que só admitia a amizade e a sensualidade. O constrangimento e o esforço podiam ser lidos em seu rosto, e Karel sentiu por ela mais uma espécie de compaixão fraterna que desejo. Mas em seguida pensou que toda oportunidade deve ser aproveitada:

"É formidável", disse ele para reconfortá-la, "dois caçadores que se encontram."

Foram essas as primeiras palavras com que ele interrompeu finalmente a confissão loquaz da moça, e Eva logo recuperou a coragem, aliviada do peso de uma situação que ela carregava sozinha, heroicamente, havia quase quinze minutos.

Ele lhe disse que ela estava bonita na fotografia que tinha lhe enviado e perguntou-lhe (com a voz provocante de caçador) se ela ficava excitada ao mostrar-se nua.

"Sou uma exibicionista", disse ela inocentemente, como se tivesse confessado que era anabatista.

Ele lhe disse que queria vê-la nua.

Aliviada, ela perguntou-lhe se havia uma vitrola naquele apartamento.

Sim, havia uma vitrola, mas o amigo de Karel gostava só de música clássica, Bach, Vivaldi e óperas de Wagner. Karel teria achado estranho que a moça se despisse ao som do canto de Isolda. Eva também não ficou satisfeita com os discos. "Não há música pop por aqui?" Não, não havia música pop. Não achando outra saída, ele se conformou em colocar na vitrola uma suíte de Bach para piano. Ficou sentado num canto da sala para ter visão panorâmica.

Eva tentou se movimentar no ritmo, mas depois disse que com aquela música não era possível.

Ele replicou severamente, aumentando a voz: "Tire a roupa e cale a boca!".

A música celeste de Bach enchia a sala e docemente Eva continuava se movimentando. Com essa música, tudo menos dançante, seu desempenho era penoso, e Karel calculava que do momento de tirar o suéter até o de tirar a calcinha, o caminho a percorrer seria para ela interminável. Ouvia-se o piano, Eva se contorcia em movimentos de dança sincopados e deixava cair as peças de roupa, uma após a outra. Não olhava para Karel. Concentrava-se inteiramente em si mesma e em seus gestos, como um violinista que toca de cor um trecho difícil e teme se distrair levantando os olhos para o público. Quando ficou inteiramente nua, virou-se de frente para a parede, colocando uma das mãos entre as coxas. Mas nisso Karel também já estava despido e observava em êxtase as costas da moça que se masturbava. Era fantástico e é bem compreensível que a partir de então ele não tivesse perdido Eva de vista.

Além disso, ela era a única mulher que não se irritava com o amor de Karel por Markéta. "Sua mulher deveria compreender que você a ama, mas que é um caçador, e que essa caça não a ameaça. De qualquer maneira, nenhuma mulher entende isso. Não, não existe uma mulher que compreenda os homens", Eva acrescentara com tristeza, como se fosse ela esse homem incompreendido.

Depois propôs a Karel fazer tudo para ajudá-lo.

6

O quarto de criança, para onde mamãe se retirara, ficava a apenas seis metros, e só ficava separado por duas finas divisórias. A sombra de mamãe estava sempre entre eles, e Markéta se sentia oprimida com isso.

Eva, felizmente, mostrava-se tagarela. Fazia tanto tempo que eles não se viam e tinham acontecido tantas coisas: ela tinha ido morar em outra cidade e, mais importante, casara com um homem mais velho que vira nela uma amiga insubstituível, pois, como sabemos, Eva tem grande vocação para a camaradagem e recusa o amor, seu egoísmo e sua histeria.

Encontrara também um novo trabalho. Ganhava a vida bastante bem, mas quase não tinha tempo para respirar. Na manhã seguinte, precisaria voltar.

Markéta ficou assustada: "Como? Mas então quando é que você quer partir?".

"Às cinco horas da manhã vou pegar um trem expresso."

"Meu Deus, Eva, você vai ter que levantar às quatro horas, que horror!" E, nesse momento, ela sentiu, senão raiva, pelo menos certa amargura pelo fato de a mãe de Karel ter ficado na casa deles. Pois Eva morava longe, dispunha de pouco tempo e tinha, apesar de tudo, reservado esse domingo para Markéta, que nem podia se dedicar a ela como queria, por causa da sogra, cujo fantasma estava sempre com eles.

O bom humor de Markéta acabara, e, como uma contrariedade nunca vem só, o telefone começou a tocar. Karel atendeu. Sua voz mostrou-se hesitante, havia qualquer coisa de suspeito em suas respostas lacônicas e equívocas, e ele dava a Markéta a impressão de escolher prudentemente as palavras para esconder o sentido de suas frases. Ela tinha certeza, ele estava marcando encontro com uma mulher.

"Quem é?", ela perguntou. Karel respondeu que era uma colega de uma cidade vizinha, que deveria chegar na semana seguinte e queria conversar com ele. A partir desse momento, Markéta não disse mais uma palavra.

Era assim tão ciumenta?

Havia muitos anos, durante o primeiro período do amor dos dois, incontestavelmente, ela tinha sido. Só que os anos passaram e o que ela vive hoje como ciúme não é sem dúvida mais do que um hábito.

Digamos de outra maneira: toda relação amorosa repousa sobre convenções não escritas que aqueles que se amam estabelecem precipitadamente nas primeiras semanas de amor. Eles ainda estão numa espécie de sonho, mas ao mesmo tempo, sem sabê-lo, redigem como juristas rigorosos as cláusulas detalhadas de seu contrato. Oh, amantes, sejam prudentes nesses perigosos primeiros dias! Se levarem para o outro o café-da-manhã na cama, terão de levá-lo para sempre, se não quiserem ser acusados de desamor e de traição.

Desde as primeiras semanas de amor, entre Karel e Markéta ficara estabelecido que Karel seria infiel e que Markéta aceitaria isso, mas que ela teria o direito de ser a melhor, e que Karel se sentiria culpado diante dela. Ninguém sabia mais do que Markéta como era triste ser a melhor. Ela era a melhor, mas só por não haver outro jeito.

Evidentemente, Markéta sabia bem, no fundo de si mesma, que essa conversa telefônica em si era insignificante. Mas o importante não era o que *era* essa conversa, e sim o que ela *representava*. Exprimia, numa eloqüente concisão, toda situação de sua vida: tudo que Markéta faz, só o faz por Karel e por causa de Karel. Ela se ocupa de sua mãe. Ela lhe apresenta sua melhor amiga. Ela a dá de presente para ele. Unicamente para ele e para o prazer dele. E por que faz tudo isso? Por que se esforça? Por que, como Sísifo, ela empurra sua pedra? Por mais que Markéta faça, Karel está ausente mentalmente. Ele marca encontro com outra e sempre lhe escapa.

Quando estava no colégio, ela era indomável, rebelde, muito cheia de vida. Seu velho professor de matemática gostava de provocá-la: Em você, Markéta, não se pode pôr ré–

deas! Tenho pena de seu marido desde já. Ela ria com orgulho, essas palavras lhe pareciam de bom augúrio. E de repente, sem saber como, ela se vira num papel inteiramente diferente, contra sua expectativa, contra sua vontade e seu gosto. E tudo isso por não ter ficado atenta durante a semana em que inconscientemente redigira o contrato.

Não a divertia mais ser sempre a melhor. De repente, todos os anos do seu casamento caíram sobre ela como um fardo muito pesado.

7

Markéta parecia cada vez mais mal-humorada, e o rosto de Karel exprimia raiva. Eva foi tomada de pânico. Ela se sentia responsável pela felicidade conjugal deles e conversava animadamente para dissipar as nuvens que tinham invadido a sala.

Mas era uma tarefa acima de suas forças. Karel, revoltado por uma injustiça que dessa vez era muito evidente, calava-se, obstinado. Markéta, por não poder controlar sua amargura nem suportar a raiva do marido, levantou-se para ir à cozinha.

Eva tentou convencer Karel a não estragar uma noite que esperavam havia tanto tempo. Mas Karel estava intratável: "Chega um momento em que não se pode mais continuar. Estou começando a ficar cansado! Sou sempre acusado de uma coisa ou de outra. Não me interessa mais me sentir sempre culpado, e por uma bobagem dessas! Uma bobagem dessas! Não, não posso mais vê-la! De jeito nenhum!". Ele andava de um lado para o outro, repetindo sem parar a mesma coisa, e recusava-se a ouvir as intervenções suplicantes de Eva.

Ela acabou por deixá-lo sozinho e foi juntar-se a Markéta, que, escondida na cozinha, sabia que acabara de acontecer o que não deveria ter acontecido. Eva tentou provar-lhe que aquele telefonema não justificava absolutamente as suas suspeitas. Markéta, que no fundo sabia muito bem que dessa vez não tinha razão, respondeu: "Mas não posso mais continuar. É sempre a mesma coisa. Ano após ano, mês após mês, só mulheres e mentiras. Estou começando a ficar cansada. Cansada. Não agüento mais".

Eva compreendeu que os dois eram igualmente cabeçudos. Concluiu que a vaga idéia que tivera indo para lá, cuja honestidade a princípio lhe parecera duvidosa, era uma boa idéia. Se queria ajudá-los, não deveria ter medo de agir por sua própria conta. Os dois se amavam, mas precisavam que alguém lhes ajudasse a carregar seu fardo. Que alguém os libertasse. O plano com o qual chegara ali não era somente de seu interesse (sim, incontestavelmente, ele atendia primeiro ao seu interesse, e era isso que a atormentava um pouco, pois nunca quisera ser egoísta com seus amigos), mas também do interesse de Markéta e Karel.

"Que devo fazer?", perguntou Markéta.

"Vá procurá-lo. Diga-lhe que não seja teimoso."

"Mas não posso mais vê-lo. Nunca mais!"

"Então abaixe os olhos. Fica ainda mais comovente."

8

A noite foi salva. Markéta apanha solenemente uma garrafa e a entrega a Karel para que ele saque a rolha com um gesto grandioso, como se estivesse dando a largada para a última corrida das Olimpíadas. O vinho desliza nos três copos, e Eva, com o andar gingado, dirige-se à vitrola, escolhe um disco e depois, ao som da música (dessa vez não é Bach, e sim um Duke Ellington), continua rodando pela sala.

“Você acha que mamãe está dormindo?”, perguntou Markéta.

“Talvez seja mais sensato lhe dar boa-noite”, aconselhou Karel.

“Se você for lhe dar boa-noite, ela vai recomeçar com sua tagarelice, e vamos perder mais uma hora. Você sabe que Eva tem que se levantar cedo amanhã.”

Markéta pensa que já perderam tempo demais; segura a amiga pela mão e, em vez de ir dar boa-noite a mamãe, entra no banheiro com Eva.

Karel fica na sala, sozinho com a música de Ellington. Está satisfeito porque as nuvens da briga se dissiparam, mas não espera mais nada da noite. O pequeno incidente do telefonema lhe revelou bruscamente o que ele se recusava a admitir. Estava cansado e não tinha mais vontade de nada.

Havia muitos anos, Markéta o convencera a fazer amor a três, com ela e com uma amante de quem tinha ciúmes. Na hora, ficara estonteado de excitação! Mas a noite quase não lhe trouxera alegria. Fora, ao contrário, um terrível esforço! As duas mulheres se beijavam e se abraçavam diante dele, mas nem por um instante deixaram de ser rivais que o observavam com atenção para ver a qual delas ele se dedicava mais e com qual delas era mais carinhoso. Ele pesara com prudência cada palavra, medira com cuidado cada um de seus carinhos e, mais do que como amante, agira como um diplomata escrupulosamente atencioso, cortês, polido e justo. Mesmo assim falhara. Primeiro sua amante começara a chorar em pleno amor, depois Markéta fechara-se num profundo silêncio.

Se Karel compreendesse que ela exigia essas pequenas orgias por pura sensualidade Markéta seria a má, elas certamente lhe teriam dado prazer. Mas, como ficara combinado desde o princípio que ele seria o mau, ele não via nessas orgias senão um doloroso sacrifício, um generoso esforço para ir além de suas tendências polígamas e transformá-las na engrenagem de um casamento feliz. Ele estava marcado para sempre pela visão do ciúme de Markéta, essa ferida que ele mesmo abrira nos primeiros tempos do amor deles. Por pouco, quando a vira nos braços de outra mulher, não se pusera de joelhos para pedir que o perdoasse.

Mas serão esses jogos libertinos um rito de penitência?

Teve então a idéia de que, se o amor a três deveria ser algo alegre, era preciso que Markéta não se sentisse como se estivesse com uma rival. Era preciso que levasse uma amiga que não conhecesse Karel e que não se interessasse por ele. Foi por isso que ele imaginara o plano do encontro de Eva e Markéta na sauna. O plano dera certo: as duas mulheres tornaram-se amigas, aliadas, cúmplices que o violavam, brincavam com ele, se divertiam à sua custa e, juntas, o desejavam. Karel tinha esperanças de que Eva conseguisse varrer do espírito de Markéta a ansiedade do amor e que ele pudesse enfim ser libertado e desculpado.

Mas, no momento, constatava que não tinha como mudar o que fora decidido anos antes. Markéta continuava a mesma e ele continuava a ser o réu.

Então, por que provocara o encontro de Markéta e Eva? Por que fizera amor com as duas mulheres? Por que fizera tudo isso? Qualquer pessoa havia muito teria feito de Markéta uma mulher alegre, sensual e feliz. Qualquer pessoa, menos Karel. Ele se achava um Sísifo.

É mesmo? Um Sísifo? E não era a Sísifo que Markéta acabava de se comparar?

Sim, com os anos, os dois se tornaram gêmeos, tinham o mesmo vocabulário, as mesmas idéias, o mesmo destino. Eles se presenteavam um ao outro com Eva, para fazerem o outro feliz. Tinham a impressão de empurrar, cada um, sua pedra. Estavam cansados.

Karel ouvia o barulho de água e o riso das duas mulheres no banheiro e pensava que nunca pudera viver como queria, ter as mulheres que queria e tê-las como gostaria de tê-las. Sentia vontade de fugir para um lugar onde pudesse tecer sua própria história, sozinho e conforme sua vontade, longe do alcance de olhos amorosos.

No fundo, não queria nem mesmo tecer sua história, queria simplesmente ficar sozinho.

9

Não fora sensato, da parte de Markéta, pouco perspicaz em sua impaciência, não ter ido dar boa-noite a mamãe e pensar que ela estivesse dormindo. Durante essa visita à casa do filho, os pensamentos de mamãe tinham começado a girar mais depressa, e nessa noite estavam particularmente agitados. A culpa era dessa simpática parenta que continuava lembrando-lhe alguém de sua juventude. Mas quem ela lembrava?

Finalmente conseguiu se lembrar: Nora! É, exatamente a mesma silhueta, o mesmo porte de um corpo que sai pelo mundo sobre suas belas pernas longas.

Faltava a Nora bondade e modéstia, e mamãe ficara muitas vezes magoada com seu comportamento. Mas no momento não pensava nisso. O que contava mais para ela era ter encontrado ali, de repente, um fragmento de sua juventude, um sinal que lhe chegava de uma distância de meio século. Alegrava-se ao pensar que tudo que vivera no passado estava sempre com ela, cercava-a na sua solidão e conversava com ela. Embora nunca tivesse gostado de Nora, estava feliz de tê-la encontrado ali, ainda mais porque estava completamente domesticada e era encarnada por alguém que se mostrava cheio de respeito por mamãe.

Quando essa idéia lhe ocorreu, ela quis sair correndo para juntar-se a eles. Mas controlou-se. Sabia muito bem que estava ali então unicamente por esperteza e que aqueles dois insensatos queriam ficar a sós com a prima. Pois bem, que contassem seus segredos! Ela não se aborrecia absolutamente no quarto do neto. Tinha seu tricô, tinha leitura e, sobretudo, havia sempre alguma coisa lhe ocupando o espírito. Karel lhe confundira as idéias. É, ele tinha toda razão, claro, ela tinha feito os exames do final do curso secundário durante a guerra. Ela se enganara. O episódio da recitação e da última estrofe esquecida acontecera pelo menos cinco anos antes. Era verdade que o diretor fora bater na porta do banheiro, onde ela se trancara aos prantos. Mas naquele tempo ela nem bem completara treze anos, e isso se passara durante uma festa do colégio antes das férias de Natal. No estrado havia um pinheiro decorado, as crianças tinham cantado cantigas de Natal, depois ela recitara um poeminha. Antes da última estrofe, tivera um branco e não soubera como continuar.

Mamãe tinha vergonha da sua memória. O que deveria ela dizer a Karel? Deveria admitir que se enganara? De qualquer maneira, eles a consideravam uma velha. Eram amáveis, é verdade, mas não lhe escapava que a tratavam como uma criança, com uma espécie de indulgência que lhe desagradava. Se ela agora desse toda razão a Karel confessando-lhe que tinha confundido uma vesperal infantil de Natal com uma reunião política, eles iriam crescer mais alguns centímetros e ela se sentiria ainda menor. Não, não, ela não lhes daria esse prazer.

Diria a eles que era verdade, que ela tinha recitado uma poesia depois da guerra, durante aquela cerimônia. Era certo que já havia feito os exames de conclusão do curso secundário, mas o diretor se lembrara dela porque ela era a melhor em recitações e tinha pedido à sua antiga aluna que fosse recitar uma poesia. Era uma grande honra! Mas mamãe merecia! Era uma patriota! Eles não tinham a menor idéia do que havia sido, depois da guerra, a queda do Império Austro-Húngaro! Que alegria! Aquelas músicas, aquelas bandeiras! E, de novo, sentiu uma grande vontade de ir correndo falar com o filho e com a nora sobre o mundo de sua juventude.

Aliás, ela se sentia então quase obrigada a ir procurá-los. Porque, se era verdade que tinha prometido não perturbá-los, isso era apenas metade da verdade. A outra metade era que Karel não tinha compreendido que ela havia participado, depois da guerra, de uma reunião solene do colégio. Mamãe era uma velha senhora e sua memória às vezes falhava. Ela não soubera na hora explicar as coisas para o filho, mas agora, quando finalmente tinha se lembrado de como realmente tudo acontecera, não podia fingir ter esquecido sua interpelação. Não ficaria bem. Ela iria procurá-los (de qualquer maneira, eles não tinham nada de tão importante para se dizer) e se desculparia: não queria atrapalhar e certamente não teria voltado se Karel não lhe tivesse perguntado como ela poderia ter recitado numa reunião solene do colégio se ela já havia terminado o curso secundário.

Então ouviu uma porta que se abria e fechava. Ouviu duas vozes femininas, depois uma vez mais uma porta que se abria. Depois um riso e o barulho de água correndo. Disse consigo que as duas mulheres já estavam fazendo sua toalete para dormir. Era então o momento de ir até lá, se ela ainda quisesse conversar um pouco com aqueles três.

10

A volta de mamãe era a mão que um Deus jovial estendia sorrindo a Karel. Quanto mais o momento era mal escolhido, mais a propósito ela chegava. Ela não precisava procurar desculpas, Karel a cobriu logo de perguntas calorosas: o que ela havia feito a tarde toda, não tinha se sentido um pouco triste, por que não viera procurá-los?

Mamãe explicou-lhe que os jovens tinham sempre muitas coisas para conversar e que as pessoas mais velhas deviam entender isso e evitar incomodar.

Já se ouviam as duas moças que passavam pela porta gargalhando. Eva entrou primeiro, vestida com uma camiseta azul-escura que chegava exatamente até onde terminavam os pêlos pretos. Ao ver mamãe, ficou com medo, mas não podia mais recuar, só podia sorrir-lhe e dirigir-se a uma poltrona para esconder bem depressa sua nudez mal dissimulada.

Karel sabia que Markéta a seguiria de perto e imaginava que ela estaria em trajes de dormir, o que, na linguagem comum a eles, significava que ela não usaria nada, a não ser um colar de pérolas em volta do pescoço e, em volta da cintura, uma faixa de veludo escarlate. Ele sabia que deveria interferir para impedi-la de entrar e poupar mamãe desse susto. Mas o que fazer? Deveria gritar "não entre"? Ou então "vista-se depressa, mamãe está aqui"? Havia talvez uma maneira mais hábil de deter Markéta, mas para pensar Karel tinha apenas um ou dois segundos, durante os quais não lhe ocorreu nenhuma idéia. Ao contrário, foi invadido por uma espécie de torpor eufórico que lhe tirava toda presença de espírito. Ele não fez nada, então Markéta avançou pela porta da sala e estava realmente nua, somente com um colar e uma faixa em volta da cintura.

Exatamente nesse momento, mamãe virou-se para Eva e disse com um sorriso amável: "Vocês com certeza querem ir dormir, e não quero atrapalhar". Eva, que tinha enxergado Markéta com o canto do olho, respondeu que não, e disse isso quase gritando, como se quisesse cobrir com sua voz o corpo da amiga, que compreendeu enfim a situação e recuou para o corredor.

Quando ela voltou, no fim de um instante, envolta num penhoar longo, mamãe repetiu o que acabara de dizer a Eva: "Markéta, não quero atrapalhar. Vocês com certeza querem ir dormir".

Markéta teria concordado, mas Karel balançou alegremente a cabeça: "Não, mamãe, estamos contentes que você esteja conosco". E mamãe pôde enfim contar-lhes a história da recitação na reunião solene do colégio depois da guerra de 1914, no momento da queda do Império Austro-Húngaro, quando o diretor pedira à sua antiga aluna que fosse recitar uma poesia patriótica.

As duas mulheres não ouviam o que mamãe dizia, mas Karel a escutava com interesse. Quero precisar essa afirmação: A história da estrofe esquecida não lhe interessava muito. Ele a escutara muitas vezes, e muitas vezes a esquecera. O que lhe interessava não era a história contada por mamãe, mas mamãe contando a história. Mamãe e seu mundo, que parecia uma grande pêra, sobre a qual pousara um tanque russo, como se fosse uma joaninha. A porta do banheiro, onde o punho do diretor batia, ficava em primeiro plano e, atrás dessa porta, a impaciência ávida das duas mulheres mal se notava.

Era isso que agradava muito a Karel. Ele olhava com deleite Eva e Markéta. A nudez das duas estremecia de impaciência por baixo da camiseta e do penhoar. Ele fazia cada vez mais perguntas sobre o diretor, sobre o colégio, sobre a guerra de 1914, e por fim pediu a mamãe que recitasse a poesia patriótica da qual ela esquecera a última estrofe.

Mamãe refletiu e em seguida começou, com extrema concentração, a dizer a poesia que ela recitara na festa do colégio quando tinha treze anos. Em vez de um poema patriótico, eram versos sobre o pinheiro de Natal e a estrela de Belém, mas ninguém percebeu esse detalhe. Nem ela. Ela só pensava em uma coisa: iria lembrar-se dos versos da última estrofe? E lembrou-se. A estrela de Belém cintila e os três reis chegam ao presépio. Ela ficou muito comovida com esse sucesso, ria e balançava a cabeça.

Eva aplaudiu. Olhando-a, mamãe lembrou-se do que tinha ido dizer-lhes de mais importante: "Karel, sabe quem a prima de vocês me lembra? Nora!".

11

Karel olhava para Eva e não podia acreditar que ouvira bem: "Nora? A dona Nora?".

De seus anos de infância, lembrava-se bem dessa amiga de mamãe. Era uma mulher de beleza estonteante, alta, com um soberbo rosto de rainha. Karel não gostava dela porque era orgulhosa e inacessível e, no entanto, não pudera nunca tirar os olhos dela. Meu Deus, que semelhança poderia haver entre ela e a calorosa Eva?

"É", respondeu mamãe. "Nora! Basta olhá-la. Essa altura. E esse andar. E esse rosto!"

"Levante, Eva!", disse Karel.

Eva temia levantar-se porque não estava certa de que sua curta camiseta cobria suficientemente seu púbis. Mas Karel insistiu tanto que ela por fim teve de obedecer. Levantou-se e, com os braços grudados no corpo, puxou discretamente a camiseta para baixo. Karel a observava intensamente e, de repente, teve de fato a impressão de que ela se parecia com Nora. Era uma semelhança distante e dificilmente captável, só aparecia em breves lampejos, que logo se extinguiam, mas Karel gostaria de retê-los, porque desejava ver através de Eva a bela dona Nora, de maneira duradoura e demorada.

"Fique de costas!", ordenou ele.

Eva hesitou em dar meia-volta, porque não parava um segundo de pensar que estava nua por baixo da camiseta. Mas

Karel insistia, embora mamãe também começasse a protestar: "A moça não vai fazer exercícios como no exército!".

Karel obstinava-se: "Não, não, quero que ela fique de costas". E Eva acabou obedecendo.

Não esqueçamos que mamãe enxergava muito mal. Tomava frades-de-pedra por cidades e confundia Eva com dona Nora. Mas bastava ter os olhos semifechados e Karel também poderia tomar frades-de-pedra por casas. Não tinha ele, durante uma semana inteira, invejado a perspectiva de mamãe? Fechou parcialmente as pálpebras e viu diante dos olhos uma beleza do passado.

Guardara disso uma lembrança inesquecível e secreta. Ele tinha talvez quatro anos, mamãe e dona Nora estavam com ele numa estação de águas (onde seria? ele não tinha a menor idéia), e ele devia esperá-las num vestiário deserto. Esperava ali pacientemente, sozinho, entre roupas femininas abandonadas. Então uma mulher nua entrou no vestiário, alta e esplêndida, virou-se de costas para o garoto e dirigiu-se ao cabide fixado na parede onde estava pendurado seu penhoar. Era Nora.

Nunca mais se apagara de sua memória a imagem desse corpo nu, empertigado, visto de costas. Ele era bem pequeno, e via o corpo de baixo, com a perspectiva de uma formiga, como olharia hoje, levantando a cabeça, uma estátua de cinco metros de altura. Estava bem perto, no entanto estava infinitamente distante. Duplamente distante. No espaço e no tempo. Aquele corpo, acima dele, erguia-se muito alto e estava separado dele por um número incalculável de anos. Essa dupla distância dava vertigem no garotinho de quatro anos. Nesse momento, voltava a sentir de novo a mesma vertigem, com enorme intensidade.

Olhava Eva (ela continuava de costas) e via dona Nora. Estava separado dela por dois metros e um ou dois minutos.

"Mamãe", disse ele, "foi realmente simpático você ter vindo conversar conosco, mas agora as moças querem ir dormir."

Mamãe saiu, humilde e dócil, e imediatamente ele contou às duas mulheres a lembrança que guardara de dona Nora. Agachou-se diante de Eva e mais uma vez a fez girar para vê-la de costas e seguir com os olhos os traços do olhar do menino de antigamente.

O cansaço foi varrido de uma só vez. Ele a atirou no chão. Ela estava deitada de barriga para baixo, ele agachou-se a seus pés, deixou seu olhar deslizar ao longo das pernas, em direção aos quadris, depois se atirou sobre ela e a possuiu.

Tinha a impressão de que esse salto sobre seu corpo era um salto através de um tempo imenso, o salto do garoto que se lança da idade da infância para a idade do homem. E depois, enquanto se movia sobre ela, de frente, depois de costas, parecia-lhe repetir sem parar o mesmo movimento, da infância à idade adulta, depois num sentido inverso e, mais uma vez, do menino que olhava miseravelmente o gigantesco corpo de mulher ao homem que abraça e doma esse corpo. Esse movimento, que mede normalmente, quando muito, quinze centímetros, era longo como três décadas.

As duas mulheres se submetiam a seu frenesi, e ele passou de dona Nora a Markéta, depois voltou a dona Nora, e assim por diante. Isso durou muito tempo, e então ele precisou de um pouco de descanso. Sentia-se maravilhosamente bem, sentia-se forte como nunca. Estava estendido numa poltrona e contemplava as duas mulheres estendidas diante dele no grande divã. Durante esse breve instante de repouso, não era dona Nora que ele tinha diante dos olhos, mas suas duas velhas amigas, as testemunhas de sua vida, Markéta e Eva, e ele se sentiu como um grande jogador de xadrez que acaba de triunfar sobre adversários em dois tabuleiros. Essa comparação agradou-lhe enormemente, e ele não pôde deixar de proclamar em voz alta: "Sou Bobby Fisher, sou Bobby Fisher!", gritava rindo às gargalhadas.

12

Enquanto Karel berrava ser Bobby Fisher (que mais ou menos nessa época tinha ganhado na Islândia o campeonato mundial de xadrez), Eva e Markéta estavam estendidas, abraçadas uma na outra, no divã, e Eva sussurrou no ouvido da amiga: "Combinado?".

Markéta respondeu que sim e apertou os lábios contra os lábios de Eva.

Uma hora antes, quando estavam juntas no banheiro, Eva lhe pedira (fora com essa idéia que ela chegara, idéia cuja honestidade lhe parecia duvidosa) que fosse um dia à sua casa, a fim de retribuir a visita. Ela gostaria de convidar Karel também, mas Karel e o marido de Eva eram ciumentos e não toleravam a presença de outro homem.

Na hora Markéta achara que lhe seria impossível aceitar, contentando-se em rir. No entanto, alguns minutos mais tarde, no quarto, onde a tagarelice da mãe de Karel apenas lhe roçava as orelhas, a proposta de Eva tornara-se tão obsessiva quanto a princípio lhe parecera inaceitável. O espectro do marido de Eva estava com elas.

E depois, quando Karel começara a gritar que tinha quatro anos, quando se pusera de cócoras para olhar, de baixo, Eva de pé, ela dissera consigo que era realmente como se ele tivesse quatro anos, como se fugisse diante dela para sua infância, e as duas ficaram sozinhas, somente com seu corpo extraordinariamente eficaz, tão mecanicamente forte que parecia impessoal, vazio, e podia-se imaginar nele qualquer alma. Até mesmo, se fosse necessário, a alma do marido de Eva, esse homem inteiramente desconhecido, sem rosto e sem aparência.

Markéta se deixou amar por esse corpo masculino mecânico, em seguida olhou esse corpo se atirar entre as pernas de Eva, mas ela se esforçava em não ver o rosto para poder pensar que era o corpo de um desconhecido. Era um baile de máscaras. Karel pusera em Eva a máscara de Nora, pusera em si mesmo uma máscara de criança, e Markéta tirava-lhe a cabeça do corpo. Ele era um corpo de homem sem cabeça. Karel havia desaparecido e aconteceu um milagre: Markéta estava livre e alegre!

Será que quero confirmar assim a suspeita de Karel, que achava que suas pequenas orgias a domicílio tinham sido até então, para Markéta, apenas sacrifício e sofrimento?

Não, seria simplificar demais. Markéta desejava realmente, com o corpo e os sentidos, as mulheres que ela considerava amantes de Karel. E as desejava também com a mente: realizando a profecia do velho professor de matemática, ela queria pelo menos dentro dos limites do funesto contrato revelar-se audaciosa e jovial e surpreender Karel.

Entretanto, assim que se via nua com elas no grande divã, as divagações sensuais logo desapareciam de sua mente, e bastava ver o marido para assumir novamente o seu papel, o papel daquela que era a melhor e a quem se magoava. Mesmo quando estava com Eva, de quem gostava bastante e de quem não sentia ciúme, a presença do homem muito amado lhe pesava muito, sufocando o prazer dos sentidos.

No momento em que lhe tirou a cabeça do corpo, ela sentiu o contato desconhecido e embriagador da liberdade. Esse anonimato dos corpos era o paraíso descoberto repentinamente. Com um prazer curioso, ela expulsava de si sua alma magoada e vigilante demais, e transformava-se em simples corpo sem memória nem passado, mas ainda mais receptivo e ávido. Acariciava ternamente o rosto de Eva, enquanto o corpo sem cabeça se movia sobre ela com vigor.

Mas eis que o corpo sem cabeça interrompeu seus movimentos e, com uma voz que lembrava desagradavelmente a voz de Karel, proferiu uma frase incrivelmente idiota: “Sou Bobby Fisher! Sou Bobby Fisher!”.

Foi como um despertador que a tirasse de um sonho. E, nesse momento, como ela abraçasse Eva (assim como quem dorme, ao ser acordado, abraça o travesseiro, para esconder-se da luz perturbadora do dia), Eva perguntou-lhe: "combinado?" e ela assentiu, com um gesto que indicava que estava de acordo, e apertou seus lábios contra os lábios de Eva. Sempre a amara, mas hoje, pela primeira vez, a amava com todos os sentidos, por ela mesma, por seu corpo e por sua pele, e embriagava-se com esse amor carnal como se fosse uma revelação súbita.

Em seguida deitaram uma ao lado da outra, de bruços, o traseiro levemente levantado, depois Markéta sentiu em sua pele que aquele corpo infinitamente eficaz fixava novamente os olhos sobre elas e que iria, a qualquer instante, recomeçar a fazer amor com elas. Esforçava-se em não ouvir a voz que afirmava que tinha diante dos olhos a bela dona Nora, esforçava-se em ser apenas um corpo que não ouve e que abraça uma amiga muito doce e um homem qualquer sem cabeça.

Quando tudo terminou, sua amiga adormeceu num segundo. Markéta invejava-lhe esse sono animal, queria aspirar esse sono com os lábios, acalmar-se com seu ritmo. Abraçou-a e fechou os olhos para dar o troco a Karel, que, pensando que as duas mulheres estivessem dormindo, fora dormir no quarto ao lado.

Às quatro e meia da manhã, ela abriu a porta do quarto dele. Ele olhou-a, sonolento.

"Durma, eu cuido de Eva", disse ela, e beijou-o carinhosamente. Ele virou-se para o outro lado e dormiu imediatamente.

No carro, Eva perguntou mais uma vez: "Está combinado?".

Markéta não estava tão decidida quanto no dia anterior. É, ela bem que gostaria de superar as velhas convenções não escritas. Mas como fazê-lo sem anular o amor? Como fazê-lo se continuava amando tanto Karel?

"Não tenha medo", disse Eva. "Ele não vai desconfiar de nada. Está estabelecido de uma vez por todas, entre vocês, que você é quem tem suspeitas, e não ele. Você realmente não tem que temer que ele desconfie de alguma coisa."

13

Eva cochila no compartimento sacolejante. Markéta já voltou da estação e tornou a dormir (ela tem que levantar novamente dentro de uma hora e se preparar para ir trabalhar), e agora é a vez de Karel levar mamãe à estação. É o dia dos trens. Mais algumas horas (mas a essa hora o casal já estará no trabalho), e o filho deles descerá na estação para pôr fim a esse relato.

Karel ainda está envolto pela beleza da noite. Sabe muito bem que entre mil ou três mil atos de amor (quantas vezes em sua vida ele fez amor?) sobram apenas dois ou três que são realmente essenciais e inesquecíveis, ao passo que os outros são apenas retornos, imitações, repetições ou evocações. Karel sabe que o amor da véspera é um desses dois ou três grandes atos de amor e experimenta uma espécie de imensa gratidão.

Acompanha mamãe até a estação e ela não pára de falar.

O que ela diz?

Primeiramente agradece: sentiu-se muito bem na casa do filho e da nora.

Em seguida faz reclamações: tinham feito muitas ofensas a ela. Quando ainda morava na casa dela com Markéta, ele era impaciente com ela, muitas vezes até mesmo grosseiro, indiferente, e a fizera sofrer muito. Sim, dessa vez ela reconhecia, tinham sido muito amáveis, diferentes do que eram antes. Tinham mudado, sim. Mas por que tiveram de esperar tanto?

Karel escuta essa longa ladainha de reclamações (ele a conhece de cor), mas não se irrita nem um pouco. Olha mamãe com o canto do olho e mais uma vez fica surpreso por ela estar tão pequena. Como se sua vida inteira tivesse sido um processo de encolhimento progressivo.

Mas o que seria exatamente esse encolhimento?

Seria o encolhimento real do homem que abandona suas dimensões de adulto e empreende a longa viagem através da velhice e da morte em direção às distâncias em que existe apenas um nada sem dimensões?

Ou seria esse encolhimento apenas uma ilusão de ótica, devida ao fato de mamãe estar se afastando, de ela estar em outro lugar, de ser vista por ele de muito longe portanto, e ela lhe parecer um cordeiro, um passarinho, uma borboleta?

Quando mamãe interrompeu um instante sua ladainha de reclamações, Karel lhe perguntou: "O que aconteceu afinal com dona Nora?".

"É uma velha agora, sabe? Está quase cega."

"Você a vê de vez em quando?"

"Então você não sabe?", perguntou mamãe, encabulada. As duas mulheres tinham deixado de se ver havia muito tempo, tinham se separado, zangadas e amargas, e não se reconciliaram nunca mais. Karel devia se lembrar.

"E você não sabe onde estivemos de férias com ela quando eu era pequeno?"

"Claro que sei!", exclamou mamãe, e ela disse o nome de uma estação de águas na Boêmia. Karel conhecia bem o lugar, mas nunca soubera que era lá, precisamente, que ficava o vestiário onde vira dona Nora inteiramente nua.

Tinha agora diante dos olhos a paisagem de vales ondulados daquela cidade de estação de águas, o peristilo de madeira com colunas esculpidas e, em volta, as colinas cobertas de pradarias onde pastavam ovelhas cujos guizos eram ouvidos tilintando. Ele plantava em pensamento, nessa paisagem (como o autor de uma colagem coloca sobre uma gravura uma outra gravura recortada), o corpo nu de dona Nora; veio-lhe a idéia de que a beleza é a faísca que surge quando, de repente, através da distância dos anos, duas idades diferentes se encontram. Que a beleza é a abolição da cronologia e a revolta contra o tempo.

Ele estava completamente tomado por essa beleza e pela gratidão por ela. Depois disse à queima-roupa: "Mamãe, nós pensamos, Markéta e eu, que talvez você queira vir morar conosco. Não é difícil trocar o apartamento por outro um pouco maior".

Mamãe acariciou-lhe a mão: "Você é muito bom, Karel. Muito bom. Fico contente por você me dizer isso. Mas, sabe, meu cachorro já tem seus hábitos lá. E fiz amizade com algumas vizinhas".

Em seguida subiram no trem, e Karel procurou um compartimento para mamãe. Achou todos muito cheios e desconfortáveis. Finalmente, ele a fez sentar-se na primeira classe e correu para procurar o inspetor a fim de pagar a diferença. E, como estava com a carteira na mão, tirou dela uma nota de cem coroas e colocou-a na mão de mamãe, como se mamãe fosse uma mocinha que estivesse sendo enviada para bem longe, pelo vasto mundo, e mamãe segurou a nota sem se espantar, com muita naturalidade, como uma colegial habituada a que os adultos lhe dessem de vez em quando um pouco de dinheiro.

E depois o trem começou a andar, mamãe estava na janela, Karel estava na plataforma e acenou para ela durante muito tempo, muito tempo, até o último instante.

Terceira parte

OS ANJOS

1

O rinoceronte é uma peça de Eugène Ionesco cujas personagens, tomadas pelo desejo de serem semelhantes umas às outras, transformam-se pouco a pouco em rinocerontes. Gabrielle e Michèle, duas jovens americanas, estudavam essa peça num curso de férias para estudantes estrangeiros numa pequena cidade da costa mediterrânea. Eram as alunas preferidas de mme. Raphaël, a professora, porque a olhavam sempre atentamente e anotavam com cuidado todas as suas observações. Hoje ela lhes pedira que preparassem juntas, para a aula seguinte, uma exposição sobre a peça.

"Não entendi muito bem o que significa eles se transformarem todos em rinocerontes", disse Gabrielle.

"Isso tem que ser interpretado como um símbolo", explicou Michèle.

"É verdade", disse Gabrielle. "A literatura é feita de símbolos."

"O rinoceronte é antes de mais nada um símbolo", disse Michèle.

"É, mas, mesmo admitindo que não tenham se transformado em rinocerontes de verdade, apenas em símbolos, por que teriam se transformado justamente nesse símbolo, e não num outro?"

"É, é mesmo um problema", disse Michèle, triste, e as duas moças, que estavam voltando para a república de estudantes, fizeram uma longa pausa.

Foi Gabrielle quem rompeu o silêncio: "Você não acha que é um símbolo fálico?".

"O quê?", perguntou Michèle.

"O chifre", disse Gabrielle.

"É verdade!", exclamou Michèle, mas em seguida hesitou. "Só que... por que se transformariam todos em símbolos fálicos? As mulheres e os homens?"

As duas moças, que andavam em direção à república, se calaram novamente.

"Tenho uma idéia", disse Michèle de repente.

"Qual?", indagou Gabrielle com interesse.

"Aliás, é uma coisa que madame Raphaël mais ou menos sugeriu", disse Michèle, aguçando a curiosidade de Gabrielle.

"Então o que é? Fala!", insistiu Gabrielle com impaciência.

"O autor quis criar um efeito cômico!"

A idéia que sua amiga expressara cativou Gabrielle a tal ponto que, inteiramente concentrada no que tinha na cabeça, ela esqueceu suas pernas e diminuiu o passo. As duas moças pararam.

"Você acha que o símbolo do rinoceronte está ali para criar um efeito cômico?", perguntou ela.

"Acho", respondeu Michèle, e sorriu com o sorriso orgulhoso de quem encontrou a verdade.

"Você tem razão", disse Gabrielle.

As duas moças se olharam, felizes com a própria audácia, e o canto de suas bocas estremecia de orgulho. Depois, de repente, elas começaram a emitir sons agudos, curtos, descontínuos, muito difíceis de descrever com palavras.

2

Riso? Alguém jamais se importa com o riso? Digo rir realmente, além da brincadeira, da caçoada, do ridículo. Rir, satisfação imensa e deliciosa, satisfação completa...

Eu dizia à minha irmã, ou ela me dizia, vem, vamos brincar de rir? Deitávamos uma ao lado da outra numa cama e começávamos. Fingindo, é claro. Risos forçados. Risos ridículos. Risos tão ridículos que nos faziam rir. Então ele vinha, o verdadeiro riso, o riso inteiro, nos levar em sua imensa vaga. Risos explodidos, retomados, sacudidos, desencadeados, risos magníficos, suntuosos e loucos... E ríamos até o infinito do riso de nossos risos... Ah, o riso! Riso de satisfação, satisfação do riso; rir é viver de maneira muito profunda.

O texto que acabo de citar foi tirado de um livro intitulado *Parole de femme*. Foi escrito em 1974 por uma das apaixonadas feministas que imprimiram sua marca no clima de nosso tempo. É um manifesto místico da alegria. Ao desejo sexual do macho, dedicado aos instantes fugazes da ereção, portanto fatalmente associado à violência, ao aniquilamento, ao desaparecimento, a autora opõe, exaltando-o como seu oposto, o *prazer* feminino, suave, onipresente e contínuo. Para a mulher, desde que ela não seja alienada de sua própria essência — "comer, beber, urinar, defecar, tocar, ouvir, ou mesmo estar presente" —, tudo é prazer. Essa enumeração de volúpias estende-se através do livro como uma bela ladainha. "Viver é bom: ver, ouvir, tocar, beber, comer, urinar, defecar, mergulhar na água e olhar o céu, rir e chorar." E, se o coito é belo, é porque ele é a totalidade dos "prazeres possíveis da vida: o tocar, o ver, o ouvir, o falar, o sentir, assim como o beber, o comer, o defecar, o conhecer e o dançar". O amamentar também é uma alegria, mesmo o parto é uma satisfação, a menstruação é uma delícia, essa "saliva morna, esse leite obscuro, esse escoamento morno e como que adocicado do sangue, essa dor que tem o gosto quente da felicidade".

Só um imbecil poderia rir desse manifesto da alegria. Todo misticismo é um exagero. O místico não deve temer o ridículo, se quiser ir até o fim, até o fim da humildade, ou até o fim do prazer. Assim como santa Teresa sorria em sua agonia, santa Annie Leclerc (é assim que se chama a autora do livro de onde tirei as citações) afirma que a morte é um fragmento de alegria e que só o macho a teme, porque está miseravelmente preso a "seu pequeno eu e a seu pequeno poder".

No alto, como se fosse a abóbada desse templo da volúpia, explode o riso, "transe delicioso da felicidade, auge extremo da alegria. Riso de satisfação, satisfação do riso". Incontestavelmente, esse riso está "além da brincadeira, da caçoada, do ridículo". As duas irmãs deitadas na cama não riem de nada de preciso, o riso delas não tem objeto, é a expressão do ser que se alegra em ser. Do mesmo modo que, pelo seu gemido, a pessoa que sofre prende-se ao momento presente de seu corpo que sofre (e fica inteiramente fora do passado e do futuro), também aquele que explode nesse riso extático fica sem lembrança e sem desejo, pois lança seu grito no momento presente do mundo e só quer saber desse momento.

Vocês certamente se lembram desta cena por tê-la visto em dezenas de filmes ruins: uma moça e um rapaz se dão as mãos e correm numa bela paisagem de primavera (ou de verão). Correm, correm, correm e riem. O riso dos dois corredores deve proclamar para o mundo inteiro e para os espectadores de todos os cinemas: somos felizes, estamos contentes de estar no mundo, estamos de acordo com o ser! É uma cena idiota, um clichê, mas exprime uma atitude humana fundamental: o riso sério, o riso "além da brincadeira".

Todas as Igrejas, todos os fabricantes de lingerie, todos os generais, todos os partidos políticos estão de acordo a respeito desse riso e todos se precipitam para colocar a imagem desses dois corredores risonhos nos cartazes em que fazem propaganda de sua religião, de seus produtos, de sua ideologia, de seu povo, de seu sexo e de seu sabão de lavar louça.

É justamente esse riso que riem Michèle e Gabrielle. Elas saem de uma papelaria, se dão as mãos e, na mão que está livre, cada uma delas balança um pequeno embrulho em que há papel colorido, cola e elásticos.

"Madame Raphaël vai ficar entusiasmada, você vai ver", diz Gabrielle, e emite sons agudos e descontínuos. Michèle concorda com ela e emite mais ou menos o mesmo barulho.

3

Pouco depois de terem ocupado meu país em 1968, os russos me expulsaram do meu trabalho (como outros milhares e milhares de tchecos), e ninguém tinha o direito de me dar outro emprego. Então alguns jovens amigos me procuraram, amigos que eram jovens demais para estarem já nas listas dos russos e que portanto podiam continuar nas redações, nas escolas, nos estúdios de cinema. Esses bons e jovens amigos, que nunca trairei, me propuseram escrever, usando o nome deles, dramas para o rádio e a televisão, peças de teatro, artigos, reportagens, roteiros de filmes, para que dessa maneira eu pudesse ganhar a vida. Utilizei alguns desses favores, mas recusei a maior parte deles, porque não conseguia fazer tudo o que me propunham e também porque era perigoso. Não para mim, mas para eles. A polícia secreta queria nos matar de fome, nos reduzir à miséria, nos obrigar a capitular ou a nos retratar publicamente. Era por isso que ela vigiava com atenção as lamentáveis saídas pelas quais tentávamos escapar do cerco, e castigava duramente aqueles que emprestavam seus nomes.

Entre esses generosos doadores, havia uma moça chamada R. (não tenho nada a esconder no caso, já que tudo foi descoberto). Essa moça tímida, perspicaz e inteligente era redatora numa revista para jovens que tinha uma tiragem fabulosa. Como essa revista era então obrigada a publicar um número incrível de artigos políticos indigestos que teciam louvores ao fraternal povo russo, a redação procurava um meio de chamar a atenção da população. Decidira portanto afastar-se excepcionalmente da pureza da ideologia marxista e criar uma seção de astrologia.

Durante esses anos em que vivi como segregado, fiz milhares de horóscopos. Se o grande Jaroslav Hasek foi comerciante de cachorros (vendia muitos cães roubados e fazia muitos vira-latas passarem por espécimes de raça), por que eu não podia ser astrólogo? Em outros tempos, recebera de amigos parisienses todos os trabalhos de astrologia de André Barbault, cujo nome é orgulhosamente acompanhado do título de Presidente do Centro Internacional de Astrologia, e, mudando minha letra, escrevi a caneta na primeira página: "A Milan Kundera, com admiração, André Barbault". Deixei os livros com a dedicatória discretamente sobre uma mesa e expliquei a meus clientes de Praga que em Paris eu tinha sido, durante muitos meses, assistente do ilustre Barbault.

Quando R. me pediu que fizesse clandestinamente a seção de astrologia de sua revista, evidentemente reagi com entusiasmo e recomendei-lhe que anunciasse na redação que o autor dos textos era um brilhante especialista do átomo que não queria revelar o seu nome, por medo de ser alvo de zombaria de seus colegas. Nossa aventura me parecia duplamente protegida: pelo sábio que não existia e por seu pseudônimo.

Escrevi sob um nome imaginário portanto um longo e belo artigo sobre astrologia, e depois todo mês um texto curto e bastante idiota sobre os diferentes signos, para os quais eu mesmo desenhava as vinhetas dos signos touro, áries, virgem e peixes. Os ganhos eram irrisórios e a coisa em si mesma não tinha nada de divertido nem de excepcional. Tudo o que havia de engraçado nisso era minha existência, a existência de um homem riscado da história, dos manuais de literatura e do catálogo de telefone, de um homem morto que então voltava à vida numa surpreendente reencarnação para pregar a centenas de milhares de jovens de um país socialista a grande verdade da astrologia.

Um dia R. me anunciou que seu redator-chefe fora conquistado pelo astrólogo e queria que ele fizesse seu horóscopo. Fiquei encantado. O redator-chefe fora colocado à frente da revista pelos russos e passara a metade de sua vida estudando o marxismo-leninismo em Praga e em Moscou!

"Ele ficou com um pouco de vergonha de me dizer isso", explicou R. com um sorriso. "Não quer que se espalhe que ele acredita nessas superstições medievais. Mas está muito tentado."

"Está bem", disse eu, e fiquei contente. Eu conhecia o redator-chefe. Além de ser o patrão de R., era membro da comissão superior do partido, encarregada dos funcionários, e tinha arruinado a vida de vários de meus amigos.

"Ele quer ficar em total anonimato. Tenho que dar a você a data do nascimento dele, mas você não deve saber que se trata dele."

Isso me divertia mais ainda: "Tanto melhor!".

"Ele vai lhe pagar cem coroas pelo horóscopo."

"Cem coroas? O que é que esse avarento está pensando?"

Precisou me enviar mil coroas. Enchi dez páginas, nas quais pintava seu caráter e descrevia seu passado (do qual eu estava suficientemente informado) e seu futuro. Trabalhei na minha obra uma semana inteira e consultei R. sobre os detalhes. Com um horóscopo podemos realmente, de maneira magnífica, influenciar, até mesmo dirigir o comportamento das pessoas. Podemos recomendar-lhes certos atos, preveni-las contra outros e conduzi-las à humildade fazendo-as conhecer suas futuras catástrofes.

Quando tornei a ver R. pouco tempo depois, rimos muito. Ela afirmou que o redator-chefe se tornara melhor depois de ler o horóscopo dele. Gritava menos. Começara a desconfiar de sua própria severidade, contra a qual o horóscopo o prevenia, fazia muita questão daquela parcela de bondade de que era capaz e, em seu olhar, que fixava muitas vezes o vazio, podia-se reconhecer a tristeza de um homem que sabe que as estrelas doravante só lhe prometem sofrimentos.

4 (A PROPÓSITO DOS DOIS RISOS)

Conceber o diabo como um partidário do Mal e o anjo como um combatente do Bem é aceitar a demagogia dos anjos. As coisas são, evidentemente, mais complicadas.

Os anjos são partidários, não do Bem, mas da criação divina. O diabo, ao contrário, é aquele que recusa ao mundo divino um sentido racional.

O domínio do mundo, como se sabe, é dividido entre anjos e demônios. Contudo, o bem do mundo não implica que os anjos levem vantagem sobre os demônios (como eu pensava quando era criança), e sim que o poder de uns e de outros seja mais ou menos equilibrado. Se existe no mundo muito sentido indiscutível (o poder dos anjos), o homem sucumbe sob o seu peso. Se o mundo perde todo o seu sentido (o reino dos demônios), também não se pode viver.

As coisas, se privadas subitamente de seu suposto sentido, do lugar que lhes é destinado na ordem esperada das coisas (um marxista formado em Moscou acreditar em horóscopos), provocam em nós o riso. Em sua origem, o riso pertence portanto ao domínio do diabo. Existe alguma coisa de mau (as coisas de repente se revelam diferentes daquilo que pareciam ser), mas existe nele também uma parte de alívio salutar (as coisas são mais leves do que pareciam, elas nos deixam viver mais livremente, deixam de nos oprimir sob sua austera seriedade).

Quando ouviu pela primeira vez o riso do demônio, o anjo foi tomado de estupor. Isso se passou num festim, a sala estava cheia de gente e as pessoas foram dominadas umas após as outras pelo riso do diabo, que é horrivelmente contagiante. O anjo compreendeu claramente que esse riso era dirigido contra Deus e contra a dignidade de sua obra. Sabia que tinha de reagir rapidamente, de uma maneira ou de outra, mas sentia-se fraco e sem defesa. Não conseguindo inventar nada, imitou seu adversário. Abrindo a boca, emitiu sons entrecortados, descontínuos, em intervalos acima de seu registro vocal (era mais ou menos o mesmo som que Michèle e Gabrielle faziam numa rua de uma cidade da costa mediterrânea), mas dando-lhe um sentido oposto: Se o riso do diabo mostrava o absurdo das coisas, o do anjo, ao contrário, queria alegrar-se por tudo aqui embaixo ser bem ordenado, sabiamente concebido, bom e cheio de sentido.

Assim, o anjo e o diabo se enfrentavam e, mostrando a boca aberta, emitiam mais ou menos os mesmos sons, mas cada um expressava, com seu ruído, coisas absolutamente opostas. E o diabo olhava o anjo rir, e ria cada vez mais, cada vez melhor e cada vez mais francamente, porque o anjo rindo era infinitamente cômico.

Um riso ridículo é um desastre. No entanto, os anjos ainda assim obtiveram um resultado. Eles nos enganaram com uma impostura semântica. Para designar sua imitação do riso e o riso original (o do diabo), existe apenas uma palavra. Hoje em dia nem nos damos conta de que a mesma manifestação exterior encobre duas atitudes interiores absolutamente opostas. Existem dois risos e não temos uma palavra para distingui-los.

5

Uma revista publicou esta fotografia: uma fila de homens de uniforme, com fuzil ao ombro, capacete na cabeça, completado por viseira protetora de plástico, os quais têm os olhos voltados para os rapazes e as moças de jeans e camiseta que, de mãos dadas, dançam em roda diante deles.

Trata-se visivelmente do espaço de tempo anterior ao choque com a polícia que vigia uma central nuclear, um campo de treinamento militar, o secretariado de um partido político ou os vidros de uma embaixada. Os jovens aproveitaram esse tempo morto para se colocarem em círculo e, acompanhando-se com um simples refrão popular, dão dois passos no lugar, um passo para a frente, e levantam a perna esquerda, depois a perna direita.

Parece-me que posso compreendê-los: acham que o círculo que descrevem no chão é um círculo mágico que os une como um anel. E o peito deles se enche de um sentimento intenso de inocência: estão unidos, não por uma *marcha*, como soldados ou comandos fascistas, mas por uma *dança*, como crianças. É sua inocência que desejam cuspir na cara dos tiras.

Foi bem assim que o fotógrafo os viu, e destacou este contraste eloqüente: de um lado a polícia na *falsa* unidade (imposta, comandada) da fila, e do outro os jovens na unidade *verdadeira* (sincera e natural) do círculo; desse lado, a polícia na *triste* atividade de homens à espreita e, daquele, a *alegria* da brincadeira.

Dançar em círculo é mágico: a roda nos fala desde as profundezas milenares da memória. Mme. Raphaël, a professora, recortou essa fotografia da revista e olha para ela sonhando. Também gostaria de dançar numa roda. Durante toda a sua vida procurou um círculo de homens e mulheres aos quais pudesse dar a mão para dançar em círculo, procurou primeiro na Igreja metodista (seu pai era um fanático religioso), depois no Partido Comunista, depois no Partido Trotskista, depois no Partido Trotskista Dissidente, depois no movimento contra o aborto (a criança tem direito à vida!), depois no movimento pela legalização do aborto (a mulher é a dona do seu corpo!), procurou entre os marxistas, entre os psicanalistas, depois entre os estruturalistas, procurou em Lênin, no zen-budismo, em Mao Tsé-tung, entre os adeptos da ioga, na escola do nouveau roman e, finalmente, quer ficar pelo menos em perfeita harmonia com seus alunos, formar com eles um só todo, o que significa que os obriga sempre a pensar e a dizer o mesmo que ela, a ser com ela um só corpo e uma só alma no mesmo círculo e na mesma dança.

Nesse momento, suas alunas Gabrielle e Michèle estão no quarto, na república de estudantes. Estão debruçadas sobre o texto de Ionesco, e Michèle lê em voz alta:

O lógico, para o velho: Pegue uma folha de papel e calcule. Tirando duas patas de dois gatos, quantas patas ficam para cada gato?

O velho, para o lógico: Existem várias soluções possíveis. Um gato pode ter quatro patas, o outro duas. Pode haver um gato com cinco patas e um outro gato com uma pata. Tirando as duas patas, de oito, dos dois gatos, podemos ter um gato com seis patas e um gato sem nenhuma pata.

Michèle interrompe a leitura: "Não entendo como se pode tirar as patas de um gato. Será que ele seria capaz de cortá-las?".

"Michèle!", exclamou Gabrielle.

"E também não entendo como é que um gato pode ter seis patas."

"Michèle!", exclamou de novo Gabrielle.

"O quê?", perguntou Michèle.

"Será que você esqueceu? Você mesma disse!"

"O quê?", perguntou de novo Michèle.

"Esse diálogo certamente tem por objetivo criar um efeito cômico!"

"Você tem razão", disse Michèle, e olhou com alegria para Gabrielle. As duas moças se olhavam nos olhos, havia como que um estremecimento de orgulho no canto de seus lábios, e finalmente suas bocas deixaram escapar sons curtos e descontínuos em intervalos acima de seu registro vocal. Depois, mais uma vez, os mesmos sons e ainda os mesmos sons. "Um riso forçado. Um riso ridículo. Um riso tão ridículo que elas não podem fazer outra coisa senão rir. Depois vem o verdadeiro riso, o riso estrondoso, retomado, sacudido, desenfreado, as explosões de riso, magníficas, suntuosas e loucas. Elas riem de seu riso até o infinito de seu riso... Ah, o riso! Riso de satisfação, satisfação do riso..."

E, em algum lugar, mme. Raphaël, inteiramente só, vagava pelas ruas da pequena cidade da costa mediterrânea. Ela levantou de repente a cabeça, como se lhe chegasse de longe o fragmento de uma melodia, flutuando no ar leve, ou como se um perfume distante lhe alcançasse o nariz. Parou e ouviu em sua cabeça o grito do vazio que se revoltava e que queria ser coberto. Parecia-lhe que em algum lugar, não muito longe dela, tremulava a chama do grande riso, que havia, talvez, em algum lugar, bem perto, pessoas de mãos dadas que dançavam em roda...

Ela continuou assim algum tempo, olhou ao redor, nervosa, depois bruscamente a música misteriosa parou (Michèle e Gabrielle tinham parado de rir; tinham de repente o ar cansado e diante delas uma noite vazia sem amor), e mme. Raphaël, estranhamente atormentada e insatisfeita, voltou para casa pelas ruas quentes da pequena cidade da costa.

6

Também dancei em roda. Isso foi em 1948, os comunistas acabavam de triunfar em meu país, os ministros socialistas e democrata-cristãos tinham se refugiado no estrangeiro, e eu segurava pela mão ou pelos ombros outros estudantes comunistas, nós dávamos dois passos no lugar, um passo para a frente e levantávamos a perna direita de um lado, depois a perna esquerda do outro, e fazíamos isso quase todos os meses, porque tínhamos sempre alguma coisa para celebrar, um aniversário ou um acontecimento qualquer, as velhas injustiças foram reparadas, novas injustiças foram cometidas, as fábricas foram nacionalizadas, milhares de pessoas foram presas, os tratamentos médicos eram gratuitos, os donos de tabacaria tiveram seus negócios confiscados, os velhos operários iam pela primeira vez passar as férias nas *villas* desapropriadas e nós tínhamos no rosto o sorriso da felicidade. Depois, um dia, eu disse alguma coisa que não devia dizer, fui expulso do partido e tive que sair da roda.

Foi então que compreendi o significado mágico do círculo. Quando nos afastamos da fila, ainda podemos voltar a ela. A fila é uma formação aberta. Mas o círculo torna a se fechar e o deixamos sem poder retornar. Não é por acaso que os planetas se movem em círculo e que a pedra que se desprende de um deles afasta-se inexoravelmente, levada pela força centrífuga. Semelhante ao meteorito arrancado de um planeta, saí do círculo e, até hoje, não parei de cair. Há pessoas a quem é dado morrer no turbilhão e há outras que se arrebentam no fim da queda. E esses outros (entre os quais estou) guardam sempre consigo uma tímida nostalgia da roda perdida, porque somos todos habitantes de um universo em que todas as coisas giram em círculo.

Era um aniversário qualquer, e mais uma vez havia nas ruas de Praga rodas de jovens que dançavam. Eu vagava por entre eles, chegava bem perto deles, mas não me era permitido entrar em nenhuma de suas rodas. Era junho de 1950 e Milada Horakova tinha sido enforcada na véspera. Ela era deputada do Partido Socialista e o tribunal comunista a tinha acusado de intrigas hostis ao Estado. Zavis Kalandra, surrealista tcheco, amigo de André Breton e de Paul Éluard, tinha sido enforcado ao mesmo tempo que ela. E jovens tchecos dançavam, sabendo que na véspera, na mesma cidade, uma mulher e um surrealista tinham ficado balançando numa corda, e dançavam com mais frenesi ainda porque sua dança era a manifestação de sua inocência, que contrastava, com brilho, com a escuridão culpada dos dois enforcados, traidores do povo e de sua esperança.

André Breton não acreditava que Kalandra tivesse traído o povo e sua esperança e, em Paris, convidara Éluard (numa carta aberta datada de 13 de junho de 1950) a protestar contra a acusação insensata e a tentar salvar o velho amigo. Mas Éluard estava muito ocupado dançando numa gigantesca roda entre Paris, Moscou, Praga, Varsóvia, Sófia e Grécia, entre todos os países socialistas e todos os partidos comunistas do mundo, e em todos os lugares recitava seus belos versos sobre a alegria e a fraternidade. Depois de ler a carta de Breton, ele dera dois passos no lugar, depois um passo para a frente, balançara a cabeça negativamente, recusando-se a defender um traidor do povo (na revista *Action*, de 19 de junho de 1950), e pusera-se a recitar com voz metálica:

Vamos alimentar a inocência
Com a força que por muito tempo
Nos faltou
Nunca mais ficaremos sós.

E eu vagava pelas ruas de Praga, em volta de mim giravam as rodas de tchecos que riam enquanto dançavam, e eu sabia que não estava do lado deles, mas do lado de Kalandra, que também saíra da trajetória circular e caíra, caíra, para terminar sua queda num caixão de condenado, mas, mesmo não estando do lado deles, eu os olhava dançar com inveja e nostalgia, não podia tirar os olhos deles. E nesse momento enxerguei-o bem na minha frente!

Ele os segurava pelos ombros, cantava com eles duas ou três notas bem simples, levantava a perna esquerda de um lado, depois a perna direita do outro. Sim, era ele, o filho querido de Praga, Éluard! E de repente aqueles que dançavam com ele se calaram, continuaram a mover-se num silêncio absoluto, enquanto ele entoava um de seus poemas no ritmo das batidas das solas de seus sapatos:

Fugiremos do descanso, fugiremos do sono,
Tomaremos de assalto a madrugada e a primavera
E prepararemos dias e estações
Na medida de nossos sonhos.

Em seguida, bruscamente, todos recomeçaram a cantar aquelas três ou quatro notas bem simples e aceleraram o ritmo da dança. Fugiam do descanso e do sono, tomavam o tempo de assalto e alimentavam sua inocência. Todos sorriam, e Éluard inclinou-se para uma moça que segurava pelos ombros: "O homem possuído pela paz tem sempre um sorriso".

E a moça começou a rir, batendo mais forte com o pé no asfalto, de modo que se elevou alguns centímetros do solo, levando os outros consigo para cima, e no instante seguinte nenhum deles tocava mais o chão, davam dois passos no lugar e um passo para a frente, sem tocar o chão, é, eles voavam sobre a praça São Venceslau, sua roda dançante parecia uma grande coroa que alçava vôo, e eu corria embaixo, na terra, erguendo os olhos para vê-los, e eles estavam cada vez mais longe, voavam levantando a perna esquerda de um lado, depois a perna direita do outro, e embaixo deles estava Praga com seus cafés cheios de poetas e suas prisões cheias de traidores do povo, e no crematório estavam incinerando uma deputada socialista e um escritor surrealista, a fumaça subia para o céu como um feliz presságio, e eu ouvia a voz metálica de Éluard: "O amor está trabalhando, ele é incansável".

Eu corria atrás dessa voz pelas ruas para não perder de vista aquela esplêndida coroa de corpos planando sobre a cidade, e sabia, com angústia no coração, que eles voavam como os pássaros e que eu caía como pedra, que eles tinham asas e que eu nunca mais as teria.

7

Dezoito anos após sua execução, Kalandra foi totalmente reabilitado, mas alguns meses mais tarde os tanques russos irromperam na Boêmia e logo dezenas de milhares de pessoas também foram acusadas de terem traído o povo e sua esperança, alguns foram jogados na prisão, a maioria foi expulsa de seu trabalho e, dois anos mais tarde (portanto, vinte anos depois do vôo de Éluard sobre a praça São Venceslau), um desses novos acusados (eu) tinha uma seção de astrologia numa revista ilustrada destinada à juventude tcheca. Tinha se passado um ano desde o meu último artigo sobre sagitário (isso aconteceu portanto em dezembro de 1971), quando recebi a visita de um rapaz que eu não conhecia. Sem dizer uma palavra, ele me entregou um envelope. Rasguei-o, li a carta, e precisei de um momento para compreender que era uma carta de R. A letra estava irreconhecível. Ela devia estar muito nervosa quando escrevera a carta. Esforçara-se em redigir as frases de maneira que ninguém mais além de mim pudesse entendê-las, tanto que eu mesmo só as compreendia pela metade. A única coisa que eu entendia era que, com um ano de atraso, minha identidade de autor fora descoberta.

Nessa época, eu tinha um pequeno apartamento em Praga, na rua Bartolomejska. É uma rua pequena, mas famosa. Todos os imóveis, com exceção de dois (entre os quais aquele em que eu morava), pertenciam à polícia. Quando olhava para fora da minha grande janela do quarto andar, eu via, no alto, por cima dos telhados, as torres do Hradchine e, embaixo, os pátios da polícia. No alto desfilava a gloriosa história dos reis da Boêmia, embaixo desenrolava-se a história de prisioneiros ilustres. Todos passaram por lá, Kalandra e Horakova, Slansky e Clementis, e meus amigos Sabata e Hübl.

O rapaz (tudo indicava que era o noivo de R.) olhava em torno de si com a maior circunspecção. Pensava visivelmente que a polícia vigiava meu apartamento com microfones escondidos. Nós nos fizemos um sinal com a cabeça em silêncio e saímos. Primeiro andamos sem dizer uma única palavra e foi somente quando desembocamos na barulheira da avenida Narodni Trida que ele me disse que R. queria me ver e que um amigo dele, que eu não conhecia, nos emprestaria um apartamento no subúrbio para esse encontro clandestino.

No dia seguinte, portanto, fiz um longo trajeto de bonde até a periferia de Praga, estávamos em dezembro, eu tinha as mãos geladas, e os conjuntos residenciais estavam inteiramente vazios àquela hora da manhã. Achei a casa, graças à descrição que o rapaz tinha feito, tomei o elevador até o terceiro andar, olhei os cartões de visita nas portas e toquei a campainha. O apartamento estava silencioso. Toquei mais uma vez, mas ninguém abriu. Voltei para a rua. Andei cerca de meia hora no frio glacial, achando que R. estava atrasada e que iria cruzar com ela quando ela viesse, pela calçada deserta, do ponto de ônibus. Mas não chegava ninguém. Tomei de novo o elevador até o terceiro andar. Toquei mais uma vez a campainha. No fim de alguns segundos, ouvi o barulho de descarga dentro do apartamento. Nesse momento, tive a impressão de que tinham posto em mim o cubo de gelo da angústia. Sentia dentro do meu próprio corpo o medo da moça que não podia abrir a porta para mim porque sua ansiedade lhe revolvia as entranhas.

Ela abriu, estava pálida, mas sorria e esforçava-se em ser amável como sempre. Fez algumas brincadeiras desastradas dizendo que finalmente ficaríamos a sós num apartamento vazio. Sentamos e ela me contou que fora recentemente convocada à polícia. Eles a tinham interrogado durante um dia inteiro. Nas duas primeiras horas, tinham lhe perguntado uma porção de coisas insignificantes, ela já estava se sentindo dona da situação, brincava com eles e perguntara-lhes com insolência se se davam conta de que ela iria ficar sem almoçar por causa daquelas bobagens. Foi nesse momento que lhe perguntaram: Cara srta. R., quem afinal escreve os artigos de astrologia para sua revista? Ela enrubesceu e tentou falar de um físico célebre cujo nome não podia revelar. Eles lhe perguntaram: A senhorita conhece o sr. Kundera? Ela disse que me conhecia. Haveria algum mal nisso? Eles responderam: Não há nada de mal nisso, mas a senhorita sabia que o sr. Kundera se interessa por astrologia? É uma coisa que ignoro, respondeu ela. É uma coisa que a senhorita ignora?, disseram rindo. Praga inteira fala nisso e é uma coisa que a senhorita ignora? Ela falou ainda alguns instantes do especialista em átomo e um dos tiras começou a gritar: que ela não negasse nada!

Afinal ela lhes dissera a verdade. A redação da revista queria ter uma boa seção de astrologia, mas não sabia quem procurar, R. me conhecia e pedira então minha ajuda. Ela estava certa de não ter violado nenhuma lei. Eles lhe deram razão. Não, ela não tinha violado nenhuma lei. Tinha apenas infringido os regulamentos internos de serviço que proíbem a colaboração de certas pessoas culpadas de terem traído a confiança do partido e do Estado. Ela esclarecera que não acontecera nada de grave: o nome do sr. Kundera ficara escondido sob um pseudônimo, portanto não poderia ter ofendido ninguém. Quanto aos honorários que o sr. Kundera recebera, nem valia a pena falar. Mais uma vez eles lhe deram razão: Não tinha acontecido nada de grave, era verdade, eles iriam se contentar em fazer um relatório sobre o que tinha acontecido, ela iria assiná-lo e não teria nada a temer.

Ela assinara o relatório e dois dias depois o redator-chefe a chamara para informar que ela tinha sido demitida sem aviso prévio. No mesmo dia ela foi à rádio onde tinha alguns amigos que havia muito tempo lhe propunham trabalho. Eles a receberam com alegria, mas, quando ela voltou no dia seguinte para preencher os papéis, o chefe do pessoal, que gostava muito dela, estava com ar desolado: "Que bobagem você fez, minha filha! Estragou sua vida. Não posso fazer absolutamente nada por você".

Primeiro ela havia hesitado em falar comigo, porque tinha prometido aos policiais não dar uma palavra com ninguém sobre o interrogatório. Mas, tendo recebido uma nova convocação da polícia (deveria ir até lá no dia seguinte), tinha concluído que era melhor me encontrar em segredo para se entender comigo e evitar que fizéssemos declarações contraditórias, se por acaso eu também fosse convocado.

Compreendam bem, R. não era medrosa, era simplesmente jovem e não sabia nada do mundo. Acabara de receber o primeiro golpe, incompreensível e inesperado, e nunca mais iria esquecê-lo. Compreendi que eu fora escolhido para ser o mensageiro que distribui para as pessoas advertências e castigos e começava a ficar com medo de mim mesmo.

"Você acha", perguntou-me ela com um nó na garganta, "que eles estão sabendo das mil coroas que você recebeu pelo horóscopo?"

"Não tenha medo. Um sujeito que estudou o marxismo-leninismo em Moscou durante três anos não ousará nunca confessar que mandou fazer horóscopos."

Ela riu, e esse riso, embora mal tenha durado meio segundo, tinia em meu ouvido como uma tímida promessa de salvação. Pois era exatamente esse riso que eu gostaria de ouvir quando escrevia aqueles artigozinhos bobos sobre peixes, virgem e áries, era exatamente esse riso que eu imaginava como recompensa, mas ele não chegava de parte alguma, porque nesse meio-tempo os anjos, no mundo inteiro, tinham ocupado todas as posições decisivas, todos os estados-maiores, tinham conquistado a esquerda e a direita, os árabes e os judeus, os generais russos e os dissidentes russos. Eles nos olhavam de toda parte com seu olho glacial e esse olhar nos tirava a simpática roupagem de alegres mistificadores e nos desmascarava como pobres impostores que trabalhavam para a revista da juventude socialista sem acreditar nem na juventude nem no socialismo, que faziam um horóscopo para o redator-chefe pouco se importando tanto com o redator-chefe quanto com os horóscopos, e que se ocupavam com coisas irrisórias quando todo mundo à nossa volta (a esquerda e a direita, os árabes e os judeus, os generais e os dissidentes) combatia pelo futuro do gênero humano. Sentíamos sobre nós o peso de seu olhar, que nos transformava em insetos dignos de serem esmagados com o pé.

Controlei minha angústia e tentei inventar para R. o plano mais razoável a adotar para responder à polícia no dia seguinte. Durante a conversa, ela se levantou várias vezes para ir ao banheiro. Suas voltas eram acompanhadas pelo barulho da descarga e expressões de constrangimento amedrontado. Essa moça corajosa tinha vergonha de seu medo. Essa mulher de bom gosto tinha vergonha de suas entranhas, que a castigavam diante dos olhos de um estranho.

8

Cerca de vinte rapazes e moças de diversas nacionalidades estavam sentados em suas carteiras e olhavam distraidamente Michèle e Gabrielle, que, com ar nervoso, estavam em pé diante da cátedra onde estava sentada mme. Raphaël. Elas tinham na mão várias folhas de papel cobertas com o texto de sua exposição e ainda carregavam um curioso objeto de papelão munido de um elástico.

"Vamos falar da peça de Ionesco, *O rinoceronte*", disse Michèle, e inclinou a cabeça para plantar no nariz um tubo de papelão no qual estavam colados pedaços de papel multicoloridos; depois prendeu o tubo atrás da cabeça com o elástico. Gabrielle fez o mesmo. Em seguida elas se olharam e emitiram em tom agudo sons curtos e descontínuos.

A turma havia compreendido, em suma muito facilmente, que as duas moças queriam mostrar, primeiro, que o rinoceronte tem um chifre no lugar do nariz e, segundo, que a peça de Ionesco é cômica. Elas tinham decidido exprimir essas duas idéias, certamente com palavras, mas sobretudo pela ação dos próprios corpos.

Os longos chifres lhes balançavam na extremidade dos rostos, e a classe caiu numa espécie de compaixão constrangida, como se alguém estivesse apresentando diante das carteiras um braço amputado.

Somente mme. Raphaël ficou maravilhada com o achado de suas jovens favoritas e respondeu a seus sons agudos e descontínuos com um som semelhante.

As moças sacudiram seus longos narizes com um ar satisfeito e Michèle começou a ler sua parte da exposição.

Havia entre os alunos uma moça judia chamada Sarah. Ela pedira às duas americanas, alguns dias antes, que a deixassem dar uma olhada em suas anotações (todos sabiam que elas não perdiam uma só palavra do que dizia mme. Raphaël), mas elas tinham se recusado: "É só você não faltar ao curso para ir à praia". Desde esse dia, Sarah as detestava cordialmente, e agora se divertia com o espetáculo bobo das duas.

Michèle e Gabrielle liam alternadamente sua análise do *O rinoceronte*, e os longos chifres de papel saíam de seus rostos como vã oração. Sarah compreendeu que seria pena deixar passar essa oportunidade. Como Michèle fez uma pausa em sua intervenção e se virou para Gabrielle para indicar-lhe que era sua vez, ela se levantou de seu banco e se dirigiu às duas moças. Gabrielle, em vez de tomar a palavra, fixou sobre Sarah o orifício de seu falso nariz e ficou boquiaberta. Chegando onde estavam as duas estudantes, Sarah as contornou (as americanas não estavam em condições de virar a cabeça para olhar o que se passava atrás delas, como se o nariz acrescentado fosse muito pesado para suas cabeças), tomou impulso e deu em Michèle um pontapé no traseiro, tomou novo impulso e chutou de novo, dessa vez o traseiro de Gabrielle. Em seguida, voltou para sua carteira com calma, com dignidade, até.

Na hora, houve um silêncio absoluto.

Depois as lágrimas começaram a cair dos olhos de Michèle e, logo em seguida, dos olhos de Gabrielle.

Depois toda a classe explodiu num riso enorme.

Depois Sarah sentou em sua carteira.

Depois mme. Raphaël, primeiro apanhada de surpresa e chocada, compreendeu que a intervenção de Sarah era um episódio combinado de uma farsa de estudantes cuidadosamente preparada, que não tinha outro objetivo senão esclarecer o tema da análise (a interpretação da obra de arte não pode se limitar à abordagem teórica tradicional; é preciso uma abordagem moderna, uma leitura pela prática, pela ação, pelo happening), e, como não via as lágrimas de suas favoritas (elas estavam de frente para a turma e conseqüentemente lhe davam as costas), ela inclinou a cabeça e assentiu com uma boa gargalhada.

Michèle e Gabrielle, ouvindo atrás de si o riso da professora querida, sentiram-se traídas. Agora as lágrimas lhe caíam dos olhos como de uma torneira. A humilhação lhes fazia tão mal que se contorciam como se tivessem cãibras no estômago.

Mme. Raphaël imaginou que as convulsões de suas alunas favoritas fossem um movimento de dança, e nesse momento uma força mais poderosa do que sua circunspecção professoral a atirou da cadeira. Ela chorava de rir, abria os braços, e seu corpo sacudia tanto que sua cabeça era projetada para a frente e para trás sobre o pescoço, como um sino que um sacristão segura virado para baixo na palma da mão e toca com toda força. Aproximou-se das moças que se contorciam convulsivamente e pegou Michèle pela mão. E eis todas as três diante das carteiras, todas as três se contorciam e estavam aos prantos. Mme. Raphaël dava dois passos no lugar, levantava a perna esquerda de um lado, depois a perna direita do outro, e as duas moças aos prantos começaram timidamente a imitá-la. As lágrimas escorriam pelo nariz de papelão, e elas se contorciam e saltavam no lugar. Depois a senhora professora pegou Gabrielle pela mão; elas formavam agora um círculo diante das carteiras, davam-se as mãos todas as três, davam uns passos no lugar e de lado e giravam em roda no chão da sala de aula. Jogavam a perna para a frente, ora para a direita, ora para a esquerda, e no rosto de Gabrielle e de Michèle as caretas dos soluços se tornavam imperceptivelmente caretas de riso.

As três mulheres dançavam e riam, e a turma calava-se e olhava com muito espanto. Mas agora as três já não mais enxergavam os demais, estavam inteiramente concentradas em si mesmas e em seu prazer. De repente mme. Raphaël bateu mais forte com o pé, ergueu-se a alguns centímetros acima do soalho e, no passo seguinte, não tocou mais o chão. Carregava atrás de si suas duas companheiras, mais um instante e elas giraram todas as três acima do chão, subindo em espiral, lentamente. Seus cabelos já tocavam o teto, que começava a se abrir pouco a pouco. Por essa abertura, subiram cada vez mais alto, o nariz de papelão não era mais visível, havia apenas três pares de sapatos que eram vistos pelo buraco, mas que acabaram por sua vez desaparecendo, ao passo que do alto chegava aos ouvidos dos alunos espantados o riso que se afastava, o riso resplandecente dos três arcanjos.

9

Meu encontro com R. no apartamento emprestado foi decisivo para mim. Naquele momento, compreendi definitivamente que tinha me tornado o mensageiro da desgraça, que não podia continuar vivendo entre as pessoas que amava sem prejudicá-las e que só me restava sair de meu país.

Mas tenho ainda outra razão para lembrar esse último encontro com R. Sempre gostei muito daquela moça, da maneira mais inocente, menos sexual possível. Como se seu corpo estivesse sempre perfeitamente escondido atrás de sua inteligência radiosa, e também atrás da modéstia de seu comportamento e do bom-tom de suas roupas. Ela não me oferecia a menor fenda pela qual eu pudesse entrever a luz de sua nudez. E de repente o medo a abriu como a faca de um açougueiro. Eu tinha a impressão de vê-la aberta diante de mim, como a carcaça partida de uma vitela suspensa no gancho de um açougue. Estávamos sentados um ao lado do outro no divã desse apartamento emprestado, do banheiro chegava até nós o barulho da água que caía na caixa, e senti de repente uma vontade frenética de fazer amor com ela. Mais exatamente: uma vontade frenética de violá-la. De me atirar sobre ela, de agarrá-la de uma só vez com todas as suas contradições insuportavelmente excitantes, com suas roupas perfeitas e seus intestinos em revolta, com sua razão e seu medo, com seu orgulho e sua vergonha. E parecia-me que nessas contradições se escondia sua essência, esse tesouro, essa pepita de ouro, esse diamante oculto em suas profundezas. Queria me atirar sobre ela e arrancá-lo dela. Queria abarcá-la inteira com sua merda e sua alma inefável.

Mas eu via dois olhos angustiados fixados em mim (olhos angustiados num rosto inteligente) e, quanto mais esses olhos ficavam angustiados, maior era o meu desejo de violá-la, e ainda mais absurdo, imbecil, escandaloso, incompreensível e irrealizável.

Quando naquele dia saí do apartamento emprestado e me vi na rua deserta daquela cidade do subúrbio de Praga (R. ficara ainda um instante no apartamento, tinha medo de sair ao mesmo tempo que eu e de sermos vistos juntos), fiquei muito tempo sem poder pensar em outra coisa a não ser no imenso desejo que tinha sentido de violar minha simpática amiga. Esse desejo ficou em mim, prisioneiro como um pássaro num saco, um pássaro que acorda de vez em quando e bate as asas.

Pode ser que esse desejo insensato de violar R. tenha sido apenas um esforço desesperado para me agarrar a alguma coisa no meio da queda. Porque, depois de me excluírem da roda, não parei de cair, ainda agora estou caindo, e no momento não fizeram outra coisa senão me empurrar mais uma vez para que eu caísse ainda mais longe, ainda mais fundo, cada vez mais longe de meu país, no espaço deserto do mundo onde ressoa o riso assustador dos anjos, que cobre com seu carrilhão todas as minhas palavras.

Eu sei, existe em algum lugar Sarah, a moça judia Sarah, minha irmã Sarah, mas onde a encontrarei?

Os trechos citados foram tirados das seguintes obras:
— Annie Leclerc. *Parole de femme*, 1976.
— Paul Éluard. *Le visage de la paix*, 1951.
— Eugène Ionesco. *O rinoceronte*, 1959.

Quarta parte
AS CARTAS PERDIDAS

1

Calculei que, a cada segundo, duas ou três novas personagens fictícias recebem aqui embaixo o batismo. É por isso que hesito sempre em me juntar a essa numerosa multidão de sãos João Batista. Mas o que fazer? É necessário que eu dê um nome às minhas personagens. Dessa vez, para mostrar claramente que minha heroína é minha e só pertence a mim (estou mais preso a ela do que a qualquer outra), vou chamá-la por um nome que nenhuma mulher jamais teve: Tamina. Imagino que é bela, alta, que tem trinta e três anos e que é de Praga.

Vejo-a em pensamento descendo uma rua de uma cidade de interior no oeste da Europa. É, vocês já perceberam: é Praga, que está longe, que chamo pelo nome, mas deixo no anonimato a cidade onde se passa minha história. É infringir todas as regras de perspectiva, mas a vocês só resta aceitar isso.

Tamina trabalha como garçonete num pequeno café que pertence a um casal. O café rende tão pouco que o marido pegou o primeiro emprego que encontrou, e Tamina conseguiu o lugar que, assim, ficara livre. A diferença entre o salário miserável que o patrão recebe em seu novo emprego e o salário ainda mais miserável que o casal paga a Tamina representa sua pequena vantagem.

Tamina serve café e aguardente de maçã aos fregueses (não são muitos, o salão está sempre com a metade dos lugares vazios), depois volta para trás do balcão. Senta-se no bar, num tamborete; quase sempre há alguém que quer conversar com ela. Todo mundo gosta de Tamina. Porque ela sabe escutar o que lhe contam.

Mas será que ela escuta mesmo? Ou não faz outra coisa senão olhar, muito atenta, muito calada? Não sei, e isso não tem muita importância. O que conta é que ela não interrompe. Vocês sabem o que acontece quando duas pessoas conversam. Uma fala e a outra lhe corta a palavra: "é exatamente como eu, eu..." e começa a falar de si até que a primeira consiga por sua vez cortar: "é exatamente como eu, eu...".

Essa frase, "é exatamente como eu, eu...", parece ser um eco aprovador, uma maneira de continuar a reflexão do outro, mas é um engodo: na verdade, é uma revolta brutal contra uma violência brutal, um esforço para libertar nosso próprio ouvido da escravidão e ocupar à força o ouvido do adversário. Pois toda a vida do homem entre seus semelhantes nada mais é do que um combate para se apossar do ouvido do outro. Todo o mistério da popularidade de Tamina é que ela não deseja falar de si mesma. Ela aceita sem resistência os ocupantes de seu ouvido e nunca diz: "é exatamente como eu, eu...".

2

Bibi é dez anos mais nova que Tamina. Há quase um ano ela lhe fala de si mesma dia após dia. Não faz muito tempo (e foi na realidade nesse momento que tudo começou), ela lhe disse que pretendia ir a Praga com o marido no verão, durante as férias.

Então Tamina tem a impressão de acordar de um sono de muitos anos. Bibi fala ainda alguns instantes e Tamina (contrariando seus hábitos) corta-lhe a palavra:

"Bibi, se você vai a Praga, será que poderia passar na casa do meu pai para trazer uma coisa para mim? Nada muito grande. Só um embrulho pequeno, vai caber facilmente na sua mala."

"Para você, qualquer coisa!", diz Bibi, muito solícita.

"Vou ficar eternamente grata", diz Tamina.

"Pode contar comigo", diz Bibi. As duas mulheres falam ainda um pouco sobre Praga e Tamina fica com o rosto em chamas.

"Quero escrever um livro", diz em seguida Bibi.

Tamina pensa em seu pequeno embrulho lá na Boêmia e sabe que precisa reforçar a amizade com Bibi. Portanto logo lhe oferece o ouvido: "Um livro? E sobre o quê?".

A filha de Bibi, uma garota de um ano, engatinha embaixo do tamborete do bar onde está sentada sua mãe. Faz muito barulho.

"Quieta!", diz Bibi em direção ao chão, e sopra com ar pensativo a fumaça do cigarro. "Sobre o mundo tal como o vejo."

A garota dá gritos cada vez mais agudos e Tamina pergunta: "Você saberia escrever um livro?".

"Por que não?", diz Bibi, e fica de novo com o ar pensativo. "Evidentemente preciso me informar um pouco para saber como se escreve um livro. Por acaso conhece Banaka?"

"Quem?", pergunta Tamina.

"Um escritor", diz Bibi. "Mora por aqui. Preciso conhecê-lo."

"O que ele escreveu?"

"Não sei", diz Bibi, e acrescenta, pensativa: "Talvez seja melhor eu ler alguma coisa dele".

3

Em vez de uma exclamação de alegre surpresa, não houve no fone nada a não ser um glacial: "Ora essa! Você finalmente se lembrou de mim?".

"Você sabe que não nado em ouro. A ligação é cara", disse Tamina para se desculpar.

"Você poderia escrever. Que eu saiba, os selos não custam tão caro assim. Nem me lembro mais quando recebi sua última carta..."

Compreendendo que a conversa com a sogra começara mal, Tamina indagou sobre sua saúde e sobre o que ela estava fazendo, antes de resolver dizer: "Quero lhe pedir um favor. Antes da nossa partida, deixamos um embrulho na sua casa".

"Um embrulho?"

"É, Pavel colocou-o, com você, na antiga escrivaninha do pai, e fechou a gaveta à chave. Você lembra, ele sempre teve uma gaveta nessa mesa. E deixou a chave com você."

"Não estou com a sua chave."

"Mas, minha sogra, você deve estar com ela. Pavel a entregou a você. Tenho certeza. Eu estava aí."

"Vocês não me deram nada, não."

"Já faz muitos anos, você deve ter esquecido. Tudo o que lhe peço é que procure essa chave. Tenho certeza de que vai encontrá-la."

"E o que quer que eu faça com ela?"

"Só olhar se o embrulho ainda está lá."

"E por que não estaria? Vocês não o colocaram lá?"

"Colocamos."

"Então por que tenho que abrir a gaveta? O que é que vocês pensam que fiz com seus cadernos?"

Tamina teve um choque: Como a sogra poderia saber que havia cadernos na gaveta? Eles estavam embrulhados e o embrulho tinha sido muito bem fechado com várias tiras de fitas adesivas. Contudo, não deixou transparecer sua surpresa:

"Mas eu não disse nada disso. Só queria que você verificasse se está tudo no lugar. Da próxima vez dou mais detalhes."

"E não pode me explicar do que se trata?"

"Minha sogra, não posso falar muito tempo, é tão caro!"

A sogra começou a soluçar: "Se é tão caro, então não me telefone mais".

"Não chore, sogra", disse Tamina. Conhecia de cor seus soluços. A sogra sempre chorava quando queria forçá-los a alguma coisa. Acusava-os chorando e não havia nada mais agressivo que suas lágrimas.

O fone ressoava com os soluços e Tamina disse: "Até logo, sogra, voltarei a ligar".

A sogra chorava, e Tamina não ousava desligar antes que ela dissesse até logo. Mas os soluços não paravam e cada lágrima custava muito dinheiro.

Tamina desligou.

"Dona Tamina", disse a proprietária do café com a voz aflita, mostrando o relógio, "a senhora falou muito tempo." Depois calculou quanto custava a ligação para a Boêmia, e Tamina se assustou com o valor. Teria que economizar cada centavo para sobreviver até o próximo pagamento. Mas pagou a conta sem pestanejar.

4

Tamina e o marido haviam deixado a Boêmia ilegalmente. Eles tinham se inscrito para uma temporada à beira-mar que a agência de viagens oficial tcheca organizava na Iugoslávia. Chegando lá, abandonaram o grupo e, atravessando a fronteira da Áustria, dirigiram-se para o oeste.

Temendo serem notados durante a viagem em grupo, tinham levado apenas uma mala cada um. No último momento, não ousaram levar o embrulho volumoso que continha sua correspondência mútua e os diários de Tamina. Se um policial da Tchecoslováquia ocupada os fizesse abrir as bagagens durante o controle de alfândega, imediatamente acharia suspeito estarem carregando todos os arquivos de sua vida particular para quinze dias de férias à beira-mar. E como não quisessem deixar o embrulho em casa, sabendo que depois de sua partida o apartamento seria confiscado pelo Estado, eles o tinham deixado guardado na casa da sogra de Tamina, numa gaveta da escrivaninha abandonada, portanto inútil, do falecido sogro.

No estrangeiro, o marido de Tamina caíra doente, e Tamina nada pudera fazer além de ver a morte levá-lo lentamente. Quando ele morreu, perguntaram-lhe se ela queria enterrá-lo ou cremá-lo. Ela disse que o cremassem. Em seguida perguntaram-lhe se queria guardá-lo numa urna ou se preferia espalhar as cinzas. Em nenhum lugar ela se sentia em casa, e temia carregar o marido a vida toda como uma bagagem de mão. Mandara dispersar as cinzas.

Imagino que o mundo se ergue ao redor de Tamina, cada vez mais alto, como um muro circular, e que ela é um pequeno gramado lá embaixo. Nesse gramado cresce apenas uma rosa, a lembrança de seu marido.

Ou então imagino que o presente de Tamina (ele consiste em servir café e oferecer seu ouvido) é uma jangada à deriva sobre a água e que ela está nessa jangada e olha para trás, somente para trás.

Havia algum tempo que estava desesperada porque o passado se tornava cada vez mais pálido. Não tinha nada do marido senão a fotografia de seu passaporte, todas as outras fotos tinham ficado em Praga, no apartamento confiscado. Ela olhava essa pobre imagem carimbada, de cantos cortados, em que o marido tinha sido focalizado de frente (como um criminoso fotografado para o Arquivo Policial) e que não era nada fiel. Todo dia, diante dessa fotografia, ela se dedicava a uma espécie de exercício espiritual: esforçava-se em imaginar o marido de perfil, depois de meio perfil, depois de três quartos. Fazia reviver a linha de seu nariz, de seu queixo, e constatava todo dia com espanto que o esboço imaginário apresentava novos pontos discutíveis em que a memória que desenhava tinha dúvidas.

Durante esses exercícios, ela esforçava-se em evocar a pele e sua cor, e todas as pequenas alterações da epiderme, as verrugas, as protuberâncias, as sardas, as pequenas veias. Era difícil, quase impossível. As cores de que se servia sua memória eram irreais, e com essas cores não havia meio de imitar a pele humana. Ela inventara portanto uma técnica pessoal de rememorar. Quando estava sentada em frente a um homem, servia-se de sua cabeça como um material a esculpir: olhava-a fixamente e refazia em pensamento as formas do rosto, dava-lhe uma cor mais escura, colocava nele as sardas e as verrugas, diminuía as orelhas, coloria os olhos de azul.

Mas todos esses esforços só comprovavam que a imagem do marido lhe fugia irrevogavelmente. No começo da ligação dos dois ele lhe pedira (ele era dez anos mais velho que ela e já tinha formado certa idéia da precariedade da memória humana) que fizesse um diário e anotasse nele o desenrolar da vida dos dois. Ela tinha se rebelado, afirmando que isso era fazer pouco do amor deles. Ela o amava demais para poder admitir que aquilo que qualificava de inesquecível pudesse ser esquecido. Evidentemente, acabara obedecendo, mas sem entusiasmo. Os diários tinham se ressentido disso; muitas páginas estavam vazias; e as anotações, fragmentadas.

5

Ela vivera onze anos na Boêmia com o marido, e os diários deixados na casa da sogra também eram em número de onze. Pouco depois da morte do marido, ela comprara um caderno e o dividira em onze partes. É claro que conseguia se lembrar bem dos acontecimentos e das situações meio esquecidas, mas não sabia absolutamente em que lugar do diário escrevê-las. A sucessão cronológica estava irremediavelmente perdida.

Ela tentara primeiro resgatar as lembranças que poderiam servir de ponto de referência na passagem do tempo e tornar-se a estrutura principal do passado reconstruído. Por exemplo, suas férias. Deveria haver onze, mas ela conseguia lembrar-se apenas de nove. Havia duas que estavam perdidas para sempre.

Em seguida ela se esforçara em organizar nos onze capítulos do caderno as nove férias que conseguia relembrar. Só conseguia fazê-lo com exatidão nos anos que se distinguiam por alguma coisa de excepcional. Em 1964, a mãe de Tamina tinha morrido e eles tinham ido um mês mais tarde para os Tatras, onde tinham passado férias tristes. E ela sabia que no ano seguinte tinham ido para a beira-mar na Bulgária. Lembrava-se também das férias de 1968 e das do ano seguinte, porque foram as últimas que passaram na Boêmia.

Mas, se tinha conseguido bem ou mal reconstituir a maioria de suas férias (mesmo sem datar todas), fracassava completamente quando tentava se lembrar de seus natais e de seus anos-novos. De onze natais, só encontrava dois nos recantos de sua memória, e de onze anos-novos, só se lembrava de cinco.

Queria também se lembrar de todos os nomes que ele lhe dera. Ele só a tinha chamado por seu nome verdadeiro nos quinze primeiros dias. Sua ternura era uma máquina de fabricar contínuos apelidos. Ela tinha muitos nomes e, como cada nome se gastava depressa, ele lhe arranjava outros sem parar. Durante os doze anos que haviam passado juntos, ela tivera uns vinte ou trinta apelidos, e cada um pertencia a um período preciso da vida deles.

Mas como redescobrir o elo perdido entre um apelido e o ritmo do tempo? Tamina só conseguia tornar a encontrá-lo em alguns casos. Lembrava-se por exemplo dos dias que tinham se seguido à morte de sua mãe. O marido lhe cochichava seu nome no ouvido (o nome daquela época, daquele instante), com insistência, como se tentasse acordá-la de um pesadelo. Era um apelido de que ela se lembrava e que ela pudera registrar com certeza na parte intitulada 1964. Mas todos os outros nomes voavam para fora do tempo, livres e loucos como pássaros em fuga de um viveiro.

É por isso que ela quer tão desesperadamente ter em casa esse embrulho de diários e cartas.

Evidentemente, sabe que há também nos diários uma porção de coisas desagradáveis, dias de insatisfação, de brigas e até mesmo de tédio, mas não se trata disso absolutamente. Ela não quer devolver ao passado sua poesia. Quer lhe devolver seu corpo perdido. O que a impele não é um desejo de beleza. É um desejo de vida.

Pois Tamina está à deriva numa jangada e olha para trás, somente para trás. O volume do seu ser não é senão aquilo que ela vê lá longe, atrás dela. Assim como seu passado se contrai, se desfaz, se dissolve, Tamina encolhe e perde seus contornos.

Ela quer ter esses diários para que a frágil estrutura dos acontecimentos, tal como a construiu em seu diário, possa receber paredes e tornar-se a casa onde ela poderá morar. Porque, se o edifício vacilante das lembranças cai como uma tenda mal levantada, não vai sobrar nada de Tamina a não ser o presente, esse ponto invisível, esse nada que avança lentamente em direção à morte.

6

Então por que não ter há mais tempo dito à sogra que lhe enviasse os diários?

Em seu país, a correspondência com o estrangeiro passa

pelas mãos da polícia secreta, e Tamina não podia aceitar a idéia de os funcionários da polícia meterem o nariz em sua vida particular. Além disso, o nome do marido (que era também seu nome) certamente ficara nas listas negras, e a polícia empresta a todos os documentos relacionados com a vida de seus adversários, mesmo mortos, um interesse sem tréguas. (Nesse ponto, Tamina não se enganava absolutamente. É nos dossiês dos arquivos da polícia que se encontra nossa única imortalidade.)

Bibi era portanto sua única esperança e ela faria de tudo para não perdê-la. Bibi queria ser apresentada a Banaka e Tamina pensava: sua amiga deveria conhecer o enredo de pelo menos um de seus livros. Na verdade é indispensável que ela mencione na conversa: "É, é exatamente o que o senhor diz no seu livro". Ou então: "O senhor se parece tanto com suas personagens, senhor Banaka!". Tamina sabia que Bibi não tinha um único livro em casa e que ela se aborrecia com leituras. Queria portanto descobrir o que havia nos livros de Banaka para preparar a amiga para esse encontro com o escritor.

Hugo estava na sala e Tamina acabava de colocar em frente a ele uma xícara de café: "Hugo, você conhece Banaka?".

Hugo tinha mau hálito, mas à parte isso Tamina o achava muito simpático: era um rapaz calmo e tímido, mais ou menos cinco anos mais novo que ela. Ia ao café uma vez por semana e olhava ora os muitos livros que carregava, ora Tamina de pé atrás do balcão.

"Conheço", disse ele.

"Gostaria de saber a história de um dos seus livros."

"Escute, Tamina", respondeu Hugo, "nunca ninguém leu nada de Banaka. É impossível ler um livro de Banaka sem passar por imbecil. Banaka, ninguém duvida disso, é um escritor de segunda, de terceira ou mesmo de décima categoria. Eu lhe asseguro que Banaka é a tal ponto vítima de sua própria reputação que despreza as pessoas que leram seus livros."

Assim, ela não tentou mais conseguir os livros de Banaka, mas estava muito decidida a organizar ela mesma o encontro com o escritor. De vez em quando emprestava seu quarto, que ficava vazio durante o dia, a uma japonesinha casada, conhecida como Joujou, para encontros discretos com um professor de filosofia que também era casado. O professor conhecia Banaka, e Tamina fez os amantes prometerem que o levariam à sua casa num dia em que Bibi fosse visitá-la.

Quando Bibi soube da novidade, disse: "Talvez Banaka seja bonitão e sua vida sexual finalmente mude".

7

Era verdade, desde a morte do marido, Tamina não tinha mais feito amor. Não era por princípio. Essa fidelidade além da morte lhe parecia, ao contrário, quase ridícula, e ela não se gabava dela. Mas toda vez que se imaginava (e ela imaginava isso com freqüência) tirando a roupa diante de um homem, tinha diante de si a imagem do marido. Sabia então que o veria. Sabia que veria seu rosto e seus olhos que a observariam.

Era evidentemente impróprio, era até mesmo absurdo, e ela se dava conta disso. Não acreditava na vida póstuma da alma do marido e também não pensava que ofenderia sua memória arranjando um amante. Mas não podia fazer nada.

Tivera até esta idéia singular: teria sido muito mais fácil do que hoje enganar o marido quando vivo. Seu marido era um homem alegre, brincalhão, forte, ela se sentia muito mais fraca do que ele e tinha a impressão de não poder magoá-lo mesmo se esforçando ao máximo.

Mas hoje seria tudo diferente. Hoje ela faria mal a alguém que não poderia se defender, que estava à sua mercê como uma criança. Pois, agora que estava morto, seu marido tinha apenas a ela, apenas a ela no mundo!

Era por isso que, sempre que ela pensava na possibilidade de amor físico com outro homem, a imagem do marido surgia, e com ela uma lancinante nostalgia, e com a nostalgia uma enorme vontade de chorar.

8

Banaka era feio e dificilmente poderia despertar numa mulher uma sensualidade adormecida. Tamina encheu-lhe a xícara de chá e ele agradeceu muito respeitosamente. Todo mundo se sentia bem na casa de Tamina, e o próprio Banaka, virando-se para Bibi com um sorriso, interrompeu uma conversa sem seqüência:

"Parece que você quer escrever um livro. Seria um livro sobre o quê?"

"É muito simples", respondeu Bibi. "Um romance. Sobre o mundo como o vejo."

"Um romance?", perguntou Banaka com uma voz que traía a desaprovação.

Bibi retificou de maneira evasiva: "Não seria necessariamente um romance".

"Pense bem no que é um romance", disse Banaka. "Nessa multidão de personagens diferentes. Você quer que acreditemos que você conhece tudo sobre elas? Que sabe como são, o que pensam, como se vestem, de que família vêm? Confesse que isso não lhe interessa absolutamente!"

"É verdade", reconheceu Bibi, "isso não me interessa."

"Sabe", disse Banaka, "o romance é fruto de uma ilusão humana. A ilusão de poder compreender o outro. Mas o que sabemos uns dos outros?"

"Nada", disse Bibi.

"É verdade", concordou Joujou.

O professor de filosofia balançava a cabeça em sinal de aprovação.

"Tudo o que podemos fazer", disse Banaka, "é apresentar um relato sobre nós mesmos. Um relato de cada um sobre si mesmo. Todo o resto é apenas abuso de poder. Todo o resto é mentira."

Bibi aprovava com entusiasmo: "É verdade! É inteiramente verdade! Eu também não quero escrever um romance! Eu me expressei mal. Gostaria de fazer exatamente o que o senhor disse, escrever sobre mim. Apresentar um relato sobre minha vida. Ao mesmo tempo, não quero esconder que minha vida é totalmente banal, comum, e que nada vivi de original".

Banaka sorria: "Isso não tem nenhuma importância! Eu também, visto do exterior, não vivi nada de original".

"É", exclamou Bibi, "bem falado! Visto do *exterior*, não vivi nada. Visto do exterior! Mas tenho a impressão de que minha experiência *interior* vale a pena ser escrita e poderia interessar a todo mundo."

Tamina enchia as xícaras de chá e alegrava-se que os dois homens que tinham descido ao seu apartamento, vindos do Olimpo do espírito, fossem compreensivos com sua amiga.

O professor de filosofia fumava um cachimbo e se escondia atrás da fumaça como se tivesse vergonha.

"Desde James Joyce", disse ele, "sabemos que a maior aventura de nossa vida é a ausência de aventuras. Ulisses, que lutou em Tróia, voltou singrando os mares, comandou ele mesmo seu navio, tinha uma amante em cada ilha, não, não é isso nossa vida. A odisséia de Homero transportou-se para dentro. Ela se interiorizou. As ilhas, os mares, as sereias que nos seduzem, a Ítaca que nos chama não são hoje senão vozes de nosso ser interior."

"É! É exatamente isso o que sinto!", exclamou Bibi e dirigiu-se novamente a Banaka. "E é por isso que queria lhe perguntar o que se deve fazer. Tenho muitas vezes a impressão de que meu corpo inteiro está cheio de desejo de se exprimir. De falar. De se fazer ouvir. Às vezes penso que vou ficar louca, porque me sinto cheia a ponto de estourar, de ter vontade de gritar. O senhor certamente conhece isso, senhor Banaka. Gostaria de expressar minha vida, meus sentimentos, que são, sei disso, absolutamente originais, mas, quando sento diante de uma folha de papel, de repente não sei mais o que escrever. Então disse a mim mesma que é certamente uma questão de técnica. Faltam-me, é claro, certos conhecimentos que o senhor tem. O senhor escreveu livros tão bonitos..."

9

Vou dispensá-los do curso sobre a arte de escrever que os dois Sócrates deram à moça. Quero falar de outra coisa. Há algum tempo, atravessei Paris de táxi e o chofer era falador. Ele não conseguia dormir à noite. Sofria de uma insônia crônica. Isso tinha começado na guerra. Era marinheiro. Seu navio tinha afundado. Ele nadara durante três dias e três noites. Depois fora salvo. Passara muitos meses entre a vida e a morte. Ficara bom, mas perdera o sono.

"Tenho atrás de mim um terço da minha vida a mais do que você", disse ele com um sorriso.

"E o que é que você faz com esse terço a mais?", perguntei.

Ele respondeu: "Escrevo".

Eu quis saber sobre o que ele escrevia.

Escrevia sobre sua vida. A história de um homem que tinha nadado durante três dias no mar, que tinha lutado contra a morte, que tinha perdido o sono e que no entanto conservara a força de viver.

"Você escreve sobre isso para seus filhos? Como uma crônica de família?"

Ele sorriu com amargura: "Para meus filhos? Isso não iria interessá-los. É um livro que escrevo. Acho que poderia ajudar muita gente".

Essa conversa com o chofer de táxi de repente esclareceu para mim a natureza da atividade de escritor. Escrevemos livros porque nossos filhos se desinteressam de nós. Nós nos dirigimos ao mundo anônimo porque nossa mulher tapa os ouvidos quando falamos com ela.

Vocês irão replicar que, no caso do chofer de táxi, trata-se de um grafomaníaco e de modo algum de um escritor. Portanto, para começar, é necessário precisar os conceitos. Uma mulher que escreve quatro cartas por dia para seu amante não é uma grafomaníaca. É uma apaixonada. Mas meu amigo que tira fotocópias de sua correspondência amorosa para poder publicá-las um dia é um grafomaníaco. A grafomania não é o desejo de escrever cartas, diários íntimos, crônicas familiares (isto é, escrever para si ou para seus próximos), mas de escrever livros (portanto ter um público de leitores desconhecidos). Nesse sentido, a paixão do chofer de táxi e a de Goethe são a mesma. O que distingue Goethe do chofer de táxi não é uma paixão diferente, mas o diferente resultado da paixão.

A grafomania (mania de escrever livros) assume fatalmente proporções de epidemia quando o desenvolvimento da sociedade preenche três condições fundamentais:

1. um nível elevado de bem-estar geral, que permite às pessoas dedicar-se a uma atividade inútil;

2. um alto grau de dispersão da vida social e, conseqüentemente, de isolamento geral dos indivíduos;

3. a falta radical de grandes mudanças sociais na vida in-

terna da nação (sob esse ponto de vista, parece-me sintomático que na França, onde nada praticamente acontece, a porcentagem de escritores seja vinte e uma vezes mais elevada do que em Israel. Bibi aliás se expressou muito bem ao dizer que, *visto do exterior*, ela nada viveu. O motor que a impele a escrever é justamente essa ausência de conteúdo vital, esse vazio).

Mas o efeito, por um contragolpe, se repercute na causa. O isolamento geral engendra a grafomania, e a grafomania generalizada reforça e agrava, por sua vez, o isolamento. A invenção do prelo no passado permitiu aos homens se compreenderem mutuamente. Na era da grafomania universal, o fato de escrever livros adquire um sentido oposto: cada um se cerca de suas próprias palavras como de um muro de espelhos que não deixa passar nenhuma voz de fora.

10

"Tamina", disse Hugo, um dia em que conversava com ela no café deserto, "sei que não tenho nenhuma chance com você. Portanto não tentarei nada. Mas será que pelo menos poderia convidá-la para almoçar no domingo?"

O embrulho está na casa da sogra de Tamina numa cidade do interior, e Tamina quer enviá-lo a Praga, para a casa de seu pai, onde Bibi poderá passar para apanhá-lo. Aparentemente, não existe nada mais simples, mas é preciso muito tempo e dinheiro para convencer pessoas velhas e lunáticas. Telefonar custa caro e o salário de Tamina mal dá para pagar o aluguel e a alimentação.

"Pode", disse Tamina, lembrando que Hugo com certeza tinha telefone em casa.

Ele a buscou de carro e foram a um restaurante no campo.

A situação precária de Tamina deveria ter tornado fácil

para Hugo o papel de conquistador soberano, mas, por trás da personagem de garçonete mal paga, ele via a experiência misteriosa da estrangeira e da viúva. Sentia-se intimidado. A amabilidade de Tamina era como uma couraça que as balas não conseguem atravessar. Ele queria chamar sua atenção, cativá-la, entrar em seus pensamentos.

Esforçava-se em inventar alguma coisa interessante para ela. Antes de chegar ao destino, parou o carro para levá-la visitar um jardim zoológico instalado no parque de um belo castelo de província. Eles passearam entre os macacos e os papagaios num cenário de torres góticas. Estavam sós; um jardineiro com ares de camponês varria as largas aléias cobertas de folhas. Passaram por um lobo, um castor, um macaco e um tigre e chegaram a um grande descampado circundado por uma cerca de arame atrás da qual havia alguns avestruzes.

Eram seis. Ao perceberem Tamina e Hugo, correram para eles. Agora formavam um pequeno grupo que se comprimia contra a cerca, espichavam seus longos pescoços, olhavam para eles e abriam os bicos compridos e achatados. Abriam-nos e fechavam-nos numa velocidade incrível, febrilmente, como se quisessem falar cada um mais alto que o outro. Só que esses bicos eram desesperadamente mudos e deles não saía o menor som.

Os avestruzes eram como mensageiros que tivessem aprendido de cor uma mensagem importante, mas o inimigo lhes cortara as cordas vocais no caminho, e eles, tendo chegado ao destino, não podiam fazer nada a não ser mexer suas bocas afônicas.

Tamina os olhava, como que fascinada, e os avestruzes continuavam falando cada vez com mais insistência. Depois, como ela se afastasse com Hugo, eles se precipitaram atrás deles, ao longo da cerca, e continuaram a bater os bicos para preveni-los de alguma coisa, mas de quê, Tamina não sabia.

11

"Foi como uma cena de uma história de terror", dizia Tamina cortando seu patê. "Como se quisessem me dizer alguma coisa de muito importante. Mas o que queriam dizer?"

Hugo explicou que eram avestruzes jovens e que se comportavam sempre assim. A última vez que ele dera uma volta naquele jardim zoológico, todos os seis tinham corrido até a cerca, como hoje, abrindo os bicos mudos.

Tamina continuava perturbada: "Sabe, deixei uma coisa na Boêmia. Um embrulho com papéis. Se me enviarem esse embrulho pelo correio, há o risco de a polícia confiscá-lo. Bibi quer ir a Praga neste verão. Prometeu trazê-los para mim. E agora estou com medo. Eu me pergunto se os avestruzes não vieram me avisar que aconteceu alguma coisa com o embrulho".

Hugo sabia que Tamina era viúva e que seu marido tinha sido obrigado a emigrar por razões políticas.

"Documentos políticos?", perguntou ele.

Havia muito tempo Tamina estava convencida de que, se quisesse que as pessoas do lugar compreendessem alguma coisa de sua vida, seria necessário simplificá-la. Teria sido extremamente difícil explicar por que essa correspondência particular e esses diários íntimos seriam apreendidos pela polícia e por que razões ela fazia tanta questão deles. Disse então: "É, documentos políticos".

Depois teve medo de que Hugo lhe pedisse detalhes sobre esses documentos, mas seus temores eram supérfluos. Alguma vez já lhe tinham feito perguntas? Às vezes as pessoas lhe explicavam o que pensavam de seu país, mas não se interessavam pela sua experiência.

Hugo perguntou: "Bibi sabe que são documentos políticos?".

"Não", respondeu Tamina.

"É melhor assim", disse Hugo. "Não diga a ela que se trata de alguma coisa política. Na última hora, ela teria medo e não iria pegar o seu embrulho. Você não imagina como as pessoas têm medo, Tamina. Bibi deve imaginar que se trata de uma coisa inteiramente insignificante, banal. Por exemplo, de sua correspondência amorosa. É isso, diga a ela que são cartas de amor que estão no seu embrulho."

Hugo ria com sua idéia: "Cartas de amor! É! Isso não foge ao horizonte dela! Isso está ao alcance de Bibi!".

Tamina pensa que para Hugo cartas de amor são uma coisa insignificante e banal. Não ocorre a ninguém que ela tenha amado alguém e que isso tenha sido importante.

Hugo acrescentou: "Se por acaso ela desistir dessa viagem, pode contar comigo. Irei até lá buscar o seu embrulho".

"Obrigada", disse calorosamente Tamina.

"Vou buscá-lo para você", repetiu Hugo "mesmo que eu seja preso."

Tamina protestou: "Convenhamos, nada pode acontecer com você!". E tentou explicar-lhe que os turistas estrangeiros não corriam nenhum risco em seu país. Lá a vida só era perigosa para os tchecos, e nem eles percebiam mais isso. De repente, ela falou longamente e com animação, conhecia aquele país de cor, e posso confirmar que ela estava com toda a razão.

Uma hora mais tarde, ela apertava contra o ouvido o telefone de Hugo. A conversa com a sogra não terminou de maneira melhor do que da primeira vez: "Vocês nunca me confiaram chave nenhuma! Sempre esconderam tudo de mim! Por que está me obrigando a lembrar do modo como vocês sempre me trataram?".

12

Se Tamina é tão apegada a suas lembranças, por que não volta para a Boêmia? Os emigrantes que deixaram ilegalmente o país depois de 1968 foram mais tarde anistiados e convidados a voltar. De que Tamina tem medo? Ela é muito insignificante para ficar em perigo em seu país!

É, ela poderia voltar sem medo. E no entanto não pode.

No país, todos tinham traído seu marido. Ela achava que voltando para o meio deles o trairia também.

Quando o foram transferindo para cargos cada vez mais subalternos até finalmente o expulsarem de seu trabalho, ninguém tomara sua defesa. Nem mesmo os amigos. É claro que Tamina sabia que no fundo de seus corações as pessoas estavam com seu marido. Se tinham se calado, era apenas por medo. Mas justamente porque estavam com ele é que tinham ainda mais vergonha de seu medo, e, quando o encontravam na rua, fingiam não vê-lo. Por delicadeza, o casal começou, por conta própria, a evitar as pessoas, para não despertar nelas esse sentimento de vergonha. Logo começaram a parecer dois leprosos. Quando o casal foi embora da Boêmia, os antigos colegas de seu marido assinaram uma declaração pública em que o caluniavam e o condenavam. Certamente só tinham feito isso para não perder seus postos, como o marido de Tamina tinha perdido o seu um pouco antes. Mas haviam feito. Tinham dessa maneira cavado entre eles e os dois exilados um fosso que Tamina jamais consentiria em saltar a fim de voltar para lá.

A primeira noite depois da fuga, quando acordaram num pequeno hotel de uma cidade dos Alpes e compreenderam que estavam sós, apartados do mundo onde se desenrolara sua vida de antes, ela experimentara um sentimento de libertação e de alívio. Estavam na montanha, magnificamente sós. Em torno deles reinava um silêncio incrível. Tamina recebia esse silêncio como um dom inesperado e pensava que o marido tinha deixado sua pátria para escapar das perseguições, e ela, para encontrar o silêncio; o silêncio para seu marido e para ela; o silêncio para o amor.

Com a morte do marido, ela fora tomada por uma súbita nostalgia de seu país natal, onde onze anos da vida dos dois tinham deixado por toda parte suas marcas. Num impulso sentimental, enviara participações da morte para uma dezena de amigos. Não recebera uma só resposta.

Um mês mais tarde, com o resto do dinheiro economizado, ela fora para a beira-mar. Vestira seu maiô e tomara um tubo de tranqüilizantes. Depois nadara para longe, para o alto-mar. Achou que os comprimidos provocariam um imenso cansaço e que ela iria se afogar. Mas a água fria e seus movimentos de atleta (sempre fora excelente nadadora) a impediram de dormir e os comprimidos eram certamente mais fracos do que ela imaginara.

Voltara para a praia, fora para o quarto e dormira vinte horas. Ao acordar havia nela calma e paz. Estava decidida a viver em silêncio e para o silêncio.

13

A luz azul prateada do televisor de Bibi iluminava as pessoas presentes: Tamina, Joujou, Bibi e o marido Dedé, que era caixeiro-viajante e voltara na véspera depois de quatro dias de ausência. Flutuava na sala um leve cheiro de urina, e na tela aparecia uma grande cabeça redonda, velha, careca, à qual um jornalista invisível acabara de dirigir uma pergunta provocante:

"Nós lemos nas suas memórias algumas confissões eróticas chocantes."

Era um programa semanal durante o qual um jornalista de grande popularidade conversava com os autores dos livros publicados na semana anterior.

A grande cabeça nua sorria com complacência: "Ah, não! Não há nada de chocante! Apenas um cálculo inteiramente preciso! Conte comigo. Minha vida sexual começou na idade de quinze anos". A cabeça velha e redonda olhava com orgulho em torno de si. "É, na idade de quinze anos. Tenho hoje sessenta e cinco. Tenho portanto atrás de mim cinqüenta anos de vida sexual. Posso supor, e essa é uma estimativa muito modesta, que fiz amor em média duas vezes por semana. Isso dá cem vezes por ano, portanto cinco mil vezes na minha vida. Continuemos os cálculos. Se um orgasmo dura cinco segundos, tenho atrás de mim vinte e cinco mil segundos de orgasmo. O que dá um total de seis horas e cinqüenta e seis minutos de orgasmo. Nada mal, hein?"

Na sala todo mundo balançava a cabeça gravemente e Tamina imaginava o velho careca tomado por um orgasmo ininterrupto: ele se contorce, leva a mão ao coração, no fim de quinze minutos sua dentadura cai da boca e cinco minutos mais tarde ele cai morto. Ela deu uma gargalhada.

Bibi lhe chamou a atenção: "Do que você está rindo? Não é um balanço tão ruim assim! Seis horas e cinqüenta e seis minutos de orgasmo".

Joujou disse: "Durante muitos anos eu não soube absolutamente o que era ter um orgasmo. Mas agora, há muitos anos, tenho orgasmo com bastante regularidade".

Todo mundo começou a falar do orgasmo de Joujou, e na tela um outro rosto expressava indignação.

"Por que é que ele está tão zangado?", perguntou Dedé.

Na tela o escritor dizia:

"É muito importante. Muito importante. Explico isso no meu livro".

"O que é muito importante?", perguntou Bibi.

"Que ele tenha passado sua infância na cidade de Rourou", explicou Tamina.

O sujeito que havia passado sua infância na cidade de Rourou tinha um nariz comprido que pesava de maneira tal que sua cabeça pendia cada vez mais para baixo, e em determinados momentos se tinha a impressão de que ela iria cair da tela na sala. O rosto pendido por causa do peso do nariz comprido estava extremamente agitado quando ele disse:

"Explico isso no meu livro. Toda a minha obra escrita está ligada à pequena cidade de Rourou, e quem não compreende isso não pode compreender nada da minha obra. Afinal foi lá que escrevi meus primeiros versos. Sim, na minha opinião, é muito importante."

"Existem homens com os quais nunca tenho orgasmo", disse Joujou.

"Não esqueçam", disse o escritor, e seu rosto estava cada vez mais agitado, "que foi em Rourou que andei de bicicleta pela primeira vez. E conto isso com detalhes em meu livro. E vocês sabem o que significa a bicicleta na minha obra. É um símbolo. A bicicleta é para mim o primeiro passo da humanidade para fora do mundo patriarcal, para o mundo da civilização. O primeiro namoro com a civilização. O namoro da virgem antes do primeiro beijo. Ainda a virgindade e já o pecado."

"É verdade", disse Joujou. "Minha colega Tanaka teve o seu primeiro orgasmo andando de bicicleta, quando ainda era virgem."

Todo mundo começou a discutir o orgasmo de Tanaka, e Tamina disse a Bibi: "Você me permite dar um telefonema?".

14

O cheiro de urina estava ainda mais forte no cômodo vizinho. Era onde dormia a filha de Bibi.

"Sei que vocês não se falam", cochichava Tamina. "Mas sem isso não vou conseguir que ela me entregue o embrulho.

O único meio é você ir à casa dela pegá-lo. Se ela não achar a chave, você a obriga a arrombar a gaveta. São coisas minhas. Cartas e coisas assim. Tenho direito a elas."

"Tamina, não me obrigue a falar com ela!"

"Papai, faça um esforço, faça isso por mim. Ela tem medo de você e a você não ousará recusar."

"Escute, se seus amigos vierem a Praga, darei a eles um casaco de pele para você. É mais importante do que umas cartas velhas."

"Mas não quero casaco de pele. Quero meu embrulho!"

"Fale mais alto! Não estou ouvindo!", disse o pai, mas a filha falava baixo de propósito, porque não queria que Bibi ouvisse frases tchecas que iriam revelar que ela tinha telefonado para o estrangeiro e que cada segundo de conversa iria custar caro.

"Eu disse que quero meu embrulho, e não um casaco de pele!", repetiu Tamina.

"Você sempre se interessa por bobagens!"

"Papai, a ligação custa horrivelmente caro. Por favor, você não poderia mesmo ir vê-la?"

A conversa estava difícil. A cada instante, seu pai lhe fazia repetir as palavras e se recusava obstinadamente a ir ver sua sogra. Acabou dizendo:

"Telefone para o seu irmão! É só ele ir vê-la! E ele pode me trazer seu embrulho!"

"Mas ele nem a conhece!"

"É essa justamente a vantagem", disse o pai rindo. "Do contrário ele nunca iria vê-la."

Tamina refletiu rapidamente. Não era uma idéia tão má enviar à casa da sogra seu irmão, que era enérgico e decidido. Mas Tamina não sentia vontade de lhe telefonar. Eles não tinham se escrito uma única carta desde que ela fora para o estrangeiro. Seu irmão tinha um cargo muito bem remunerado e só havia conseguido conservá-lo rompendo todos os laços com a irmã emigrada.

"Papai, não posso telefonar para ele. Talvez você mesmo pudesse explicar. Por favor, papai!"

15

O pai era pequeno e raquítico, e, antigamente, quando dava a mão a Tamina na rua, empertigava-se todo, como se apresentasse ao mundo inteiro o monumento da noite heróica em que a tinha gerado. Nunca gostara do genro e travava com ele uma guerra sem fim. Ao propor a Tamina enviar-lhe um casaco de pele (que herdara com certeza de uma parenta morta), não pensava absolutamente na saúde da filha, mas nessa velha rivalidade. Queria que ela desse preferência ao pai (o casaco de pele) e não ao marido (o embrulho de cartas).

Tamina se apavorava com a idéia de que a sorte de seu pacote de cartas estava nas mãos hostis do pai e da sogra. Havia algum tempo, acontecia-lhe cada vez com mais freqüência imaginar que seus diários fossem lidos por olhos estranhos, e ela se dizia que o olhar dos outros é como a chuva que apaga as inscrições nos muros. Ou como a luz que cai prematuramente no papel fotográfico dentro do banho revelador e estraga a imagem.

Compreendia que o que dava a suas lembranças escritas sentido e valor era elas serem destinadas *apenas a ela*. No momento em que perdessem essa qualidade, o elo íntimo que a unia a elas seria rompido, e ela não poderia mais lê-las com seus próprios olhos, mas somente com os olhos do público que toma conhecimento de um documento sobre outra pessoa. Então, mesmo aquela que as escrevera se tornaria outra, uma estranha. A semelhança acentuada que, apesar de tudo, subsistiria entre ela e a autora dos diários lhe daria a impressão de uma paródia, de uma zombaria. Não, ela não poderia nunca mais ler seus diários se fossem lidos por olhos estranhos.

Era por isso que estava cheia de impaciência e desejava recuperar o mais depressa possível seus diários e suas cartas, antes de a imagem do passado que estava fixada neles se estragar.

16

Bibi surgiu no café e sentou-se ao balcão: "Olá, Tamina! Me dá um uísque!".

Bibi em geral tomava café e, somente em casos excepcionais, vinho do porto. Pedir um uísque mostrava que ela estava com disposição de espírito pouco comum.

"Teu livro está adiantado?", perguntou Tamina despejando a bebida num copo.

"Seria preciso que eu estivesse de melhor humor", disse Bibi. Ela esvaziou o copo de um só gole e pediu uma segunda dose.

Outros fregueses acabavam de entrar no café. Tamina perguntou a cada um o que queria, voltou para trás do balcão, despejou uma segunda dose de uísque para a amiga e foi servir os fregueses. Quando voltou, Bibi lhe disse:

"Não consigo mais entender Dedé. Quando ele volta de suas viagens, fica na cama dois dias inteiros. Durante dois dias não tira o pijama! Você agüentaria isso? E o pior é quando ele quer fazer amor. Ele não consegue entender que não me agrada fazer amor, nem um pouco. Tenho que deixá-lo. Ele passa o tempo todo programando férias idiotas. Fica na cama de pijama com um atlas na mão. Primeiro queria ir a Praga. Mas agora isso já não lhe diz nada. Descobriu um livro sobre a Irlanda e quer ir para lá a qualquer preço."

"Então vocês vão à Irlanda nas férias?", perguntou Tamina com um nó na garganta.

"*Nós*? *Nós* não iremos a parte alguma. Vou ficar aqui e escrever. Ele não vai me fazer ir a parte alguma. Não preciso de Dedé. Ele não se interessa nem um pouco por mim. Estou escrevendo, e imagine que ele ainda nem me perguntou o que é que estou escrevendo. Compreendi que não temos mais nada a nos dizer."

Tamina queria perguntar: "Então vocês não vão mais a Praga?". Mas estava com um nó na garganta e não podia falar.

Nesse momento, Joujou, a pequena japonesa, entrou no café e saltou para um tamborete do bar ao lado de Bibi. Disse: "Você seria capaz de fazer amor em público?".

"O que é que você quer dizer?", perguntou Bibi.

"Por exemplo, aqui no chão no café, na frente de todo mundo. Ou no cinema durante o intervalo?"

"Quieta!", berrou Bibi em direção ao ladrilho, onde a filha fazia barulho ao pé de seu tamborete. Depois disse: "Por que não? É uma coisa natural. Por que teria vergonha de uma coisa natural?".

Mais uma vez Tamina se preparou para perguntar a Bibi se ela iria a Praga. Mas compreendeu que a pergunta era supérflua. Era mais do que evidente. Bibi não iria a Praga.

A dona do café saiu da cozinha e sorriu para Bibi: "Como vai?".

"É preciso uma revolução", disse Bibi, "é preciso que alguma coisa aconteça! Que alguma coisa aconteça, afinal!"

Nessa noite Tamina sonhou com os avestruzes. Eles se encostavam na cerca e falavam todos ao mesmo tempo. Ela estava apavorada. Não podia se mexer, observava seus bicos mudos, como que hipnotizada. Conservava os lábios convulsivamente fechados. Porque tinha um anel de ouro na boca e temia por esse anel.

17

Por que será que a imagino com um anel de ouro na boca?

Não posso fazer nada, eu a imagino assim. E de repente uma frase me volta à lembrança: "Uma nota leve, límpida, metálica; como de um anel de ouro caindo num vaso de prata".

Thomas Mann, quando era ainda muito moço, escreveu sobre a morte uma novela candidamente fascinante: nessa novela a morte é bela, como é bela para todos aqueles que sonham com ela quando são muito moços, e a morte é ainda irreal e encantadora, semelhante à voz azulada dos lugares distantes.

Um rapaz vitimado por uma doença mortal sobe num trem e depois desce numa estação desconhecida, entra numa cidade cujo nome ignora e numa casa qualquer, na casa de uma velha cuja testa é coberta de manchas vermelhas, e aluga um quarto. Não, não vou contar o que acontece depois nessa habitação sublocada, quero apenas lembrar um acontecimento insignificante: quando o rapaz doente andava pelo quarto, "ele julgava ouvir nos quartos vizinhos, entre o martelar de seus passos, um barulho indefinível, uma nota leve, límpida, metálica. Mas talvez fosse apenas uma ilusão. Como de um anel de ouro caindo num vaso de prata, imaginava ele...".

Na novela, esse pequeno detalhe acústico fica sem conseqüência e sem explicação. Somente do ponto de vista da ação ele poderia ser omitido sem inconvenientes. Esse som simplesmente ressoou; de repente; assim.

Creio que Thomas Mann fez tinir essa nota "leve, límpida, metálica" para que nascesse o silêncio. Precisava disso para que ouvíssemos a beleza (porque a morte da qual ele falava era a "morte-beleza") e a beleza, para ser perceptível, precisa de um grau mínimo de silêncio (cuja medida é precisamente o som que produz um anel de ouro caindo num vaso de prata).

(Sim, sei, vocês não sabem de que estou falando porque a beleza desapareceu há muito tempo. Ela desapareceu sob a superfície do barulho — barulho das palavras, barulho dos carros, barulho da música — no qual vivemos constantemente. Está submersa como a Atlântida. Dela só restou uma palavra cujo sentido é a cada ano menos inteligível.)

Tamina ouviu pela primeira vez esse silêncio (precioso como um fragmento de uma estátua de mármore da Atlântida submersa) quando acordou, depois de ter fugido do seu país, num hotel na montanha, cercado de florestas. Ela o ouviu uma segunda vez quando nadou no mar, com o estômago cheio de comprimidos, que lhe trouxeram, em vez da morte, uma paz inesperada. Esse silêncio, ela quer proteger com seu corpo e em seu corpo. É por isso que a vejo em seu sonho de pé, encostada na cerca de arame; na boca convulsivamente fechada, ela tem um anel de ouro.

Diante dela estão seis pescoços compridos encimados por minúsculas cabeças com bicos achatados que se abrem e fecham sem ruído. Ela não os compreende. Não sabe se os avestruzes a ameaçam, a alertam, a encorajam ou imploram. Teme pelo anel de ouro (esse diapasão do silêncio) e o guarda convulsivamente na boca.

Tamina nunca saberá o que foram lhe dizer esses grandes pássaros. Mas eu sei. Não foram nem preveni-la, nem chamá-la à ordem, nem ameaçá-la. Não se interessam absolutamente por ela. Foram todos lhe falar de si. Todos lhe dizer como comeram, como dormiram, como correram até a cerca e o que viram. Que passaram sua importante infância na importante cidade de Rourou. Que seu importante orgasmo durou seis horas. Que viram uma mulher passear atrás da cerca e que ela usava um xale. Que nadaram, ficaram doentes e depois ficaram bons. Que andavam de bicicleta quando moços e que hoje comeram um saco de capim. Colocam-se todos diante de Tamina e lhe falam ao mesmo tempo, com veemência, com insistência e com agressividade porque não existe nada no mundo mais importante do que aquilo que querem lhe dizer.

18

Alguns dias mais tarde, Banaka fez sua aparição no café. Completamente bêbado, sentou-se no tamborete do bar, caiu dele duas vezes, tornou a subir, pediu aguardente de maçã e deitou a cabeça no balcão. Tamina percebeu que ele chorava.

"O que está acontecendo, senhor Banaka?", perguntou ela.

Banaka levantou para ela um olhar lacrimoso e com o dedo apontou para o peito: "Não sou, você compreende? Não sou! Não existo!".

Depois foi ao banheiro e do banheiro diretamente para a rua, sem pagar.

Tamina contou o incidente a Hugo, que, à guisa de explicação, mostrou-lhe uma página de jornal em que havia muitas resenhas de livros e, sobre a produção de Banaka, uma nota composta de quatro linhas sarcásticas.

O episódio de Banaka, que apontava o dedo indicador para o peito chorando porque não existia, me lembra um verso do *Divã ocidental-oriental*, de Goethe: "Estamos vivos quando outros homens vivem?". Na pergunta de Goethe se esconde todo o mistério da condição de escritor: O homem, pelo fato de escrever livros, transforma-se em universo (não se fala no universo de Balzac, no universo de Tchekhov, no universo de Kafka?), e o característico de um universo é justamente ser único. A existência de um outro universo o ameaça em sua própria essência.

Dois sapateiros, que tenham suas sapatarias exatamente na mesma rua, podem viver em perfeita harmonia. Mas, se começarem a escrever um livro sobre a vida dos sapateiros, vão logo incomodar um ao outro e se fazer a pergunta: "Um sapateiro está vivo quando vivem outros sapateiros?".

Tamina tem a impressão de que um só olhar estranho pode destruir todo o valor de seus diários íntimos, e Goethe está convencido de que um só olhar de um só ser humano que não esteja presente nas linhas de sua obra coloca em questão a própria existência de Goethe. A diferença entre Tamina e Goethe é a diferença entre o homem e o escritor.

Aquele que escreve livros é tudo (um universo único para si mesmo e para todos os outros) ou nada. E porque nunca será dado a ninguém ser *tudo*, nós todos que escrevemos livros não somos *nada*. Somos desconhecidos, ciumentos, azedos, e desejamos a morte do outro. Nisso somos todos iguais: Banaka, Bibi, eu e Goethe.

A irresistível proliferação da grafomania entre os políticos, os motoristas de táxi, as parturientes, os amantes, os assassinos, os ladrões, as prostitutas, os prefeitos, os médicos e os doentes me demonstra que todo homem sem exceção traz em si sua potencialidade de escritor, de modo que toda a espécie humana poderia com todo direito sair na rua e gritar: Somos todos escritores!

Pois cada um de nós sofre com a idéia de desaparecer, sem ser ouvido e notado, num universo indiferente, e por isso quer, enquanto é tempo, transformar a si mesmo em seu próprio universo de palavras.

Quando um dia (isso acontecerá logo) todo homem acordar escritor, terá chegado o tempo da surdez e da incompreensão universais.

19

Agora, Hugo é sua única esperança. Convidou-a para jantar e dessa vez ela aceitou o convite sem hesitar.

Hugo está sentado à mesa, em frente a ela, e tem apenas um pensamento: Tamina continua lhe escapando. Ele se sente inseguro com ela e não ousa atacar de frente. E quanto mais sofre por não poder atingir um alvo tão modesto e tão preciso, maior é o seu desejo de conquistar o mundo, essa imensidão imprecisa. Tira do bolso uma revista, a desdobra e a entrega a Tamina. Na página em que abriu há um longo artigo assinado com o nome dele.

Ele começa um longo discurso. Fala da revista que acaba de lhe entregar: sim, no momento, ela tem sobretudo uma distribuição local, mas ao mesmo tempo que é uma sólida revista teórica, seus autores são pessoas corajosas que irão longe. Hugo falava, falava, e suas palavras queriam ser a metáfora de sua agressividade erótica, o desfile de sua força viril. Havia em suas palavras a disponibilidade do abstrato que se precipitara para substituir o concreto inflexível.

E Tamina olha Hugo e retifica seu rosto. Esse exercício espiritual se tornou uma mania. Ela não sabe mais olhar um homem de outra maneira. Faz um esforço, todo o poder de sua imaginação é mobilizado, mas em seguida os olhos castanhos de Hugo mudam realmente de cor e, de um só golpe, tornam-se azuis. Tamina olha-o fixamente, porque, para evitar que a cor azul desapareça, ela tem de mantê-la nos olhos de Hugo com toda a força de seu olhar.

Esse olhar inquieta Hugo, e por causa disso ele fala, fala mais ainda, seus olhos são de um belo azul, sua testa alarga-se suavemente dos lados até que de seus cabelos resta apenas um pequeno triângulo na frente, com a ponta virada para baixo.

"Sempre dirigi minhas críticas contra nosso mundo ocidental e somente contra ele. Mas a injustiça que reina em nosso país poderia nos conduzir a uma indulgência errada em relação a outros países. Graças a você, é, graças a você, Tamina, compreendi que o problema do poder é o mesmo em toda parte, no seu país e no nosso, no Oeste e no Leste.

Não devemos tentar substituir um tipo de poder por outro, mas sim negar o próprio *princípio* do poder e rejeitá-lo em todos os lugares."

Hugo se curva em direção a Tamina sobre a mesa, e seu hálito azedo a atrapalha em seus exercícios espirituais, tanto que a testa de Hugo se cobre novamente de uma espessa cabeleira que vem até embaixo. E Hugo repete que compreendeu tudo isso graças a ela.

"Como?", interrompe Tamina. "Nunca conversamos sobre isso!"

O rosto de Hugo tem agora somente um olho azul, que lentamente se transforma em castanho.

"Eu não precisava que você me falasse, Tamina. Basta eu ter pensado muito em você."

O garçom se inclina para colocar diante deles a entrada.

"Vou ler isso em casa", disse Tamina, enfiando a revista na bolsa. Depois disse: "Bibi não irá a Praga".

"Eu tinha certeza disso", falou Hugo, e acrescentou: "Não tenha medo de nada, Tamina. Prometi a você. Irei até lá para você".

20

"Tenho uma boa notícia para você. Falei com seu irmão. Ele vai ver sua sogra no sábado."

"É verdade? E você explicou tudo a ele? Disse a ele que, se minha sogra não encontrar a chave, ele deve arrombar a gaveta?"

Tamina desligou, tinha a impressão de estar bêbada.

"Uma boa notícia?", perguntou Hugo.

"É", disse Tamina.

Tinha no ouvido a voz do pai, alegre e enérgica, e pensava que fora injusta com ele.

Hugo se levantou e se aproximou do bar. Apanhou dois copos e despejou uísque neles:

"Tamina, telefone da minha casa quando quiser e o quanto quiser. Vou repetir aquilo que já lhe disse. Sinto-me bem com você, mesmo sabendo que você nunca vai dormir comigo."

Ele se obrigara a dizer "sabendo que você nunca vai dormir comigo" unicamente para provar a si mesmo que era capaz de dizer certas palavras àquela mulher inacessível (ainda que de uma forma prudentemente negativa) e se achava quase audacioso.

Tamina se levantou e se dirigiu a Hugo para apanhar seu copo. Pensava no irmão: não se falavam mais, no entanto gostavam muito um do outro e estavam prontos a se ajudarem mutuamente.

"Que todos os seus desejos se realizem!", disse Hugo, e esvaziou o copo.

Tamina também bebeu seu uísque de um só trago e colocou o copo na mesa baixa. Fez menção de se sentar novamente, mas Hugo já a apertava em seus braços.

Ela não se defendeu, contentou-se em desviar a cabeça. Torcia a boca e franzia a testa.

Ele a tomara nos braços sem mesmo saber como. A princípio ficou assustado com seu gesto e, se Tamina o tivesse empurrado, teria se afastado timidamente dela, quase se desculpando. Mas Tamina não o empurrou, e seu rosto contorcido e sua cabeça virada o excitaram enormemente. As poucas mulheres que conhecera até então nunca reagiam de maneira tão eloqüente às suas carícias. Se estivessem decididas a dormir com ele, tiravam a roupa tranqüilamente, com uma espécie de indiferença, esperando para ver o que ele iria fazer com seus corpos. A careta no rosto de Tamina dava a esse abraço um significado com o qual ele jamais sonhara. Ele a apertava com frenesi e tentava arrancar-lhe as roupas.

Mas por que Tamina não se defendia?

Havia três anos que ela pensava com temor nesse momento. Havia três anos que vivia sob o olhar hipnótico desse instante. E ele chegara exatamente como ela imaginara. Por isso não se defendia. Aceitava-o como se aceita o inelutável.

Podia apenas desviar a cabeça. Mas isso não adiantava nada. A imagem do marido estava lá, e à medida que ela virava o rosto, a imagem se deslocava ao redor da sala. Era um grande retrato de um marido grotescamente grande, maior do que o tamanho natural, sim, exatamente o que ela imaginara nos três últimos anos.

Depois ela ficou inteiramente nua, e Hugo, excitado com aquilo que pensava ser excitação nela, constatou com espanto que o sexo de Tamina estava seco.

21

No passado, submetera-se a uma intervenção cirúrgica sem anestesia e durante a operação obrigara-se a repetir os verbos irregulares da língua inglesa. Agora tentava fazer o mesmo e concentrava todos os seus pensamentos em seus diários. Pensava que logo estariam a salvo na casa de seu pai e que esse bom Hugo iria buscá-los para ela.

Já havia algum tempo que o bom Hugo se mexia violentamente sobre ela, quando Tamina percebeu que ele estava curiosamente apoiado nos antebraços e agitava os flancos em todos os sentidos. Compreendeu que estava insatisfeito com suas reações, que não achava que ela estivesse suficientemente excitada e que se esforçava por penetrá-la sob diferentes ângulos, para encontrar em algum lugar nas suas profundezas o ponto misterioso de sua sensibilidade que se esquivava dele.

Ela não queria ver seus esforços laboriosos e virou a cabeça. Tentou controlar seus pensamentos e dirigi-los de novo para os diários. Forçou-se a repetir mentalmente a ordem de suas férias, tal como conseguira, ainda de maneira incompleta, reconstituí-la: as primeiras férias às margens de um pequeno lago na Boêmia, depois a Iugoslávia, novamente o pequeno lago na Boêmia e uma estação de águas, igualmente na Boêmia, mas a ordem de suas férias era incerta. Em 1964, tinham ido aos Tatras e no ano seguinte para a Bulgária, mas depois disso as marcas se apagavam. Em 1968 tinham ficado em Praga as férias inteiras, no ano seguinte tinham ido para uma estação de águas, depois houvera a emigração, e tinham passado suas últimas férias na Itália.

Hugo se afastou dela e tentou virar-lhe o corpo. Ela compreendeu que ele queria que ela ficasse de quatro. Nesse momento lembrou-se que Hugo era mais moço que ela e sentiu vergonha. Mas fez um esforço para sufocar dentro de si todos os sentimentos e obedecer-lhe com total indiferença. Em seguida sentiu os choques duros do corpo dele no seu traseiro. Compreendeu que ele queria impressioná-la com sua força e sua resistência, que ele travava um combate decisivo, que se submetia a um exame de admissão em que devia fornecer a prova de que era capaz de vencê-la e de ser digno dela.

Ela não sabia que Hugo não a enxergava. Com a fugitiva visão do traseiro de Tamina (do olho aberto desse traseiro adulto e belo, do olho que o olhava sem piedade), ele ficara tão excitado que fechava os olhos, diminuía seu ritmo e respirava profundamente. Também se esforçava agora em pensar obstinadamente em alguma outra coisa (era o único ponto que tinham em comum) para continuar ainda um instante a fazer amor com ela.

E Tamina, enquanto isso, via diante dela o rosto gigante do marido na porta branca do armário de Hugo. Fechou rapidamente os olhos para repetir mais uma vez a ordem de suas férias, como se fossem verbos irregulares: primeiro as férias às margens do lago; depois, as da Iugoslávia, do lago, da estação de águas, ou então da estação de águas, da Iugoslávia, do lago; em seguida dos Tatras e da Bulgária, depois o fio se perdia; mais tarde Praga, a estação de águas e para terminar a Itália.

A respiração barulhenta de Hugo a arrancou de sua evocação. Ela abriu os olhos e no armário branco viu o rosto do marido.

Por sua vez, Hugo abriu de repente os olhos. Enxergou o olho do traseiro de Tamina; a volúpia o atingiu como um raio.

22

Quando foi buscar os diários, o irmão de Tamina não teve que arrombar a gaveta. A gaveta não estava fechada à chave e os onze cadernos estavam todos lá. Não estavam embrulhados, mas jogados de qualquer jeito. As cartas também estavam em desordem; eram apenas um monte de papéis informe. O irmão de Tamina as meteu com os cadernos numa maleta que levou para a casa do pai.

No telefonema Tamina pediu ao pai que embalasse tudo cuidadosamente, fechasse o embrulho com fita adesiva, e sobretudo insistiu que não lessem nada, nem ele, nem o irmão.

Ele lhe assegurou, num tom quase ofendido, que nunca lhes teria passado pela cabeça a idéia de imitar a sogra de Tamina e ler alguma coisa que não lhes dissesse respeito. Mas sei (e Tamina também sabe) que existem olhadas a cuja tentação ninguém resiste: por exemplo, olhar um acidente de trânsito ou uma carta de amor que pertence a outro.

Assim, os escritos íntimos estavam finalmente depositados na casa do pai. Mas Tamina ainda estaria interessada neles? Não tinha ela dito para si mesma cem vezes que os olhares estranhos são como a chuva que apaga as inscrições?

Não, ela se enganara. Ela os deseja ainda mais do que antes, eles lhe são ainda mais caros. São diários devastados e violados, como ela mesma; têm portanto, ela e suas lembranças, o mesmo destino fraternal. Ela as ama ainda mais.

Mas se sente aviltada.

Havia muito tempo, quando ela ainda tinha sete anos, seu tio a surpreendera nua no quarto de dormir. Tamina sentira uma vergonha horrível e sua vergonha se transformara em revolta. Ela se fizera então o juramento solene e pueril de nunca mais olhar para ele. Podiam ralhar com ela, gritar, caçoar dela, para o tio que muitas vezes ia visitá-los em casa ela nunca mais levantou os olhos.

Encontrava-se agora numa situação semelhante. Embora se sentisse grata a eles, não queria mais ver nem o pai nem o irmão. Sabia, mais claramente do que antes, que nunca mais voltaria para perto deles.

23

O sucesso sexual inesperado tinha trazido a Hugo uma decepção igualmente inesperada. Ele podia fazer amor com ela quando quisesse (ela não podia lhe recusar o que tinha lhe concedido uma vez), mas sentia que não tinha conseguido nem cativá-la nem deslumbrá-la. Oh, como podia um corpo nu sob seu corpo ser tão indiferente, inatingível, distante, alheio! Não queria que ela fizesse parte de seu mundo interior, desse universo grandioso modelado com seu sangue e seus pensamentos?

Ele está sentado diante dela no restaurante e diz: "Quero escrever um livro, Tamina, um livro sobre o amor, é, sobre você e eu, sobre nós dois, nosso diário mais íntimo, o diário de nossos corpos, é, quero varrer nele todos os tabus e dizer tudo, dizer tudo de mim, tudo o que sou e o que penso, e será ao mesmo tempo um livro político, um livro político sobre o amor e um livro de amor sobre a política...".

Tamina olha Hugo e, de repente, ele não consegue suportar mais esse olhar e perde o fio de seus pensamentos. Quer capturá-la dentro do universo de seu sangue e de seus pensamentos, mas ela está totalmente cercada dentro de seu próprio mundo. Por não serem compartilhadas, as palavras que ele diz lhe pesam cada vez mais na boca, e sua elocução se torna cada vez mais lenta:

"... um livro de amor sobre a política, sim, porque o mundo deve ser criado na medida do homem, na nossa medida, na medida de nossos corpos, de seu corpo, Tamina, de meu corpo, é, para que possamos um dia beijar de outra maneira e amar de outra maneira..."

As palavras são cada vez mais pesadas, como grandes mordidas numa carne dura de mastigar. Hugo se cala. Tamina é bela e ele a detesta. Acha que ela abusa da sorte. Ela se colocou no alto de seu passado de emigrante e de viúva como sobre um arranha-céu de um falso orgulho, do alto do qual olha para os outros. Cheio de ciúme, Hugo pensa na torre que ele mesmo tentou erguer diante desse arranha-céu e que ela se recusou a ver: uma torre feita de um artigo publicado e do projeto de um livro sobre o amor deles.

Em seguida Tamina lhe diz: "Quando é que você vai a Praga?".

E Hugo pensa que ela nunca o amou. Se está com ele é unicamente porque precisa que ele vá a Praga. Ele é tomado de um irresistível desejo de vingar-se dela:

"Tamina", diz ele, "pensei que você iria compreender. Afinal você leu o meu artigo!"

"Li", respondeu Tamina.

Ele não acredita nela. E, se ela o leu, não sentiu o menor interesse por ele. Nunca fez alusão a ele. E Hugo sente que o único grande sentimento de que é capaz é a fidelidade a essa torre desconhecida e abandonada (a torre do artigo publicado e do projeto de um livro sobre seu amor por Tamina), que é capaz de combater por essa torre e que obrigará Tamina a abrir os olhos para ela e maravilhar-se com sua altura.

"Você sabe então que falo sobre o problema do poder em meu artigo. Nele analiso o funcionamento do poder. E critico o que acontece em seu país. Falo sem rodeios."

"Escute, você acha mesmo que conhecem seu artigo em Praga?"

Hugo sente-se ferido com sua ironia: "Há muito tempo que você não vive mais em seu país, você esqueceu do que a polícia de lá é capaz. Esse artigo teve uma grande repercussão. Recebi uma porção de cartas. A polícia do seu país sabe quem sou. Sei disso".

Tamina se cala e está cada vez mais bonita. Meu Deus, ele aceitaria fazer uma centena de viagens a Praga, de ida e volta, se pelo menos ela abrisse um pouco os olhos para o universo em que ele queria prendê-la, o universo de seu sangue e seus pensamentos! E de repente ele muda de tom:

"Tamina", disse com tristeza, "sei que você está com raiva de mim porque não posso ir a Praga. Primeiro achei que poderia esperar para publicar esse artigo, mas depois compreendi que não tinha o direito de me calar por mais tempo. Você compreende?"

"Não", respondeu Tamina.

Hugo sabe que só diz absurdos que o levam para onde ele não queria se deixar levar por nada no mundo, mas não pode mais recuar e está desesperado. Manchas vermelhas colorem seu rosto e sua voz vacila: "Você não me compreende? Não quero que as coisas acabem no nosso país como no seu! Se todos nos calarmos, acabaremos todos escravos".

Nesse momento uma terrível repugnância se apossou de Tamina, ela levantou da cadeira e correu para o banheiro; o estômago lhe subia para a garganta, ela se ajoelhou diante do vaso para vomitar, seu corpo se contorcia como se ela fosse sacudida por soluços e ela via diante dos olhos os colhões, o rabo e os pêlos daquele sujeito e sentia o bafo azedo de sua boca, sentia o contato das coxas dele sobre suas nádegas e atravessou-lhe a mente a idéia de que ela não podia mais imaginar o sexo e os pêlos do marido, que a memória do nojo é portanto maior que a memória da ternura (ah, meu Deus, a memória do nojo é maior que a memória da ternura!) e que em sua pobre cabeça não iria sobrar nada a não ser esse sujeito que tinha mau hálito, e ela vomitava, se contorcia e vomitava.

Saiu do banheiro e sua boca (ainda repleta de cheiro ácido) estava firmemente fechada.

Ele estava embaraçado. Quis acompanhá-la até em casa, mas ela não dizia uma palavra e continuava com a boca firmemente fechada (como no sonho em que guardava na boca um anel de ouro).

Ele falava e como única resposta ela apertava o passo. Logo Hugo não encontrou mais nada para dizer, andou ainda alguns metros perto dela em silêncio, depois ficou parado, sem se mexer. Ela seguiu em frente e nem mesmo se virou.

Continuou servindo cafés e nunca mais telefonou para Praga.

Quinta parte
LITOST

QUEM É CHRISTINE?

Christine é uma pessoa de uns trinta anos, tem um filho, um marido açougueiro com quem se entende muito bem e um caso intermitente com um mecânico do lugar, que de tempos em tempos faz amor com ela em condições pouco confortáveis, depois do horário de trabalho, numa oficina. A cidadezinha não se presta nada a amores extraconjugais, ou melhor, para nos expressarmos de outro modo, seriam necessários tesouros de engenhosidade e de audácia, qualidades de que a sra. Christine não é abundantemente dotada.

O encontro com o estudante apenas virou ainda mais sua cabeça. Ele tinha ido passar as férias na casa da mãe, na cidadezinha, por duas vezes olhou longamente para a açougueira de pé, em seu balcão no açougue, na terceira vez dirigiu-lhe a palavra na piscina da cidade, havia em sua atitude uma timidez tão encantadora que a jovem mulher, acostumada com o açougueiro e com o mecânico, não pôde resistir. Desde o casamento (há uns dez anos), ela não tinha ousado tocar em outro homem além do marido, a não ser quando estava em segurança na oficina trancada, entre automóveis desmontados e velhos pneus, e eis que de repente encontrou audácia para ir a um encontro de amor ao ar livre, exposta a todos os olhares indiscretos. Embora escolhessem para seus passeios os lugares mais isolados, onde a eventualidade de encontrar importunos era pouco provável, a sra. Christine ficava com o coração acelerado, cheia de medo estimulante. Mas, quanto mais se mostrava corajosa diante do perigo, mais reservada ficava com o estudante. Eles não foram muito longe. Ele conseguiu apenas rápidos abraços e beijos carinhosos, mais de uma vez ela escapou de seus braços e, quando ele a acariciava, ela mantinha as pernas fechadas.

Não que ela não quisesse o estudante. É que ela se apaixonara, desde o começo, por sua terna timidez e desejava preservá-la. Ouvir um homem expor suas idéias sobre a vida e citar nomes de poetas e de filósofos era uma coisa que nunca tinha acontecido à sra. Christine. O estudante, esse infeliz, não podia falar de mais nada, a gama de sua eloqüência de sedutor era bem limitada, e ele não sabia adaptá-la à condição social de suas interlocutoras. Ele aliás sentia que não havia por que se censurar, pois com essa simples mulher de açougueiro, as citações tiradas dos filósofos produziam muito mais efeito do que com uma colega de faculdade. Uma coisa no entanto ele não conseguia entender: uma citação eficaz emprestada de um filósofo encantava sem dúvida a alma da açougueira, mas erguia como que um obstáculo entre o corpo dela e o dele. Pois a sra. Christine imaginava confusamente que, entregando seu corpo ao estudante, rebaixaria a ligação deles ao nível do açougueiro ou do mecânico e nunca mais ouviria falar de Schopenhauer.

Diante do estudante, ela sofria de um constrangimento que não conhecera até então. Com o açougueiro e o mecânico, ela sempre conseguia falar sobre tudo, rápida e alegremente. Por exemplo, ficara combinado que todos os dois deveriam tomar muito cuidado, porque o médico lhe dissera, depois do parto, que ela não poderia permitir-se ter um segundo filho, que, se isso acontecesse, ela poria em risco sua saúde, talvez sua vida. A história se passa num tempo muito antigo, em que os abortos eram rigorosamente proibidos e em que as mulheres não tinham nenhum meio de limitar, por si mesmas, sua fecundidade. O açougueiro e o mecânico compreendiam muito bem os temores de Christine, e esta, antes de permitir que a penetrassem, certificava-se com uma naturalidade cheia de bom humor se tinham tomado todas as precauções que lhes eram exigidas. Mas, diante da idéia de se comportar da mesma maneira com seu anjo, que para encontrá-la descera de uma nuvem onde se ocupava com Schopenhauer, ela sentia que não encontraria as palavras adequadas. Posso concluir disso que sua reserva erótica tinha duas razões: manter o estudante o maior tempo possível no território encantado de uma terna timidez e evitar o maior tempo possível o mal-estar que não deixariam de lhe provocar as instruções e as precauções triviais que, na sua opinião, são indispensáveis ao amor físico.

Mas o estudante, apesar de toda sua delicadeza, tinha a cabeça dura. Por mais que a sra. Christine apertasse as coxas com força, ele a segurava corajosamente pelo traseiro e esse contato significava que, se alguém gosta de citar Schopenhauer, isso não quer dizer que esteja disposto a renunciar a um corpo que lhe agrada.

Por fim, as férias terminam, e os dois namorados descobrem que terão dificuldade de ficar um ano inteiro sem se ver. À sra. Christine só resta arranjar um pretexto para ir encontrá-lo. Todos os dois sabem muito bem o que significará essa visita. Em Praga, o estudante mora numa pequena mansarda, e a sra. Christine só pode acabar lá.

O QUE É *LITOST*?

Litost é uma palavra tcheca intraduzível. Sua primeira sílaba, que se pronuncia de maneira longa e acentuada, lembra o lamento de um cachorro abandonado. Para o sentido da palavra, procuro inutilmente um equivalente em outras línguas, embora tenha dificuldade de imaginar que se possa compreender a alma humana sem ela.

Vou dar um exemplo: o estudante tomava banho com sua

amiga, também estudante, no rio. A moça era esportista, mas ele nadava muito mal. Não sabia respirar embaixo d'água, nadava devagar, a cabeça nervosamente levantada acima da superfície. A estudante estava tão irracionalmente apaixonada por ele e era tão delicada que nadava quase tão devagar quanto ele. Mas como o horário de banho estava quase na hora de acabar, por um instante ela quis dar livre curso a seu instinto esportivo e dirigiu-se num crawl rápido à margem oposta. O estudante fez um esforço para nadar mais depressa, mas engoliu água. Sentiu-se diminuído, desmascarado em sua inferioridade física, e sentiu a *litost*. Lembrou-se de sua infância doentia, sem exercícios físicos e sem amigos, sob o olhar excessivamente afetuoso da mãe e ficou desesperado consigo mesmo e com sua vida. Ao voltarem para casa por um caminho campestre, os dois se conservaram calados. Ferido e humilhado, ele sentia um irresistível desejo de bater nela. "O que está acontecendo com você?", ela perguntou, e ele a censurou: ela sabia muito bem que havia correntes perto da outra margem, ele a tinha proibido de nadar daquele lado, porque ela corria o risco de se afogar — e deu-lhe um tapa no rosto. A moça começou a chorar e, diante das lágrimas em seu rosto, ele sentiu pena dela, tomou-a nos braços e sua *litost* se dissipou.

Ou então um outro acontecimento da infância do estudante: seus pais lhe fizeram tomar lições de violino. Ele não era muito dotado e o professor o interrompia com uma voz fria e insuportável, censurando-lhe os erros. Ele se sentia humilhado e tinha vontade de chorar. Mas, em vez de se esforçar para tocar de maneira correta e não cometer erros, ele se enganava deliberadamente, a voz do professor ficava ainda mais insuportável e dura, e ele mergulhava cada vez mais em sua *litost*.

Então o que é a *litost*?

A *litost* é um estado atormentador nascido do espetáculo de nossa própria miséria repentinamente descoberta.

Entre os remédios habituais contra nossa própria miséria, há o amor. Pois aquele que é amado de maneira absoluta não pode se sentir miserável. Todas as fraquezas são resgatadas pelo olhar mágico do amor, sob o qual mesmo um nado desajeitado, com a cabeça para fora da superfície da água, pode tornar-se sedutor.

O absoluto do amor é na realidade um desejo de identidade absoluta: é preciso que a mulher que amamos nade tão devagar quanto nós, é preciso que ela não tenha um passado que lhe pertença particularmente e do qual possa se lembrar com alegria. Mas, quando a ilusão da identidade absoluta é quebrada (a moça se lembra com alegria de seu passado ou então nada depressa), o amor se torna fonte permanente do grande tormento que chamamos *litost*.

Aquele que tem uma experiência profunda da imperfeição própria do homem está relativamente a salvo dos choques da *litost*. O espetáculo de sua própria miséria é para ele algo banal e sem interesse. A *litost* é portanto própria da idade da inexperiência. É um dos ornamentos da juventude.

A *litost* funciona como um motor a dois tempos. Ao tormento se segue o desejo de vingança. O objetivo da vingança é conseguir que o parceiro se mostre igualmente miserável. O homem não sabe nadar, mas a mulher que levou o tapa chora. Eles podem, portanto, se sentir iguais e perseverar em seu amor.

Como a vingança nunca pode revelar seu verdadeiro motivo (o estudante não pode confessar à moça que lhe bateu porque ela nada mais depressa que ele), a vingança precisa invocar razões falsas. A *litost* portanto nunca pode dispensar uma patética hipocrisia: o rapaz proclama que está morto de medo porque sua amiga corre o risco de se afogar, a criança toca sem parar uma nota errada, simulando irremediável falta de talento.

Este capítulo deveria chamar-se primeiramente "Quem é

o estudante?". Mas, se tratou da *litost*, é como se tivesse tratado do estudante, que não passa de uma *litost* em forma de gente. Não é portanto de espantar que a estudante, por quem ele estava apaixonado, tenha acabado por deixá-lo. Não é nada agradável apanhar porque se sabe nadar.

A mulher do açougueiro, que ele encontrou na sua cidade natal, surgiu-lhe como um grande curativo, pronta para tratar de suas feridas. Ela o adorava, o divinizava e, quando ele lhe falava de Schopenhauer, ela não tentava manifestar com objeções uma personalidade própria, independente da dele (como tinha feito a estudante de triste memória), mas o olhava com olhos nos quais ele imaginava perceber até lágrimas, de tão comovido que ficava com a emoção da sra. Christine. Também não esqueçamos de acrescentar que ele não tinha dormido com mulher nenhuma desde que rompera com a estudante.

QUEM É VOLTAIRE?

Voltaire é monitor na faculdade de letras, é espirituoso e agressivo, e seus olhos penetram o rosto do adversário com um olhar ácido. É o suficiente para que ele tenha sido apelidado de Voltaire.

Ele gostava muito do estudante e isso não é uma distinção sem importância, pois Voltaire era exigente quando se tratava de suas simpatias. Depois do seminário, ele o abordou para perguntar se teria um momento livre na noite seguinte. Que pena! No dia seguinte à noite, a sra. Christine chegaria para vê-lo. Foi preciso muita coragem ao estudante para dizer a Voltaire que já tinha um compromisso. Mas Voltaire afastou essa objeção com um movimento de mão: "Pois bem, vai ser preciso transferir esse encontro. Você não vai se arrepender". E explicou-lhe que os melhores poetas do país iriam se reunir no dia seguinte no Clube dos Homens de Letras e que ele, Voltaire, estaria lá com eles, e desejava que o estudante pudesse conhecê-los.

É verdade, estaria lá também o grande poeta sobre quem Voltaire estava redigindo uma monografia e em cuja casa ele sempre ia. Era doente e andava com muletas. Por isso saía raramente, e a oportunidade de encontrá-lo era ainda mais especial.

O estudante conhecia os livros de todos os poetas que estariam lá no dia seguinte, mas da obra do grande poeta ele conhecia de cor páginas inteiras de versos. Nunca tinha desejado nada tão ardentemente como passar uma noite conversando com eles. Depois lembrou-se de que não dormia havia muitos meses com uma mulher e repetiu que era impossível ir.

Voltaire não compreende que possa existir algo mais importante do que encontrar grandes homens. Uma mulher? Não pode adiar para mais tarde? De repente seus óculos ficam cheios de faíscas irônicas. Mas o estudante tem diante dos olhos a imagem da mulher do açougueiro que lhe escapou timidamente durante um longo mês de férias e, embora isso lhe custe um grande esforço, faz que não com a cabeça. Christine nesse momento vale mais do que toda a poesia de seu país.

O ACORDO

Ela chegou de manhã. Durante o dia em Praga fez umas compras que deveriam lhe servir de álibi. O estudante marcara um encontro com ela à noite num café que ele mesmo escolhera. Quando entrou, ele quase teve medo: a sala estava cheia de bêbados e a fada provinciana de suas férias estava sentada no canto dos banheiros, numa mesa que não era destinada aos clientes, e sim à louça suja. Estava vestida com uma desajeitada elegância, como só poderia se vestir uma moça do interior que visita a capital à qual não vai há muito tempo e onde quer experimentar todos os prazeres. Ela usava chapéu, pérolas vistosas em volta do pescoço e escarpins pretos de salto alto.

O estudante sentia que seu rosto queimava — não de emoção, mas de infelicidade. No pano de fundo de sua pequena cidade com seus açougueiros, seus mecânicos e seus aposentados, Christine tinha produzido uma impressão inteiramente diferente desta em Praga, cidade de estudantes e de bonitas cabeleireiras. Com suas pérolas ridículas e seu dente de ouro discreto (no alto, no canto da boca), ela lhe aparecia como a negação personificada daquela beleza feminina, jovem e vestida de jeans, que o rejeitava cruelmente havia vários meses. Ele avançou em direção a Christine com um passo incerto e sua *litost* o acompanhava.

Se o estudante estava decepcionado, Christine não ficava atrás. O restaurante para o qual ele a convidara tinha um bonito nome — Ao Rei Venceslau —, e Christine, que conhecia mal Praga, tinha imaginado um estabelecimento de luxo, onde o estudante iria jantar com ela para depois fazê-la descobrir os fogos de artifícios dos prazeres de Praga. Ao constatar que o Rei Venceslau era exatamente o gênero de lugar em que o mecânico bebia sua cerveja e que ela teria que esperar o estudante ao lado dos banheiros, ela não experimentou o sentimento que designei pelo nome de *litost*, mas uma raiva inteiramente banal. Quero dizer com isso que ela não se sentia nem miserável nem humilhada, mas que achava que o estudante não sabia se comportar. Não hesitou, aliás, em lhe dizer isso. Tinha o ar furioso e falou com ele como falava com o açougueiro.

Eles estavam postados frente a frente, ela o repreendia, com muitas palavras e com voz forte, e ele se defendia sem firmeza. A repugnância que ela lhe inspirava era cada vez maior. Queria levá-la bem depressa para sua casa, escondê-la de todos os olhares e esperar que a intimidade de seu refúgio fizesse reviver o encanto desaparecido. Mas ela recusou. Havia muito tempo que não ia à capital e queria ver alguma coisa, sair, divertir-se. Seus escarpins pretos e suas vistosas pérolas reivindicaram ruidosamente seus direitos.

"Mas é um lugar formidável, é aqui que as melhores pessoas vêm", comentou o estudante, dando a entender dessa maneira à mulher do açougueiro que ela não entendia nada do que era ou não interessante na capital. "Infelizmente hoje está cheio, vou ter que levar você a outro lugar." Mas, como se fosse de propósito, todos os outros cafés estavam igualmente cheios, tiveram que andar um bom pedaço entre um e outro, e a sra. Christine lhe parecia insuportavelmente cômica com seu chapeuzinho, suas pérolas e seu dente de ouro brilhando na boca. Andaram por ruas cheias de mulheres jovens, e o estudante compreendia que nunca iria se perdoar por ter renunciado, por causa de Christine, à oportunidade de passar uma noite com os gigantes de seu país. Mas também não queria provocar a hostilidade dela, porque, como eu já disse, havia muito tempo que ele não dormia com uma mulher. Só um acordo magistralmente engendrado poderia solucionar esse dilema.

Afinal os dois acharam uma mesa vazia num café bem afastado. O estudante pediu dois copos de aperitivo e com tristeza olhou Christine nos olhos: Aqui em Praga, a vida é cheia de circunstâncias imprevistas. Ontem, justamente, ele recebera um telefonema do mais famoso poeta do país.

Quando ele disse o nome, a sra. Christine deu um salto. No colégio ela aprendera de cor seus poemas. Os grandes homens cujos nomes aprendemos no colégio têm alguma coisa de irreal e de imaterial, entram vivos na majestosa galeria dos mortos. Christine não podia acreditar que fosse verdade que o estudante o conhecia pessoalmente.

Claro que ele o conhecia, declarou o estudante. Era até sobre ele que estava fazendo sua tese, uma monografia que redigia e que um dia certamente iria ser publicada. Nunca falara disso com a sra. Christine porque ela iria pensar que ele estava contando vantagem, mas tinha que dizer agora, porque o grande poeta de repente se atravessara no caminho deles. Na verdade, haveria um debate fechado essa noite, no Clube dos Homens de Letras, com os poetas do país, e apenas alguns críticos e uns poucos iniciados estavam convidados. Era uma reunião extremamente importante. Esperava-se um debate em que voariam faíscas. Mas, evidentemente, o estudante não iria. Estava tão contente de estar com a sra. Christine!

Em meu doce e singular país, o encanto dos poetas ainda não deixou de agir sobre o coração das mulheres. Christine sentiu admiração pelo estudante e uma espécie de desejo maternal de aconselhá-lo e de defender seu interesse. Declarou, com notável e inesperado altruísmo, que seria uma pena o estudante não participar de uma reunião em que o grande poeta estaria presente.

O estudante disse que tinha tentado tudo para que Christine pudesse ir com ele, porque sabia que ela ficaria contente de ver o grande poeta e seus amigos. Infelizmente, não seria possível. Mesmo o grande poeta vai sem a mulher. A discussão seria voltada exclusivamente aos especialistas. A princípio, ele nem mesmo pensara em ir, mas agora acha que Christine tem razão. É, sem dúvida é uma boa idéia. Afinal ele poderia passar lá uma horinha. Enquanto isso, Christine esperaria na casa dele e em seguida ficariam juntos, só os dois.

A tentação dos teatros e das variedades foi esquecida e Christine entrou na mansarda do estudante. Sentiu a princípio a mesma decepção que havia sentido ao entrar no Rei Venceslau. Não era nem mesmo um apartamento, apenas uma peça minúscula, sem sala de entrada, tendo como únicos móveis um divã e uma mesa de trabalho. Mas ela não estava mais segura de seus julgamentos. Tinha penetrado num mundo em que existia uma misteriosa escala de valores que ela não compreendia. Portanto reconciliou-se logo com essa peça pouco confortável e suja e apelou para todo o seu talento feminino para se sentir em casa. O estudante disse a ela que tirasse o chapéu, deu-lhe um beijo, a fez sentar-se no divã e mostroulhe a pequena estante de livros onde ela encontraria com o que se distrair na ausência dele.

Então Christine teve uma idéia: "Você não tem o livro dele?". Estava falando do grande poeta.

Sim, o estudante tinha seu livro.

Ela continuou timidamente: "Você não quer me dar de presente? E pedir a ele uma dedicatória para mim?".

O estudante exultou. A dedicatória do grande poeta substituiria para Christine os teatros e os espetáculos de variedades. Ela o tinha feito ficar com a consciência pesada e ele estava pronto a fazer qualquer coisa por ela. Como o estudante esperava, a intimidade de sua mansarda reavivou o encanto de Christine. As moças que iam e vinham nas ruas tinham desaparecido e o encanto de sua modéstia invadiu silenciosamente a peça. A decepção se dissipou lentamente e, quando partiu para o clube, o estudante estava tranqüilizado e encantado com a idéia do programa duplo e magnífico que lhe prometia a noite que começava.

OS POETAS

Esperou Voltaire em frente ao Clube dos Homens de Letras e subiu com ele ao primeiro andar. Passaram pelo vestiário, depois pelo hall e dali já ouviam um alegre vozerio. Voltaire abriu a porta do salão e o estudante viu em torno de uma grande mesa toda a poesia de seu país.

Eu os observo de uma distância de dois mil quilômetros. Estamos no outono de 1977, meu país adormece há nove anos no doce e vigoroso abraço do Império russo, Voltaire foi expulso da universidade, e meus livros, recolhidos de todas as bibliotecas públicas, foram trancados em algum porão do Estado. Esperei então mais alguns anos, depois entrei num carro e dirigi o mais longe possível em direção ao oeste até a cidade bretã de Rennes, onde achei logo no primeiro dia um apartamento no andar mais alto da torre mais alta. No dia seguinte de manhã, quando o sol me acordou, compreendi que essas grandes janelas davam para o leste, para o lado de Praga.

Portanto, eu os olho agora do alto de meu belvedere, mas é muito longe. Felizmente, tenho no olho uma lágrima que, semelhante a uma lente de telescópio, torna seus rostos mais próximos. E agora distingo claramente, solidamente sentado entre eles, o grande poeta. Ele tem certamente mais de setenta anos, mas seu rosto continua belo, seus olhos ainda são vivos e sábios. Suas muletas estão encostadas na mesa ao lado dele.

Vejo-os todos sobre o pano de fundo de Praga iluminada, tal como ela era há quinze anos, quando seus livros ainda não estavam trancados num porão do Estado e quando conversavam alegre e ruidosamente em torno da grande mesa cheia de garrafas. Gosto muito deles todos e hesito em dar a eles nomes banais escolhidos ao acaso no catálogo de telefone. Se é preciso esconder seus rostos atrás da máscara de um nome de empréstimo, quero dar-lhes esse nome como um presente, como um enfeite e uma homenagem.

Se os estudantes apelidaram o aluno monitor de Voltaire, o que é que me impede de chamar de Goethe o grande poeta bem-amado?

Diante dele está Lermontov.

E aquele lá, com olhos negros e sonhadores, quero chamar de Petrarca.

E depois vem Verlaine, Iessenin e muitos outros, que não vale a pena mencionar, mas também alguém que certamente está ali por engano. De longe (dessa distância de dois mil quilômetros), fica evidente que a poesia não lhe deu o dom de seu beijo e que ele não gosta de versos. Ele se chama Boccaccio.

Voltaire apanhou duas cadeiras encostadas na parede, trouxe-as para a mesa cheia de garrafas e apresentou o estudante aos poetas. Os poetas fizeram um sinal amável com a cabeça, só Petrarca não o viu, porque estava discutindo com Boccaccio. Terminou o debate com estas palavras: "A mulher sempre nos é superior. Sobre isso poderia falar semanas inteiras".

E Goethe encorajando-o: "Semanas é muito. Fale pelo menos dez minutos".

O RELATO DE PETRARCA

"Na semana passada me aconteceu uma coisa incrível. Minha mulher tinha acabado de tomar seu banho, estava bonita com seu penhoar vermelho e os cabelos dourados soltos. Eram nove e dez e alguém tocou a campainha. Quando abri a porta de entrada, vi uma moça encostada na parede. Eu a reconheci imediatamente. Vou uma vez por semana a um colégio de moças. Elas organizaram um clube de poesia e me adoram em segredo."

"Eu lhe perguntei: 'O que é que você está fazendo aqui?'."

"Tenho que falar com o senhor!"

"O que é que você tem a me dizer?"

"É terrivelmente importante o que tenho a lhe dizer!"

"Escute", disse eu, "é tarde, você não pode vir à minha casa agora, desça depressa e me espere em frente à porta do porão."

"Voltei para o quarto e disse à minha mulher que alguém

se enganara de porta. Depois, como se nada houvesse, falei que precisava ir ainda ao porão buscar carvão e apanhei dois baldes vazios. Isso foi um erro. O dia inteiro minha vesícula tinha doído e eu ficara deitado. Esse zelo súbito deve ter parecido suspeito à minha mulher."

"Você tem problemas de vesícula?", perguntou Goethe com interesse.

"Há muitos anos", respondeu Petrarca.

"Por que você não opera?"

"Por nada no mundo!", disse Petrarca.

Goethe balançou a cabeça em sinal de simpatia.

"Onde era que eu estava?", perguntou Petrarca.

"Você estava com dor na vesícula e tinha apanhado dois baldes para pegar carvão", soprou-lhe Verlaine.

"Encontrei a moça em frente à porta do porão", prosseguiu Petrarca, "e disse a ela que descesse. Apanhei uma pá, enchi os baldes e tentei saber o que ela queria. Ela continuou a repetir que *precisava* me ver. Não consegui saber nada mais."

"Em seguida escutei passos no alto da escada. Apanhei o balde de carvão que acabara de encher e saí do porão correndo. Minha mulher estava descendo. Passei-lhe o balde: 'Por favor, segure depressa isso, que vou encher outro'. Minha mulher subiu com o balde e desci de novo ao porão e disse à moça que não podíamos ficar ali, que ela me esperasse na rua. Enchi depressa o balde e subi correndo. Dei então um beijo na minha mulher e lhe disse que fosse se deitar, que eu ainda queria tomar um banho antes de dormir. Ela foi se deitar, entrei no banheiro e abri as torneiras. A água começou a correr no fundo da banheira. Tirei os chinelos e saí só com as meias. Os sapatos que usava naquele dia estavam diante da porta de entrada. Deixara-os ali para mostrar que não tinha ido longe. Peguei outro par de sapatos no armário, calcei-os e saí sem barulho do apartamento."

Aí Boccaccio interveio: "Petrarca, todos nós sabemos que você é um grande poeta. Mas constato que também é muito metódico, um estrategista astuto que não se deixa nem um segundo cegar pela paixão! O que fez com os chinelos e com os dois pares de sapatos foi uma obra-prima!".

Todos os poetas presentes concordaram com Boccaccio e cobriram Petrarca de elogios, e ele ficou visivelmente envaidecido.

"Ela me esperava na rua. Tentei acalmá-la. Expliquei-lhe que teria que voltar para casa e sugeri que voltasse na tarde do dia seguinte, quando minha mulher estaria no trabalho e poderíamos ficar sossegados. Há uma parada de bonde em frente ao prédio em que moro. Insisti para que ela fosse embora. Mas, quando o bonde chegou, ela desatou a rir e quis correr para a porta do prédio."

"Você deveria tê-la jogado debaixo do bonde", disse Boccaccio.

"Meus amigos", declara Petrarca com um tom quase solene, "há momentos em que, queiramos ou não, precisamos ser maus com as mulheres. Eu lhe disse: 'Se você não quiser voltar para casa por bem, vou trancar à chave a porta do prédio. Não se esqueça de que este é meu lar e que não posso fazer dele um bordel!'. Além disso, meus amigos, vejam bem que, enquanto eu discutia com ela na frente do prédio, lá em cima as torneiras do banheiro estavam abertas, e a banheira corria o risco de transbordar a qualquer momento!"

"Dei meia-volta e corri em direção à porta do prédio. Ela começou a correr atrás de mim. Para completar, outras pessoas entravam no prédio naquele mesmo momento, e ela aproveitou e esgueirou-se com elas para dentro. Subi a escada como um corredor profissional! Ouvi seus passos atrás de mim. Nós moramos no terceiro andar! Foi uma façanha! Fui mais veloz e praticamente lhe bati com a porta no nariz. Ainda tive tempo de arrancar da parede os fios da campainha, para que esta não tocasse, porque eu sabia perfeitamente que ela poria o dedo na campainha e não o tiraria mais. Depois disso corri na ponta dos pés para o banheiro."

"A banheira tinha transbordado?", perguntou, solícito, Goethe.

"Fechei as torneiras no último momento. Em seguida fui dar uma olhada na porta de entrada. Abri o postigo e constatei que ela ainda estava lá, imóvel, os olhos cravados na porta. Meus amigos, isso me deu medo. Perguntei-me se ela não iria ficar ali até a manhã seguinte."

BOCCACCIO SE PORTA MAL

"Petrarca, você é um incorrigível adorador", interveio Boccaccio. "Imagino que essas garotas que formaram um clube de poesia o invocam como Apolo. Por nada no mundo gostaria de encontrá-las. Uma mulher poeta é duplamente mulher. É demais para um misógino como eu."

"Escute, Boccaccio", disse Goethe, "por que é que você sempre se gaba de ser misógino?"

"Porque os misóginos são os melhores homens."

Diante dessas palavras, todos os poetas reagiram com vaias. Boccaccio foi obrigado a elevar a voz:

"Compreendam-me. O misógino não despreza as mulheres. O misógino não gosta da feminilidade. Os homens sempre se dividiram em duas grandes categorias: os adoradores de mulheres, isto é, os poetas, e os misóginos, ou, melhor dizendo, os ginófobos. Os adoradores ou poetas veneram os valores femininos tradicionais como o sentimento, o lar, a maternidade, a fecundidade, os raios divinos da histeria e a voz divina da natureza em nós, ao passo que aos misóginos ou ginófobos esses valores inspiram um ligeiro pavor. Na mulher, o adorador venera a feminilidade, ao passo que o misógino dá sempre preferência à mulher sobre a feminilidade. Não esqueçam uma coisa: a mulher não pode ser realmente feliz senão com um misógino. Com vocês, nenhuma mulher jamais foi feliz!"

Essas palavras provocaram um novo clamor hostil.

"O adorador ou poeta pode dar à mulher o drama, a paixão, as lágrimas, as preocupações, mas nunca nenhum prazer. Conheci um. Ele adorava sua mulher. Depois começou a adorar outra. Não queria humilhar uma enganando-a, nem a outra transformando-a em sua amante clandestina. Portanto confessou tudo à sua mulher pedindo-lhe que o ajudasse, sua mulher ficou doente, ele chorava o tempo todo, a tal ponto que a amante acabou não agüentando mais e avisou que iria deixá-lo. Ele deitou em cima dos trilhos para ser esmagado por um bonde. Infelizmente, o condutor o enxergou de longe e meu adorador teve que pagar cinqüenta coroas por atrapalhar o tráfego."

"Boccaccio é um mentiroso!", exclamou Verlaine.

"A história que Petrarca acaba de nos contar", continuou Boccaccio, "é do mesmo tipo. Será que sua mulher de cabelos dourados merece que você leve a sério essa histérica?"

"O que é que você sabe da minha mulher?!", retrucou Petrarca erguendo o tom de voz. "Minha mulher é minha amiga fiel! Não temos segredos um com o outro!"

"Então por que foi que você trocou de sapatos?", perguntou Lermontov.

Mas Petrarca não se deixou perturbar. "Meus amigos, no instante crucial em que aquela moça estava no patamar e em que eu não sabia o que fazer, fui procurar minha mulher no quarto e lhe contei tudo."

"Como meu adorador!", disse Boccaccio rindo. "Contar tudo! É o reflexo de todos os adoradores! Você com certeza lhe pediu que o ajudasse!"

A voz de Petrarca estava cheia de ternura: "É, eu lhe pedi que me ajudasse. Ela nunca me recusou ajuda. Dessa vez também não. Foi ela mesma até a porta. Fiquei no quarto porque tive medo".

"Eu também teria medo", disse Goethe, cheio de compreensão.

"Quando ela voltou, estava completamente calma. Tinha olhado o patamar pelo postigo, tinha aberto a porta e não havia mais ninguém. Poderia parecer que eu tinha inventado tudo. Mas, de repente, ouvimos batidas fortes atrás de nós e vidros que voavam com estridência; como vocês sabem, moramos num apartamento velho, as janelas dão para uma galeria. E a moça, vendo que ninguém atendia a seu toque de campainha, havia encontrado uma barra de ferro, não sei onde, tinha voltado com ela para a galeria e começado a quebrar todas as nossas janelas, uma após a outra. Nós a observávamos de dentro do apartamento, sem poder fazer nada, quase com pavor. Depois disso, vimos aparecer, do outro lado da galeria mergulhada na escuridão, três sombras brancas. Eram as três velhas do apartamento da frente. O barulho do vidro as tinha acordado. Haviam acorrido de camisola, ávidas e impacientes, felizes com o escândalo inesperado. Imaginem esse quadro! Uma bela adolescente com uma barra de ferro na mão e em volta dela as sombras maléficas das três bruxas!"

"Em seguida a moça quebrou o último vidro e entrou na peça."

"Quis falar com ela, mas minha mulher me agarrou com os braços e suplicou: 'não vá, ela vai matar você!'. E a moça se postou no meio da peça com sua barra de ferro na mão como Joana d'Arc com sua lança, bela, majestosa! Eu me soltei dos braços de minha mulher e me dirigi à moça. E à medida que me aproximava dela, seu olhar perdia a expressão ameaçadora, se suavizava e se enchia de uma paz celestial. Peguei a barra de ferro, joguei-a no chão e segurei a moça pela mão."

"Não acredito numa única palavra de sua história", declarou Lermontov.

"É claro, isso não aconteceu exatamente como Petrarca contou", interveio de novo Boccaccio, "mas acredito que aconteceu realmente. Essa moça é uma histérica em quem qualquer homem normal, numa situação parecida, teria havia muito tempo dado um par de bofetadas. Os adoradores ou poetas sempre foram a presa sonhada pelas histéricas que sabem que nunca vão esbofeteá-las. Os adoradores se mostram desarmados diante das mulheres, porque nunca ultrapassam a sombra das respectivas mães. Eles vêem em cada mulher a mensageira da mãe e se submetem a ela. As saias da mãe são para eles a abóbada celeste." Esta última frase agradou-lhe muito e ele a repetiu várias vezes: "Poetas, aquilo que vocês vêem acima de suas cabeças não é o céu, mas sim a saia gigantesca de suas mães. Vocês todos vivem debaixo da saia da mãe!".

"O que é que você está dizendo?", Iessenin começou a berrar com uma voz inacreditável e pulou da cadeira. Cambaleou. Desde o começo da noite era quem mais bebia. "O que foi que você disse a respeito da minha mãe? O que foi que você disse?"

"Não falei da sua mãe", disse Boccaccio com doçura. Sabia que Iessenin vivia com uma célebre dançarina que era trinta anos mais velha que ele e sentia por ele uma sincera compaixão. Mas Iessenin já tinha feito afluir cuspe até os lábios e, inclinando-se para a frente, cuspiu. Mas estava muito bêbado e o cuspe caiu na gola de Goethe. Boccaccio puxou o lenço e limpou o grande poeta.

Por ter cuspido, Iessenin sentiu-se mortalmente cansado e tornou a cair na cadeira.

Petrarca continuou: "Gostaria que todos vocês, meus amigos, tivessem ouvido o que ela me disse, foi inesquecível. Ela me disse, e foi como uma oração, como uma ladainha, '*sou* uma moça simples, uma moça inteiramente comum, não tenho nada a oferecer, mas vim porque fui enviada aqui pelo amor, vim', e nesse momento ela me apertou a mão com muita força, 'para que você saiba o que é o verdadeiro amor, para que o conheça uma vez na *vida*'".

"E o que disse sua mulher dessa mensageira do amor?", perguntou Lermontov com uma ironia bem acentuada.

Goethe explodiu numa gargalhada: "O que não daria Lermontov para que uma mulher viesse lhe quebrar as janelas! Até pagaria por isso!".

Lermontov lançou a Goethe um olhar furioso e Petrarca continuou: "Minha mulher? Você se engana, Lermontov, se toma essa história por um conto humorístico de Boccaccio. A moça se virou para minha mulher, com um olhar celeste, e lhe disse, e foi de novo como uma prece, como uma ladainha, 'não precisa ficar com raiva de mim, senhora, porque a senhora é boa e também gosto da senhora, gosto de vocês dois', e pegou também a mão dela".

"Se fosse uma cena de um conto de Boccaccio, eu não teria nada contra", disse Lermontov. "Mas o que você está contando é algo pior, é poesia de má qualidade."

"Você está com inveja de mim", gritou-lhe Petrarca. "Nunca lhe aconteceu na vida ficar sozinho num quarto com duas mulheres bonitas que gostam de você! Sabe lá você como minha mulher fica bonita com penhoar vermelho e os cabelos dourados soltos?"

Lermontov riu com um riso irônico, mas dessa vez Goethe resolveu puni-lo por seus comentários acerbos: "Você é um grande poeta, Lermontov, todos sabemos disso, mas por que tem tantos complexos?".

Durante alguns segundos, Lermontov ficou aturdido, depois respondeu a Goethe controlando-se com dificuldade:

"Johann, você não deveria me dizer isso. É a pior coisa que você poderia me dizer. É uma ignomínia de sua parte".

Goethe, amigo da concórdia, não teria continuado a implicar com Lermontov, mas Voltaire interveio rindo: "Salta aos olhos, Lermontov, você é cheio de complexos", e começou a analisar toda a sua poesia, que não teria nem a graça feliz e natural de Goethe, nem o sopro apaixonado de Petrarca. Começou mesmo a destrinchar cada uma de suas metáforas para demonstrar com brilho que o complexo de inferioridade de Lermontov é a fonte direta de sua inspiração e tem origem na infância do poeta, marcada pela pobreza e pela influência opressiva de um pai autoritário.

Nesse momento, Goethe inclinou-se para Petrarca e disse-lhe, num cochicho que invadiu a sala, de modo que todos ouviram, inclusive Lermontov: "Ora, vamos! Bobagens, tudo isso. O problema de Lermontov é que ele não trepa!".

O ESTUDANTE SE COLOCA DO LADO DE LERMONTOV

O estudante continuava calado, servia-se de vinho (um garçom discreto levava sem fazer barulho as garrafas vazias e trazia garrafas cheias) e escutava com atenção a conversa em que voavam faíscas. Não tinha tempo de virar a cabeça para acompanhar o turbilhão vertiginoso delas.

Perguntava-se qual era o poeta com quem mais simpatizava. Goethe, ele venerava, tanto quanto o venerava a sra. Christine e aliás o país inteiro. Petrarca o enfeitiçava com seus olhos incandescentes. Mas, estranho, era Lermontov ofendido que lhe inspirava a mais viva simpatia, sobretudo depois do último comentário de Goethe, que lhe fez pensar que um grande poeta (e Lermontov é realmente um grande poeta) podia passar pelas mesmas dificuldades que qualquer estudante como ele. Olhou seu relógio e constatou que era mais do que tempo de ir embora se não quisesse terminar exatamente como Lermontov.

No entanto não conseguia se afastar dos grandes homens e, em vez de ir embora para junto da sra. Christine, foi ao toalete. Estava lá, cheio de pensamentos grandiosos, em frente ao azulejo branco, quando ouviu ao seu lado a voz de Lermontov: "Você ouviu o que disseram. Eles não são *finos*. Você compreende, não são *finos*".

Lermontov pronunciou a palavra *finos* como se estivesse escrita em itálico. É, existem palavras que não são como as outras, palavras que têm um valor especial conhecido apenas pelos iniciados. O estudante ignorava por que Lermontov tinha pronunciado a palavra *finos* como se fosse escrita em itálico, mas eu, que faço parte dos iniciados, sei que no passado Lermontov tinha lido o pensamento de Pascal sobre o espírito de fineza e o espírito de geometria e dividia desde então o gênero humano em duas categorias: aqueles que são finos e os outros.

"Você por acaso acha que são *finos*?", perguntou ele, num tom agressivo, ao ver que o estudante se calava.

O estudante fechou a braguilha e constatou que Lermontov, exatamente como tinha escrito a condessa Roptchinski em seu diário havia cinqüenta anos, tinha as pernas muito curtas. Sentiu gratidão por ele porque era o primeiro grande poeta que fazia uma pergunta séria esperando dele uma resposta igualmente séria.

"Na minha opinião", disse ele, "eles não são nada finos."

Lermontov parou com suas pernas curtas: "Não, nada finos". E acrescentou, mais alto: "Mas eu sou *orgulhoso*! Compreende? Eu sou *orgulhoso*!".

A palavra *orgulhoso* também estava escrita em itálico na sua boca, para dar a entender que só um imbecil poderia pensar que Lermontov tinha orgulho como uma moça tem orgulho de sua beleza, ou como um comerciante tem orgulho de seu negócio, pois se trata de um orgulho muito singular, de um orgulho justificado e nobre.

"Eu sou *orgulhoso*", vociferou Lermontov, e voltou com o estudante para a sala onde Voltaire estava elogiando Goethe. Então Lermontov se enfureceu. Postou-se em frente à mesa, o que fez com que de repente ele ficasse uma cabeça mais alto que os demais, que estavam sentados, e disse: "E agora vou lhes mostrar como sou *orgulhoso*! Agora vou lhes dizer uma coisa, porque sou *orgulhoso*! Só há dois poetas neste país: Goethe e eu".

Dessa vez foi Voltaire que elevou a voz: "Você talvez seja um grande poeta, mas como homem é deste tamanho! Posso dizer que você é um grande poeta, mas você não tem o direito de dizer isso".

Lermontov ficou estarrecido um momento. Gaguejou: "E por que eu não teria o direito de dizer isso? Eu sou orgulhoso!".

Lermontov repetiu ainda muitas vezes que era orgulhoso. Voltaire desatou a rir e os outros desataram a rir com ele.

O estudante compreendeu que tinha chegado o momento esperado. A exemplo de Lermontov, pôs-se de pé e lançou um olhar circular sobre os poetas presentes: "Vocês não compreendem nada do que diz Lermontov. O orgulho do poeta não é um orgulho banal. Só o próprio poeta conhece o valor daquilo que escreve. Os demais o compreenderão muito mais tarde ou talvez nunca o compreendam. O poeta tem portanto o dever de ser orgulhoso. Se não fosse, trairia sua obra".

Um instante antes, eles tinham se torcido de rir, mas de repente todos concordaram com o estudante, pois eram tão orgulhosos quanto Lermontov, só que tinham vergonha de dizê-lo, porque não sabiam que a palavra *orgulhoso*, com a condição de ser pronunciada da maneira correta, deixa de ser ridícula e torna-se, ao contrário, uma palavra espiritual e nobre. Ficaram portanto gratos ao estudante que acabara de lhes dar um conselho tão bom, e houve até mesmo um deles que o aplaudiu, com certeza Verlaine.

CHRISTINE É TRANSFORMADA EM RAINHA POR GOETHE

O estudante se sentou e Goethe se virou para ele com um sorriso amável: "Rapaz, você sabe o que é a poesia?".

Os outros estavam de novo mergulhados em suas discussões de homens bêbados, de maneira que o estudante se viu só diante do grande poeta. Queria aproveitar essa oportunidade preciosa, mas de repente não sabia o que dizer. Como procurasse intensamente a frase conveniente — Goethe contentava-se em sorrir em silêncio —, não conseguia encontrar nenhuma e não fazia nada a não ser sorrir também. Mas a lembrança de Christine veio em seu socorro.

"No momento estou saindo com uma moça, ou melhor, com uma mulher. Ela é casada com um açougueiro."

Isso agradou muito a Goethe, que respondeu com um riso muito amistoso.

"Ela o venera. Deu-me um de seus livros para que você escreva uma dedicatória."

"Passe-o para mim", disse Goethe, e pegou o volume de seus versos das mãos do estudante. Abriu na página do título e continuou: "Fale-me dela. Como é que ela é? É bonita?".

Diante de Goethe, o estudante não podia mentir. Confessou que a mulher do açougueiro não era uma beleza. Hoje, ainda por cima, estava vestida de maneira ridícula. O dia inteiro, passeara por Praga com grandes pérolas em volta do pescoço e sapatos pretos próprios para a noite como não se usava havia muito tempo.

Goethe ouviu o estudante com sincero interesse e disse quase com nostalgia: "É maravilhoso".

O estudante se entusiasmou e chegou a confessar que a mulher do açougueiro tinha um dente de ouro que brilhava em sua boca como uma mosca dourada.

Comovido, Goethe riu e corrigiu: "Como um anel".

“Como um farol!”, replicou o estudante.

“Como uma estrela!”, sorriu Goethe.

O estudante explicou que a mulher do açougueiro era na verdade uma provinciana inteiramente comum e que era justamente isso que o atraía tanto.

“Como eu o compreendo!”, disse Goethe. “São justamente esses detalhes, uma roupa mal escolhida, um ligeiro defeito nos dentes, uma estranha mediocridade de alma, que fazem com que uma mulher seja viva e real. As mulheres dos cartazes publicitários ou das revistas de moda, que hoje quase todas as mulheres procuram imitar, não têm encanto porque são irreais, porque são apenas uma soma de instruções abstratas. Nasceram de uma máquina cibernética, e não de um corpo humano! Meu amigo, eu lhe garanto que sua provinciana é a mulher certa para um poeta e o felicito!”

Em seguida, inclinou-se para a página de rosto, pegou sua caneta e começou a escrever. Encheu a página toda, escreveu com entusiasmo, ficou quase em transe, e seu rosto irradiou o brilho do amor e da compreensão.

O estudante pegou o livro de volta e enrubesceu de orgulho. Aquilo que Goethe escrevera para uma desconhecida era belo e triste, nostálgico e sensual, sério e alegre, e o estudante estava certo de que nunca antes palavras tão belas tinham sido dirigidas a uma mulher. Ele pensa em Christine e a deseja infinitamente. Sobre suas roupas ridículas, a poesia jogou um manto tecido com as palavras mais sublimes. Fez dela uma rainha.

CARREGA-SE UM POETA

O garçom entrou no salão, mas dessa vez não levava nenhuma garrafa fechada. Pediu aos poetas que se preparassem para partir. Tinham que fechar o prédio dentro de alguns momentos. A porteira ameaçava fechar a porta à chave e deixá-los todos ali até de manhã.

Ainda precisou repetir várias vezes essa advertência, em voz alta e devagar, a todos coletivamente e a cada um pessoalmente, até os poetas compreenderem que a porteira não estava brincando. Petrarca lembrou-se de repente de sua mulher de penhoar vermelho e levantou-se da mesa, como se acabasse de receber um pontapé nos rins.

Foi então que Goethe disse, com infinita tristeza: "Meus amigos, me deixem aqui. Quero ficar aqui". Suas muletas estavam ao seu lado, apoiadas na mesa, e aos poetas que tentaram convencê-lo a partir com eles, Goethe se contentou em responder com meneios de cabeça.

Todo mundo conhecia sua mulher, era uma senhora má e severa. Tinham medo dela. Sabiam que, se Goethe não voltasse na hora certa para casa, sua mulher faria uma cena horrorosa. Imploraram: "Johann, seja razoável, é preciso voltar para casa!". E o seguraram com pudor por baixo dos braços, tentando levantá-lo da cadeira. Mas o rei do Olimpo era pesado e seus braços eram tímidos. Pelo menos trinta anos mais velho que eles, era para eles um verdadeiro patriarca; de repente, no momento de levantá-lo e de passar-lhe as muletas, todos se sentiram encabulados e pequenos. E ele repetia sem parar que queria ficar ali!

Ninguém se entendia, apenas Lermontov aproveitou a ocasião para se mostrar mais esperto que os outros: "Meus amigos, deixem-no aqui, faço companhia a ele até de manhã. Vocês não percebem? Quando ele era moço, ficava semanas inteiras sem voltar para casa. Quer reencontrar sua juventude! Será que não compreendem isso, bando de idiotas? Não é verdade, Johann? Vamos nos deitar aqui sobre o tapete e ficaremos até de manhã com essa garrafa de vinho tinto, e eles podem ir embora! Petrarca pode correr para junto de sua mulher de penhoar vermelho e cabelos soltos!".

Mas Voltaire sabia que não era saudade da juventude o que retinha Goethe. Goethe estava doente e não podia beber. Quando bebia, suas pernas se recusavam a sustentá-lo. Voltaire apanhou as duas muletas e ordenou aos demais que desistissem de sua supérflua timidez. Então os braços fracos dos poetas bêbados seguraram Goethe pelas axilas e o levantaram da cadeira. Levaram-no do salão para o hall, ou melhor, arrastaram-no (ora os pés de Goethe encostavam no chão, ora balançavam como os pés de uma criança com quem os pais brincam de balanço). Mas Goethe era pesado e os poetas estavam bêbados: chegando ao hall, eles o largaram, e Goethe se lamentou e gritou: "Meus amigos, deixem-me morrer aqui!".

Voltaire se enfureceu e gritou para os poetas que carregassem Goethe imediatamente. Os poetas sentiram vergonha. Apanharam Goethe, uns pelos braços, outros pelas pernas, levantaram-no e, tendo saído da porta do clube, levaram-no em direção à escada. Todo mundo o carregava. Voltaire o carregava, Petrarca o carregava, Verlaine o carregava, Boccaccio o carregava e mesmo o titubeante Iessenin segurava a perna de Goethe, com medo de cair.

O estudante também tentava carregar o grande poeta, pois sabia muito bem que uma oportunidade como essa só surgia uma vez na vida. Mas em vão, Lermontov gostava demais dele. Segurava-o pelo braço e achava sem cessar coisas para lhe dizer.

"Não apenas eles não são finos, como são também desajeitados. São todos crianças mimadas. Olhe só como o estão carregando! Eles vão largá-lo! Nunca trabalharam com as mãos. Você sabe que trabalhei em fábrica?"

(Não esqueçamos que todos os heróis desse tempo e desse país tinham passado por uma fábrica, ou voluntariamente, por entusiasmo revolucionário, ou então obrigados, à guisa de punição. Nos dois casos, sentiam-se igualmente orgulhosos, porque lhes parecia que na fábrica a Dureza da Vida, essa nobre deusa em pessoa, lhes dera um beijo na testa.)

Segurando o patriarca pelas pernas e pelos braços, os poetas o levaram para a escada. O vão da escada era quadrado, e havia muitas curvas em ângulo reto que punham à dura prova a agilidade e a força deles.

Lermontov continuou: "Meu amigo, você sabe o que é carregar dormentes? Você nunca carregou isso. Você é estudante. Mas esses sujeitos também nunca carregaram. Olha como o carregam mal! Vão deixá-lo cair!". Virando-se para os poetas, gritou: "Segurem bem, seus imbecis! Vão deixá-lo cair! Vocês nunca trabalharam com as mãos!". E agarrou o braço do estudante e desceu devagar atrás dos poetas titubeantes que carregavam com angústia um Goethe cada vez mais pesado. Finalmente chegaram embaixo, na calçada, com seu fardo e o encostaram num poste. Petrarca e Boccaccio o amparavam, para que ele não caísse, e Voltaire desceu para a rua e gritou para os carros, mas nenhum deles parou.

Lermontov disse ao estudante: "Você se dá conta do que está vendo? Você é estudante e não conhece nada da vida. E esta é uma cena grandiosa! Carrega-se um poeta. Sabe o poema que isso daria?".

Enquanto isso, Goethe caíra na calçada; Petrarca e Boccaccio tentavam levantá-lo de novo.

"Olhe", disse Lermontov ao estudante, "eles não vão nem conseguir levantá-lo. Não têm força nos braços. Não têm a menor idéia do que é a vida. Carrega-se um poeta. Que título magnífico. Você compreende. Nesse momento estou escrevendo dois livros de versos. Dois livros inteiramente diferentes. Um deles numa forma rigorosamente clássica, com rimas e ritmo preciso. O outro em versos livres. Este vai se chamar *Prestação de contas*. O último poema do livro se chamará 'Carrega-se um poeta'. E será um poema duro, mas *honesto*. Um poema *honesto*."

Era a terceira palavra de Lermontov pronunciada em itálico. Essa palavra expressava o contrário de tudo o que é apenas ornamento e jogo de imaginação. Expressava o contrário das divagações de Petrarca e das farsas de Boccaccio. Expressava o lado patético do trabalho do operário e uma fé apaixonada na já mencionada deusa Dureza da Vida.

Verlaine, embriagado pelo ar noturno, postou-se no meio da calçada, olhou as estrelas e cantou. Iessenin sentou-se, encostado na parede do prédio, e adormeceu. Voltaire continuou a gesticular no meio da rua e conseguiu finalmente fazer um táxi parar. Em seguida, com a ajuda de Boccaccio, instalou Goethe no banco de trás. Gritou para Petrarca sentar-se ao lado do motorista, porque Petrarca era o único que, bem ou mal, podia amansar a sra. Goethe. Mas Petrarca se defendeu freneticamente:

"Por que eu? Por que eu? Tenho medo!"

"Está vendo?", disse Lermontov ao estudante. "Quando é preciso ajudar um amigo, ele foge. Nenhum deles é capaz de falar com a velha." Depois, inclinando-se para dentro do carro em que Goethe, Boccaccio e Voltaire estavam horrivelmente espremidos no banco de trás, disse: "Meus amigos, vou com vocês. Eu me encarrego da senhora Goethe". E instalou-se no assento vazio, ao lado do motorista.

PETRARCA CONDENA O RISO DE BOCCACCIO

O táxi cheio de poetas desapareceu, e o estudante lembrou-se de que era mais do que tempo de ir encontrar a sra. Christine.

"Tenho que ir embora", disse ele a Petrarca.

Petrarca concordou, segurando-o pelo braço, e começou a se dirigir para o lado oposto ao da casa do estudante.

"Sabe", disse-lhe, "você é um rapaz sensível. Foi o único capaz de ouvir o que os outros diziam."

O estudante emendou: "Aquela moça plantada no meio

da peça, como Joana d'Arc com sua lança, eu poderia repetir tudo, exatamente com as mesmas palavras que você".

"Aliás, aqueles bêbados nem escutaram até o fim! Será que se interessam por alguma coisa além deles mesmos?"

"Ou então quando você disse que sua mulher tinha medo que aquela moça quisesse matá-lo, nesse momento você se aproximou dela e seu olhar se encheu de uma paz celestial, foi como um pequeno milagre."

"Ah, meu amigo, é você o poeta! Você, e não eles!"

Petrarca segurava o estudante pelo braço e o levava para seu bairro distante.

"E como foi que a história terminou?", perguntou o estudante.

"Minha mulher teve pena dela e a deixou passar a noite em nossa casa. Mas imagine só. Minha sogra dorme numa espécie de quarto de despejo atrás da cozinha e se levanta muito cedo. Quando viu que todos os vidros estavam quebrados, foi depressa chamar alguns vidraceiros que por acaso estavam trabalhando na casa ao lado, e todos os vidros estavam de novo no lugar quando acordamos. Não sobrou um único traço dos acontecimentos da véspera. Tive a impressão de ter sonhado."

"E a moça?", perguntou o estudante.

"Ela também saiu do apartamento sem fazer ruído, ainda de madrugada."

Nesse momento Petrarca parou no meio da rua e olhou o estudante com uma expressão quase severa: "Sabe, meu amigo, eu ficaria muito triste se você interpretasse meu relato como uma dessas anedotas de Boccaccio que acabam na cama. É preciso que você saiba: Boccaccio é um imbecil. Boccaccio nunca compreenderá ninguém, porque compreender é se misturar e se identificar. É esse o mistério da poesia. Nós nos consumimos na mulher amada, nós nos consumimos na idéia em que acreditamos, nos queimamos na paisagem que nos comove".

O estudante escutava Petrarca com fervor e tinha diante dos olhos a imagem de sua Christine, de cujos encantos duvidara algumas horas antes. Agora tinha vergonha dessas dúvidas, porque elas faziam parte da metade menos boa (boccacciana) de seu ser; não tinham nascido de sua força, mas de sua fraqueza: eram a prova de que ele não ousava entrar no amor inteiramente, com todo seu ser, a prova de que tinha medo de se consumir na mulher amada.

"O amor é a poesia, a poesia é o amor", disse Petrarca, e o estudante prometeu a si mesmo amar Christine com um amor ardente e grandioso. Um pouco antes, Goethe tinha revestido Christine com um manto real e agora era Petrarca que espalhava fogo no coração do estudante. A noite que o esperava seria abençoada por dois poetas.

"Por outro lado, o riso", continuou Petrarca, "é uma explosão que nos afasta do mundo e nos empurra para a nossa fria solidão. A brincadeira é uma barreira entre o homem e o mundo. A brincadeira é a inimiga do amor e da poesia. É por isso que lhe digo mais uma vez e quero que você se lembre bem disto: Boccaccio não compreende o amor. O amor não pode ser risível. O amor não tem nada em comum com o riso."

"É, sim", concordou o estudante com entusiasmo. O mundo lhe pareceu dividido em duas metades, das quais uma é a metade do amor e a outra a da brincadeira, e viu que, no que lhe dizia respeito, ele pertencia e pertenceria ao exército de Petrarca.

OS ANJOS VOAM SOBRE A CAMA DO ESTUDANTE

Ela não andava nervosamente de um lado para o outro na mansarda do estudante, não estava com raiva, não estava emburrada, não estava olhando languidamente pela janela. Estava deitada de camisola, enroscada sob as cobertas. Ele a acordou com um beijo nos lábios e, para se adiantar às reclamações, contou-lhe com uma eloqüência forçada a incrível reunião em que fora testemunha de um dramático confronto entre Boccaccio e Petrarca, ao passo que Lermontov insultava todos os demais poetas. Ela não se interessou por suas explicações e o interrompeu com desconfiança:

"Aposto que você esqueceu meu livro."

Quando ele lhe estendeu o volume de versos em que Goethe tinha escrito uma longa dedicatória, ela não conseguiu acreditar em seus olhos. Releu muitas vezes seguidas as frases inacreditáveis que pareciam encarnar toda a sua aventura igualmente inacreditável com o estudante, todo o seu último verão, os passeios clandestinos pelos caminhos silvestres desconhecidos, toda aquela delicadeza e toda aquela ternura que pareciam tão distantes de sua vida.

Enquanto isso, o estudante tirou a roupa e deitou. Ela o tomou firmemente nos braços. Foi um abraço que até então ele não conhecia. Um abraço sincero, vigoroso, ardente, maternal, fraterno, amistoso e apaixonado. Durante a noite, Lermontov tinha usado muitas vezes a palavra *honesto*, e o estudante disse a si mesmo que o abraço de Christine bem que merecia essa designação sintética que continha em si toda uma multidão de adjetivos.

O estudante sentiu que seu corpo estava numa notável disposição para o amor. Numa disposição tão certa, dura e durável, que ele se recusava a qualquer precipitação e apenas saboreava esses doces e longos minutos de abraço imóvel.

Ela mergulhava em sua boca uma língua sensual e um instante depois o beijava da maneira mais fraternal possível no rosto. Com a ponta da língua ele apalpava seu dente de ouro, no alto à esquerda, lembrando-se do que lhe dissera Goethe: Christine não nasceu de uma máquina cibernética, mas de um corpo humano! É a mulher certa para um poeta!

Tinha vontade de gritar de alegria. E em seu espírito ecoavam as palavras de Petrarca que lhe tinha dito que o amor é poesia e que a poesia é o amor, e que compreender é se confundir com o outro e queimar nele. (Sim, os três poetas estão todos ali com ele, voam sobre a cama como anjos, se alegram, cantam e o abençoam!) O estudante transbordava com um imenso entusiasmo e decidiu que era mais do que tempo de transformar a honestidade lermontoviana do abraço imóvel num ato de amor real. Atirou-se sobre o corpo de Christine e tentou abrir suas pernas com o joelho.

Mas o quê? Christine resiste! Fecha as pernas com a mesma obstinação do verão, durante seus passeios pelos bosques!

Ele queria lhe perguntar por que ela lhe resistia, mas não conseguia falar. A sra. Christine era tão tímida, tão delicada que em presença dela as coisas do amor perdiam seus nomes. Ele não ousava falar senão a linguagem do suspiro e do toque. Que teriam eles a ver com o peso das palavras? Não era verdade que ele queimava nela? Os dois ardiam na mesma chama! Portanto, num silêncio obstinado, ele renovava suas tentativas para forçar com o joelho as coxas solidamente fechadas de Christine.

Ela também se calava. Também temia falar e queria expressar tudo por meio de beijos e carícias. Mas na vigésima quinta tentativa que ele fez para abrir-lhe as coxas, ela disse: "Não, por favor, não. Eu morreria".

"Como?"

"Eu morreria. É verdade. Eu morreria", repetiu a sra. Christine, e de novo mergulhou a língua na sua boca, profundamente, ao mesmo tempo que apertava com muita força uma coxa contra a outra.

O estudante experimentava um desespero tingido de beatitude. Queimava com um desejo frenético de fazer amor com ela e ao mesmo tempo queria chorar de alegria. Christine o amava como ninguém o amara. Ela o amava a ponto de morrer, a ponto de ter medo de fazer amor com ele, porque, se fizesse amor com ele, nunca mais poderia viver sem ele e morreria de tristeza e de desejo. Ele ficou feliz, ficou loucamente feliz porque conseguiu, de repente, inopinadamente, sem ter feito nada para merecê-lo, aquilo que sempre desejara, esse amor infinito diante do qual todo o globo terrestre, com todos os seus continentes e todos os seus mares, não é nada.

"Entendo você! Morrerei com você!", dizia ele num murmúrio, e ao mesmo tempo a acariciava e beijava, e por pouco teria chorado de amor. Esse grande enternecimento, porém, não sufocava o desejo físico, que se tornou doloroso e quase intolerável. Ele fez ainda algumas tentativas para enfiar o joelho como uma alavanca entre as coxas de Christine e abrir assim o caminho para o seu sexo, que subitamente se tornou para ele mais misterioso do que o Santo Graal.

"Não, com você não vai acontecer nada. *Eu* é que vou morrer!", disse Christine.

Ele imaginou uma volúpia infinita, uma volúpia de morrer, e repetiu mais uma vez: "Morreremos juntos! Morreremos juntos!". E continuou empurrando o joelho entre as coxas dela, mas sempre em vão.

Os dois não tinham mais nada a se dizer. Apertavam-se um contra o outro. Christine balançava a cabeça negativamente e ele lançou ainda muitos ataques à fortaleza de suas coxas antes de enfim desistir. Deitou-se ao lado dela, de costas, resignado. Ela o segurou pelo cetro de seu amor, que se levantava em sua honra e que ela apertava com toda a sua esplêndida honestidade: sinceramente, vigorosamente, ardentemente, fraternalmente, maternalmente, amigavelmente e apaixonadamente.

No estudante, a beatitude do homem que é amado infinitamente se misturava com o desespero do corpo que é rejeitado. E a mulher do açougueiro continuava segurando-o por sua arma de amor, sem cogitar de substituir com alguns gestos simples o ato carnal que ele desejava, mas como se segurasse na mão algo raro, algo precioso, algo que ela não queria estragar, que queria conservar assim, ereto e duro, por muito tempo.

Mas chega dessa noite que vai se prolongar sem mudanças notáveis até quase de manhã.

A LUZ SUJA DA MANHÃ

Como só adormeceram muito tarde, não acordaram antes do meio-dia, e os dois estavam com dor de cabeça. Não lhes restava muito tempo, pois Christine logo iria pegar o trem. Estavam taciturnos. Christine colocou em sua bolsa de viagem a camisola e o livro de Goethe, e ei-la de novo calçada com seus escarpins ridiculamente pretos e com seu colar absurdo em volta do pescoço.

Como se a luz suja da manhã tivesse rompido o selo do silêncio, como se depois de uma noite de poesia tivesse chegado um dia de prosa, a sra. Christine disse ao estudante, da maneira mais simples do mundo: “Sabe, você não deve ficar com raiva de mim, é verdade que eu poderia morrer. O médico me disse depois do meu primeiro parto que eu nunca mais deveria engravidar”.

O estudante a olhou com uma expressão de desespero: “Como é que você engravidaria de mim? Por quem você me toma?”.

“É o que todos os homens dizem. São sempre muito seguros de si. Sei o que aconteceu com algumas amigas minhas. Rapazes como você são muito perigosos. E, quando acontece, não há nada a fazer.”

Com uma voz desesperada, ele lhe explicou que não era um fedelho sem experiência e que nunca a teria engravidado. “Afinal, você não vai me comparar aos companheiros de suas amigas!”

“Eu sei”, disse ela com convicção, quase pedindo desculpa. O estudante não precisava procurar convencê-la. Ela acreditava nele. Ele não era nenhum camponês e sem dúvida conhecia melhor as coisas do amor do que todos os mecânicos do mundo. Ela sem dúvida tinha errado ao se negar a ele naquela noite. Mas não lamentava isso. Uma noite de amor acompanhada de um breve contato físico (na mente de Christine o amor físico não pode ser senão rápido e fugaz) lhe deixaria para sempre a impressão de uma coisa bela, mas ao mesmo tempo perigosa e pérfida. O que ela vivera com o estudante era infinitamente melhor.

Ele a tinha acompanhado até a estação e ela já se alegrava com a idéia de sentar-se em seu compartimento e recordar-se. Repetia-se em pensamento, com o áspero senso prático das mulheres simples, que tinha vivido uma coisa que *ninguém poderia lhe tirar*: passara uma noite com um rapaz que sempre lhe parecera irreal, inatingível e distante, e o segurara uma noite inteira pelo membro ereto. É, uma noite inteira! Era uma coisa que nunca tinha lhe acontecido! Talvez não tornasse a vê-lo, mas nunca achara que poderia vê-lo sempre. Estava feliz com a idéia de que iria guardar dele alguma coisa durável: os versos de Goethe e a incrível dedicatória que poderia convencê-la a qualquer momento de que sua aventura não tinha sido um sonho.

O estudante ficou desesperado. Teria bastado naquela noite apenas uma frase sensata! Teria bastado dar às coisas seus devidos nomes e ele a teria possuído! Ela tivera medo que ele a engravidasse, e ele havia pensado que ela temesse o infinito de seu amor! Mergulhou os olhos na profundeza insondável de sua estupidez e teve vontade de desatar a rir, um riso cheio de lágrimas, histérico.

Voltou da estação para o seu deserto sem noites de amor, e a *litost* o acompanhava.

NOVAS OBSERVAÇÕES PARA UMA TEORIA SOBRE A *LITOST*

Por meio de dois exemplos tirados da vida do estudante, expliquei as duas reações elementares do homem face à sua própria *litost*. Se nosso interlocutor é mais fraco do que nós, encontramos um pretexto para agredi-lo, como o estudante agrediu a estudante que nadava muito depressa.

Se nosso interlocutor é mais forte, só nos resta escolher uma vingança disfarçada, um tapa dado indiretamente, um assassinato pelo meio indireto do suicídio. A criança toca uma nota errada em seu violino até que o professor enlouqueça e a atire pela janela. E a criança cai e durante a queda se alegra com a idéia de que o professor cruel será acusado de assassinato.

Eis aí dois métodos clássicos, e se o primeiro é encontrado constantemente na vida dos amantes e dos casais, aquilo que se convencionou chamar de a grande História da Humanidade oferece inumeráveis exemplos do outro procedimento. É provável que tudo o que nossos mestres batizaram com o nome de heroísmo tenha sido apenas essa forma de *litost* que ilustrei com a história do menino e do professor de violino. Os persas conquistaram o Peloponeso e os espartanos acumularam erros militares. E do mesmo modo que o menino se recusa a tocar direito, eles também ficaram cegos pelas lágrimas de raiva e recusaram qualquer ação sensata, não foram capazes nem de lutar melhor, nem de se entregar, nem de se salvar na fuga, e foi por *litost* que se deixaram matar até o último.

Vem-me a idéia, nesse contexto, de que não foi absolutamente por acaso que a noção de *litost* nasceu na Boêmia. A história dos tchecos, essa história de eternas revoltas contra os mais fortes, essa sucessão de gloriosas derrotas que punham em movimento o curso da História e levavam à sua perda o próprio povo que a tinha desencadeado, é a história da *litost*. Quando em agosto de 1968 milhares de tanques russos ocuparam esse pequeno e maravilhoso país, vi escrita nos muros de uma cidade a seguinte divisa: *Não queremos acordo, queremos a vitória!* Compreendam que, naquele momento, só havia escolha entre muitas variantes de derrota, nada mais, mas essa cidade recusava o acordo e desejava a vitória! Não era a razão, era a *litost* que falava! Aquele que recusa o acordo finalmente não tem outra escolha a não ser a pior das derrotas imagináveis. Mas é justamente o que quer a *litost*. O homem possuído por ela se vinga por meio de seu próprio aniquilamento. A criança se esmagou na calçada, mas sua alma imortal pode se regozijar eternamente, porque o professor se enforcou no ferrolho de uma janela.

Mas como é que o estudante pode fazer mal a Christine? Antes que ele pudesse imaginar o que quer que fosse, ela subiu no trem. Os teóricos conhecem uma situação desse tipo e afirmam que se assiste então ao que chamam de *bloqueio da litost*.

É o que pode acontecer de pior. A *litost* do estudante era como um tumor que aumentava de minuto a minuto e ele não sabia o que fazer com isso. Como não havia ninguém em quem pudesse se vingar, ele aspirava ao menos a uma consolação. Foi por isso que se lembrou de Lermontov. Lembrou-se de Lermontov, que Goethe insultara, que Voltaire humilhara e que enfrentara a todos gritando o seu orgulho, como se todos os poetas sentados em volta da mesa não fossem outra coisa senão professores de violino a quem ele quisesse provocar para que o atirassem pela janela.

O estudante desejou ver Lermontov como se deseja ver um irmão e enfiou a mão no bolso. Seus dedos apalparam uma grande folha de papel dobrada. Era uma folha arrancada de um caderno onde se podia ler: "Espero você. Eu te amo. Christine. Meia-noite".

Ele compreendeu. O paletó que usava estivera pendurado na véspera num cabide em sua mansarda. O bilhete tardiamente descoberto apenas confirmava aquilo que ele já sabia. Tinha perdido o corpo de Christine por causa de sua própria burrice. A *litost* o enchia até a borda e ele não via por onde escapar.

NO FUNDO DO DESESPERO

Estava bem no fim da tarde e ele achou que os poetas finalmente já deveriam estar acordados, depois da bebedeira da noite. Talvez estivessem no Clube dos Homens de Letras. Ele subiu a escada de quatro em quatro degraus até o primeiro andar, atravessou o vestiário e virou à direita para o restaurante. Não era um freqüentador assíduo, parou na soleira e olhou. Petrarca e Lermontov estavam sentados no fundo da sala com dois sujeitos que ele não conhecia. Havia uma mesa livre perto; ele puxou uma cadeira e sentou. Ninguém reparou nele. Ele teve até mesmo a impressão de que Petrarca e Lermontov o tinham olhado um segundo com ar ausente e não o tinham reconhecido. Pediu ao garçom um conhaque; em sua cabeça ressoavam dolorosamente o texto infinitamente triste e infinitamente belo do bilhete de Christine: "Espero você. Eu te amo. Christine. Meia-noite".

Ele ficou assim cerca de vinte minutos, bebendo seu conhaque em pequenos goles. A visão de Petrarca e Lermontov, longe de reconfortá-lo, só lhe causou nova tristeza. Ele fora abandonado por todos, abandonado por Christine e pelos poetas. Estava só, tendo por companhia apenas uma grande folha de papel na qual estava escrito: "Espero você. Eu te amo. Christine. Meia-noite". Teve vontade de levantar e de brandir esse papel em cima de sua cabeça para que todo o mundo o visse, para que todo o mundo soubesse que ele, o estudante, era amado, infinitamente amado.

Chamou o garçom para pagar. Depois acendeu mais um cigarro. Não tinha mais nenhuma vontade de ficar no clube, mas sentia um terrível desgosto com a idéia de voltar para sua mansarda, onde nenhuma mulher o esperava. Finalmente esmagou o cigarro no cinzeiro e justamente nesse momento notou que Petrarca, de sua mesa, o enxergara e lhe fazia sinal, com a mão. Mas era tarde demais, a *litost* o expulsava do clube em direção à sua triste solidão. Levantou-se e, no último momento, tirou mais uma vez do bolso a folha de papel em que estava escrito o bilhete de amor de Christine. Essa folha de papel que não lhe trazia mais nenhuma alegria. Se a deixasse ali, em cima da mesa, talvez alguém a notasse e descobrisse que o estudante era infinitamente amado.

Dirigiu-se à saída para ir embora.

GLÓRIA SÚBITA

"Meu amigo!" O estudante ouviu uma voz e se virou. Era Petrarca que lhe fazia sinal e se aproximava dele. "Já está indo embora?" Ele desculpou-se por não tê-lo reconhecido logo. "Quando bebo, fico completamente embotado no dia seguinte."

O estudante explicou que não quisera incomodar Petrarca, pois não conhecia as pessoas com quem ele estava.

"São uns idiotas", disse Petrarca ao estudante, e foi sentar-se à mesa que o estudante acabara de abandonar. O estudante olhava com olhos angustiados a grande folha de papel largada sobre a mesa. Se ao menos fosse um pequeno pedaço de papel discreto, mas aquela folha de papel grande parecia desmascarar aos gritos a intenção desajeitadamente visível de quem a tinha esquecido ali.

Petrarca, com os olhos negros rolando no rosto com curiosidade, reparou logo na folha e a examinou: "O que é isso? Ah, meu amigo, é sua!".

Desajeitado, o estudante tentava simular o embaraço de um homem que tinha deixado jogada por engano uma comunicação confidencial e tentava arrancar o papel das mãos de Petrarca.

Mas este já tinha começado a ler em voz alta: "Espero você. Eu te amo. Christine. Meia-noite".

Olhou o estudante nos olhos e em seguida perguntou: "Quando foi isso? Espero que não tenha sido ontem!".

O estudante baixou os olhos: "Foi", disse ele e não tentou mais tomar o papel das mãos de Petrarca.

Mas, enquanto isso, Lermontov aproximara-se da mesa, com suas pernas curtas. Estendeu a mão para o estudante: "Estou contente de vê-lo. Aqueles sujeitos", disse ele apontando para a mesa que acabava de deixar, "são uns perfeitos cretinos". E sentou-se.

Petrarca leu imediatamente para Lermontov o bilhete de Christine, leu-o muitas vezes seguidas, com uma voz sonora e melodiosa como se fossem versos.

O que me faz pensar que, quando não se pode nem dar um tapa numa moça que nada muito depressa nem se deixar matar pelos persas, quando não existe mais nenhuma maneira de escapar da *litost*, então a graça da poesia voa em nosso socorro.

O que resta dessa história realmente fracassada? Nada, a não ser a poesia. Inscritas no livro de Goethe, palavras que Christine leva consigo, e numa folha de papel pautada, as linhas que vestiram o estudante com uma glória inopinada.

"Meu amigo", disse Petrarca segurando o estudante pelo braço, "confesse que você escreve versos, que você é poeta!"

O estudante baixou os olhos e confessou que Petrarca não se enganava.

E LERMONTOV FICA SOZINHO

É Lermontov que o estudante vai procurar no Clube dos Homens de Letras, mas a partir desse momento ele está perdido para Lermontov e Lermontov está perdido para ele. Lermontov detesta os amantes felizes. Franze as sobrancelhas e fala com desprezo da poesia dos sentimentos adocicados e das grandes palavras. Diz que um poema deve ser honesto como um objeto moldado pela mão de um trabalhador. Faz cara feia e se mostra desagradável com Petrarca e com o estudante. Sabemos bem do que se trata. Goethe também sabia. É por trepar pouco. Uma terrível *litost* de não trepar.

Quem poderia compreendê-lo melhor do que o estudante? Mas esse incorrigível imbecil vê apenas o rosto fechado de Lermontov, ouve apenas suas palavras maldosas e fica ofendido.

Eu, na França, os vejo de longe, do alto de minha torre. Petrarca e o estudante se levantam. Despedem-se friamente de Lermontov. E Lermontov fica sozinho.

Meu caro Lermontov, o gênio dessa dor que chamamos na minha triste Boêmia de *litost*.

Sexta parte

OS ANJOS

1

Em fevereiro de 1948, o dirigente comunista Klement Gottwald postou-se na sacada de um palácio barroco de Praga para discursar longamente a centenas de milhares de cidadãos concentrados na praça da Cidade Velha. Foi um grande marco na história da Boêmia. Nevava, fazia frio e Gottwald estava com a cabeça descoberta. Clementis, cheio de solicitude, tirou seu gorro de pele e o colocou na cabeça de Gottwald.

Nem Gottwald nem Clementis sabiam que Franz Kafka se servira todos os dias, durante oito anos, da escada pela qual eles tinham acabado de subir à sacada histórica, pois sob o Império Austro-Húngaro esse palácio abrigava um liceu alemão. Também não sabiam que, no andar térreo do mesmo prédio, o pai de Franz, Hermann Kafka, tinha uma loja cuja tabuleta da entrada mostrava uma gralha-das-torres ao lado de seu nome, porque, em tcheco, *kafka* significa "gralha-das-torres".

Se Gottwald, Clementis e todos os demais ignoravam tudo de Kafka, Kafka conhecia-lhes a ignorância. Praga, em seu romance, é uma cidade sem memória. Essa cidade esqueceu até mesmo como se chama. Lá ninguém se lembra, ninguém se recorda de nada, mesmo Joseph K. parece não saber nada do período anterior de sua vida. Lá nenhuma canção pode ser ouvida para nos evocar o instante de seu nascimento e ligar assim o presente ao passado.

O tempo do romance de Kafka é o tempo de uma humanidade que perdeu a continuidade com a humanidade, de uma humanidade que não sabe mais nada, que não se lembra de mais nada e que mora em cidades que não têm nome e cujas ruas são ruas sem nome ou com um nome diferente do de ontem, pois o nome é uma continuidade com o passado, e as pessoas que não têm passado são pessoas sem nome.

Praga, como dizia Max Brod, é a cidade do mal. Quando, depois da derrota da Reforma em 1621, tentaram reeducar o povo inculcando-lhe a verdadeira fé católica, os jesuítas mergulharam Praga no esplendor das catedrais barrocas. Esses milhares de santos petrificados que nos olham de todas as partes, e nos ameaçam, nos espiam, nos hipnotizam, são o exército frenético dos ocupantes que invadiram a Boêmia há trezentos e cinqüenta anos para arrancar da alma do povo sua fé e sua língua.

A rua onde nasceu Tamina se chamava rua Schwerinova. Isso foi durante a guerra, e Praga estava ocupada pelos alemães. Seu pai nasceu na avenida Tchernokostelecka — a avenida da igreja preta. Foi sob o Império Austro-Húngaro. Sua mãe instalou-se na casa de seu pai, na avenida do Marechal-Foch. Isso foi depois da guerra de 1914-18. Tamina passou a infância na avenida Stálin e foi na avenida de Vinohrady que seu marido foi buscá-la para levá-la a seu novo lar. No entanto, era sempre a mesma rua, só o seu nome mudava, constantemente, faziam-lhe lavagem cerebral para apatetá-la.

Nas ruas que não sabem como se chamam vagam os espectros dos monumentos derrubados. Derrubados pela Reforma, derrubados pela Contra-Reforma austríaca, derrubados pela República Tchecoslovaca, derrubados pelos comunistas; até as estátuas da Stálin foram derrubadas. No lugar de todos esses monumentos destruídos crescem hoje, em toda a Boêmia, aos milhares, estátuas de Lênin; elas crescem lá como a relva sobre as ruínas, como as flores melancólicas do esquecimento.

2

Se Franz Kafka é o profeta de um mundo sem memória, Gustav Husak é o seu construtor. Depois de T. G. Masaryk, que era chamado de *presidente libertador* (todos os seus monumentos, sem exceção, foram destruídos), depois de Benes, Gottwald, Zapotocky, Novotny e Svoboda, é o sétimo presidente de meu país, e o chamam de *presidente do esquecimento.*

Os russos o instalaram no poder em 1969. Desde 1621, a história do povo tcheco não conhecia semelhante massacre da cultura e dos intelectuais. Imagina-se por toda parte que Husak só faz perseguir seus adversários políticos. Mas a luta contra a oposição política só foi para os russos a oportunidade sonhada de realizar, por intermédio de seu lugar-tenente, algo muito mais fundamental.

Acho muito significativo, sob esse ponto de vista, que Husak tenha mandado expulsar das universidades e dos institutos científicos cento e quarenta e cinco historiadores tchecos. (Dizem que, para cada historiador, misteriosamente como num conto de fadas, um novo monumento de Lênin surgiu em alguma parte da Boêmia.) Em 1971, um desses historiadores, Milan Hübl, com seus óculos de lentes extraordinariamente grossas, estava em meu apartamento da rua Bartolomejska. Olhávamos pela janela as torres do Hradchine e estávamos tristes.

"Para liquidar os povos", dizia Hübl, "se começa lhes tirando a memória. Destroem-se seus livros, sua cultura, sua história. E uma pessoa lhes escreve outros livros, lhes dá outra cultura e lhes inventa outra História. Em seguida, o povo começa lentamente a esquecer o que é e o que era. O mundo à sua volta o esquece ainda mais depressa."

"E a língua?"

"Por que tirá-la de nós? Trata-se apenas de um folclore que morrerá mais cedo ou mais tarde de morte natural."

Seria isso uma hipérbole ditada por uma tristeza muito grande?

Ou será verdade que o povo não poderá atravessar vivo o deserto do esquecimento organizado?

Nenhum de nós sabe o que vai acontecer, mas uma coisa é certa. Nos instantes de clarividência, o povo tcheco pode ver de perto, diante dele, a imagem de sua morte. Nem como uma realidade nem como um futuro inelutável, mas, mesmo assim, como uma possibilidade inteiramente concreta. Sua morte está com ele.

3

Seis meses mais tarde, Hübl foi preso e condenado a longos anos de prisão. Nessa época, meu pai estava moribundo.

Durante os últimos dez anos de sua vida, ele perdeu pouco a pouco o uso da palavra. No começo, fugiam-lhe apenas algumas palavras, ou, em seu lugar, ele dizia outras parecidas com essas, e logo começava a rir. Mas, no final, ele só conseguia pronunciar muito poucas palavras, e toda vez que tentava precisar seu pensamento, terminava sempre com a mesma frase, uma das últimas que lhe restavam: "É estranho".

Ele dizia "é estranho", e havia em seus olhos o imenso espanto de tudo saber, mas de nada poder dizer. As coisas haviam perdido seu nome e confundiam-se num único ser indiferenciado. E eu era o único, quando lhe falava, que podia, por um instante, fazer ressurgir daquele infinito sem palavras entidades dotadas de nomes.

Sobre seu rosto bonito, os grandes olhos azuis exprimiam a mesma sabedoria de antes. Eu o levava muitas vezes para dar seu passeio. Fazíamos invariavelmente a volta no mesmo quarteirão, papai não tinha força para ir mais longe. Ele andava com dificuldade, dava passinhos curtos e, logo que se sentia um pouco cansado, seu corpo começava a inclinar-se para a frente, e ele perdia o equilíbrio. Muitas vezes precisávamos parar para que ele descansasse, o rosto encostado num muro.

Durante esses passeios, falávamos de música. Quando papai falava normalmente, eu lhe fazia poucas perguntas. E agora eu queria recuperar o tempo perdido. Então falávamos de música, mas era uma conversa estranha entre alguém que não sabia nada, mas conhecia palavras em grande número, e alguém que sabia tudo, mas não conhecia uma única palavra.

Ao longo dos dez anos de sua doença, papai escreveu um livro grosso sobre as sonatas de Beethoven. Escrevia sem dúvida um pouco melhor do que falava, mas, mesmo escrevendo, tinha cada vez mais dificuldade para encontrar as palavras que queria usar, e seu texto se tornava incompreensível porque ele formava palavras que não existiam.

Um dia ele me chamou em seu quarto. Tinha aberto sobre o piano as variações da *Sonata opus 111*. Disse-me "olhe" mostrando a partitura (ele não conseguia mais tocar piano), repetiu "olhe" e ainda conseguiu dizer depois de um longo esforço: "Agora eu sei!" e continuou tentando me explicar alguma coisa importante, mas sua mensagem se compunha de palavras totalmente incompreensíveis, e, notando que não o entendia, olhou-me com surpresa e disse: "É estranho".

Evidentemente, sei o que ele queria falar, porque ele se fazia essa pergunta havia muito. As variações eram a forma favorita de Beethoven no final de sua vida. Seria possível pensar, à primeira vista, que é a forma mais superficial, uma simples exibição de técnica musical, um trabalho que convém mais a uma rendeira do que a Beethoven. E Beethoven (pela primeira vez na história da música) fez dela uma forma soberana, nela registrou suas mais belas meditações.

Sim, é uma coisa muito conhecida. Mas papai queria saber como se deve compreendê-la. Por que exatamente variações? Que sentido se esconde por trás?

Era por isso que ele havia me chamado em seu quarto e me mostrava a partitura dizendo: “Agora eu sei!”.

4

O silêncio de meu pai, diante de quem todas as palavras se esquivavam, o silêncio de cento e quarenta e cinco historiadores aos quais foi proibido lembrar-se, esse silêncio infinito que ressoa na Boêmia constitui o segundo plano do quadro sobre o qual pinto Tamina.

Ela continua a servir café num bistrô de uma pequena cidade no Oeste da Europa. Mas perdeu o brilho da delicada solicitude que outrora encantava os fregueses. A vontade de oferecer às pessoas seu ouvido passou.

Um dia em que Bibi foi sentar-se novamente num tamborete do bar e em que sua garota se arrastava pelo chão berrando, Tamina, depois de esperar um instante que a mãe impusesse ordem no recinto, perdeu a paciência e disse: “Quer fazer essa garota se calar?”.

Bibi abespinhou-se e retorquiu: “Por que você detesta crianças, hein?”.

Não se pode dizer que Tamina detestava crianças. No entanto, a voz de Bibi traía uma hostilidade totalmente inesperada que não escapou a Tamina. Sem que ela soubesse como, as duas deixaram de ser amigas.

Um dia, Tamina não foi trabalhar. Isso nunca acontecera antes. A dona do bistrô foi até a sua casa saber o que acontecera. Tocou a campainha, mas ninguém abriu. Voltou no dia seguinte e novamente tocou a campainha, sem resultado. Chamou a polícia. A porta foi arrombada, mas só se encontrou uma moradia cuidadosamente arrumada onde não faltava nada e onde não havia nada de suspeito.

Tamina não voltou nos dias seguintes. A polícia continuou se ocupando do caso sem descobrir nada de novo. O desaparecimento de Tamina foi arquivado entre os casos sem solução.

5

No dia fatídico, um rapaz de jeans foi sentar-se ao balcão. Nessa hora Tamina estava sozinha no café. O rapaz havia pedido uma coca e bebericava lentamente. Olhava Tamina e Tamina olhava para o vazio.

Ao final de um instante, ele disse: "Tamina".

Se queria impressioná-la, foi malsucedido. Não era muito difícil descobrir seu nome; no bairro, todos os fregueses o sabiam.

"Sei que você está triste", prosseguiu o rapaz.

Essa observação também não seduziu Tamina. Ela sabia que há muitas maneiras de conquistar uma mulher e que um dos caminhos mais seguros para o seu corpo passa pela tristeza. No entanto, olhou o rapaz com mais interesse do que um momento antes.

Eles iniciaram uma conversa. O que intrigava Tamina eram as suas perguntas. Não o conteúdo delas, mas o simples fato de fazê-las. Meu Deus, havia tanto tempo que não lhe perguntavam nada! Tinha a impressão de que havia uma eternidade! Só seu marido lhe fazia perguntas sem cessar, porque o amor é uma interrogação contínua. É, não conheço definição melhor do amor.

(Meu amigo Hübl me diria que, nesse caso, ninguém nos ama mais que a polícia. É verdade. Assim como todo *alto* tem seu simétrico *embaixo*, o interesse do amor tem por negativo a curiosidade da polícia. Podemos às vezes confundir o baixo e o alto, e posso muito bem imaginar que pessoas que se sentem sós desejem ser conduzidas de vez em quando à delegacia para serem interrogadas e poderem falar de si mesmas.)

6

O rapaz a olha nos olhos, a ouve e em seguida diz que o que ela chama de lembrar é na realidade algo muito diferente: Fascinada, ela se observa esquecer.

Tamina aprova.

E o rapaz prossegue: O olhar triste que ela lança para trás não é mais a expressão de sua fidelidade a um morto. O morto desapareceu de seu campo de visão e ela olha apenas o vazio.

O vazio? Mas então o que torna tão pesado seu olhar? Ele não está pesado com lembranças, explica o rapaz, mas com remorsos. Tamina nunca se perdoará por ter esquecido.

"E o que devo fazer?", pergunta Tamina.

"Esquecer seu esquecimento", responde o rapaz.

Tamina sorri com amargura: "Explique-me como devo agir".

"Você nunca teve vontade de partir?"

"Claro que sim", confessa Tamina. "Tenho uma terrível vontade de partir. Mas para onde?"

"Para um lugar onde as coisas sejam leves como a brisa. Onde as coisas tenham perdido seu peso. Onde não haja remorsos."

"É", diz Tamina, sonhadora. "Ir para um lugar onde as coisas não pesem nada."

E, como num conto, como num sonho (mas é um conto! é um sonho!), Tamina abandona o balcão atrás do qual passou vários anos de sua vida e sai do café com o rapaz. Um carro esporte vermelho está estacionado junto ao meio-fio. O rapaz se instala ao volante e convida Tamina para entrar e sentar-se ao seu lado.

7

Entendo as censuras que Tamina faz a si mesma. Também me censurei quando papai morreu. Não podia me perdoar por ter lhe feito tão poucas perguntas, por saber tão pouco sobre ele, por ter me permitido ficar sem ele. E foram justamente esses remorsos que me fizeram compreender de repente o que com certeza ele queria me dizer diante da partitura aberta da *Sonata opus 111*.

Vou tentar explicar-me por meio de uma comparação. A sinfonia é uma epopéia musical. Pode-se dizer que ela se assemelha a uma viagem que conduz, através do infinito do mundo exterior, de uma coisa a outra coisa, cada vez mais longe. As variações também são uma viagem. Mas essa viagem não conduz através do infinito do mundo exterior. Vocês certamente conhecem o pensamento de Pascal segundo o qual o homem vive entre o abismo do infinitamente grande e o abismo do infinitamente pequeno. A viagem das variações conduz para dentro desse *outro* infinito, para dentro da infinita diversidade do mundo interior que se dissimula em todas as coisas.

Nas variações, Beethoven descobriu então outro espaço a ser explorado. Suas variações são um novo *convite à viagem*.

A forma das variações é a forma em que a concentração é levada a seu máximo; ela permite ao compositor dizer apenas o essencial, ir direto ao núcleo das coisas. O tema das variações muitas vezes não tem mais do que dezesseis compassos. Beethoven penetra nesses dezesseis compassos como se descesse num poço na terra.

A viagem para o outro infinito não é menos aventurosa que a viagem da epopéia. É assim que o físico penetra nas entranhas milagrosas do átomo. A cada variação, Beethoven se distancia mais do tema inicial, que não se assemelha mais à última variação que a flor à sua imagem ao microscópio.

O homem sabe que não pode abarcar o universo com seus sóis e suas estrelas. Muito mais insuportável para ele é ser condenado a ficar sem o outro infinito, esse infinito bem próximo, ao seu alcance. Tamina ficou sem o infinito de seu amor, eu fiquei sem papai, e cada um fica sem sua obra, porque, na busca da perfeição, nós nos aproximamos do interior da coisa, mas não podemos nunca ir até o fim.

Que o infinito do mundo exterior tenha nos escapado, nós aceitamos como uma condição natural. Mas, por termos ficado sem o outro, nós nos censuraremos até a morte. Pensávamos no infinito das estrelas, mas com o infinito que papai carregava em si mesmo, nós não nos preocupávamos.

Não é de surpreender que, na maturidade, as variações tenham se tornado a forma preferida de Beethoven, que sabia muito bem (como sabe Tamina e como sei eu) que não existe nada mais insuportável que ficar sem o ser que amamos, esses dezesseis compassos e o universo interior de suas possibilidades infinitas.

8

Este livro todo é um romance em forma de variações. As diferentes partes se seguem como as diferentes etapas de uma viagem que conduz ao interior de um tema, ao interior de um pensamento, ao interior de uma só e única situação cujo sentido se perde para mim na imensidão.

É um romance sobre Tamina e, no momento em que Tamina sai de cena, é um romance para Tamina. Ela é a principal personagem e o principal ouvinte, e todas as outras histórias são uma variação sobre sua história e se reúnem na sua vida como num espelho.

É um romance sobre o riso e sobre o esquecimento, sobre o esquecimento e sobre Praga, sobre Praga e sobre os anjos. Aliás, não é absolutamente um acaso que o rapaz que está ao volante se chame Raphaël.

A paisagem se tornava cada vez mais deserta, havia cada vez menos vegetação e cada vez mais ocre, cada vez menos relva e árvores e cada vez mais areia e barro. Então o carro deixou a estrada e entrou por um caminho estreito que termina de repente num declive escarpado. O rapaz parou o carro. Desceram. Estavam na extremidade do declive; cerca de dez metros abaixo ficava a estreita orla de uma praia argilosa e, mais adiante, uma água turva, amarronzada, estendia-se a perder de vista.

"Onde estamos?", perguntou Tamina, com um nó na garganta. Tinha vontade de dizer a Raphaël que queria voltar, mas não ousava: tinha medo que ele recusasse e sabia que essa recusa aumentaria ainda mais sua angústia.

Estavam à beira do declive, diante deles havia a água e em volta deles nada além de barro, barro diluído e sem mato, como se fizessem extração de argila por ali. E, de fato, um pouco mais adiante, erguia-se uma draga abandonada.

Essa paisagem lembrava a Tamina a região da Boêmia em que seu marido tivera o último emprego, quando conseguira, depois de ter sido despedido de seu trabalho, um lugar de condutor de motoniveladora a cerca de cem quilômetros de Praga. Durante a semana, ele morava num *trailer* e só ia a Praga no domingo, para ver Tamina. Uma vez, ela foi encontrá-lo lá e os dois passearam numa paisagem muito parecida com essa de agora. No barro úmido sem mato e sem árvores, acossados por baixo pela cor ocre e amarela e, do alto, por nuvens cinzas e pesadas, caminhavam lado a lado, calçados com botas de borracha que afundavam na lama e deslizavam. Estavam sós no mundo, cheios de angústia, amor e inquietude desesperada um pelo outro.

Era o mesmo desespero que acabara de penetrá-la, e ela se alegrou por encontrar ali, de repente, como que de surpresa, um fragmento perdido de seu passado. Era uma lembrança totalmente perdida e, depois de todo esse tempo, essa era a primeira vez que ela lhe voltava. Era preciso anotá-la em seu diário! Tamina sabia até o ano exato!

E sentia vontade de dizer ao rapaz que queria voltar. Não, ele não tinha razão quando dizia que sua tristeza era apenas uma forma sem conteúdo! Não, não, seu marido continuava vivo nessa tristeza, só que ele estava perdido e ela tinha que ir à sua procura! À sua procura pelo mundo inteiro! Sim, sim! Finalmente ela sabia! Aquele que quer se lembrar não deve ficar no mesmo lugar e esperar que as lembranças cheguem sozinhas! As lembranças se dispersaram neste mundo vasto e é preciso viajar para reencontrá-las e fazê-las sair de seu abrigo!

Ela queria dizer isso ao rapaz e pedir-lhe para levá-la de volta. Mas, nesse momento, de baixo, do lado da água, ouviram um assobio.

9

Raphaël segurou Tamina pelo braço. Era um aperto enérgico, do qual não era possível desvencilhar-se. Um estreito caminho escorregadio ziguezagueava ao longo do declive. Ele conduziu Tamina por esse caminho.

Um menino de cerca de doze anos esperava na praia, onde um pouco antes não havia o menor vestígio de vida. Segurava pela ponta de uma corda um barco que balançava levemente à beira d'água, e sorria para Tamina.

Ela se virou para Raphaël. Ele também sorria. Ela os olhou alternadamente, e então Raphaël desatou a rir, e o menino fez o mesmo. Era um riso insólito, porque não estava acontecendo nada de engraçado, mas, ao mesmo tempo, era um riso contagioso e engraçado: que a convidava a esquecer a angústia e lhe prometia algo vago, talvez alegria, talvez paz, assim Tamina, que queria escapar de sua angústia, pôs-se a rir docilmente com eles.

"Está vendo?", disse-lhe Raphaël. "Você não tem nada a temer."

Tamina subiu no barco, que começou a balançar sob o seu peso. Ela se sentou no banco na parte de trás. O banco estava úmido. Ela usava um vestido fino, de verão, e sentiu a umidade nas nádegas. Esse contato pegajoso sobre sua pele despertou-lhe a angústia.

O menino deu um impulso para afastar o barco da praia, pegou os remos, e Tamina virou a cabeça: Raphaël continuava no mesmo lugar e os seguia com os olhos. Sorria, e Tamina achou algo de estranho nesse sorriso. É! Ele sorria balançando a cabeça de maneira imperceptível! Sorria e balançava a cabeça da direita para a esquerda, com um movimento totalmente imperceptível.

10

Por que Tamina não pergunta para onde está indo?

Aquele que não se preocupa com o objetivo não pergunta para onde está indo!

Ela olhava o menino que estava sentado diante dela e que remava. Achava-o fraco e os remos muito pesados.

"Não quer que eu faça isso por você?", perguntou ela. O menino concordou com prazer e largou os remos.

Trocaram de lugar. Ele se sentou na parte de trás, olhou Tamina remar e puxou um pequeno gravador que estava debaixo do banco. Um rock começou a tocar, ouviam-se guitarras elétricas e palavras, e o menino começou a se contorcer no ritmo da música. Tamina o olhava com repugnância: aquela criança rebolava com movimentos de adulto que ela considerou obscenos.

Abaixou os olhos para não vê-lo. Nesse momento, o menino aumentou o volume do gravador e começou a cantarolar. Ao fim de um instante, quando ela ergueu novamente os olhos para ele, o garoto lhe perguntou: "Por que você não canta?".

"Não conheço essa música."

"Como não conhece? É uma música que todo mundo conhece."

Ele continuou contorcendo-se sobre o banco, e Tamina se sentiu cansada: "Não quer revezar um pouco comigo?".

"Reme!", replicou o menino rindo.

Mas Tamina estava realmente cansada. Colocou os remos de volta sobre o barco para descansar: "Está perto?".

O menino apontou para a frente. Tamina se virou. A praia já não estava muito distante. Oferecia ao olhar uma paisagem diferente daquela que tinham deixado havia pouco: era verdejante, relvosa, coberta de árvores.

Ao fim de um instante, o barco tocou o fundo. Cerca de dez garotos jogavam bola na praia e os olhavam com curiosidade. Tamina e o menino desceram. O menino amarrou o barco numa estaca. Da orla arenosa partia uma longa alameda de plátanos. Eles seguiram por ela e, em menos de dez minutos, chegaram a uma grande construção baixa. Na frente havia grandes objetos coloridos cuja utilidade ela não entendeu, e várias redes de voleibol. Elas tinham algo de curioso que impressionou Tamina. É, estavam armadas muito baixo.

O menino pôs dois dedos na boca e assobiou.

11

Uma menina de no máximo nove anos avançou arrastando os pés. Tinha uma carinha encantadora e a barriga faceiramente arqueada, como as virgens dos quadros góticos. Olhou para Tamina sem interesse especial, com o olhar de uma mulher que tem consciência de sua beleza e quer acentuá-la com uma ostensiva indiferença por tudo o que não é ela.

A menina abriu a porta da casa de muros brancos. Eles entraram diretamente (não havia vestíbulo nem corredor) numa grande sala cheia de camas. Seu olhar deu a volta na sala, como se ela contasse as camas, e em seguida ela lhe apontou uma: "Você vai dormir nesta".

Tamina protestou: "O quê?! Vou dormir num dormitório?".

"Criança não tem direito a quarto individual."

"Criança? Não sou criança!"

"Aqui somos todos crianças!"

"De qualquer forma deve haver adultos também!"

"Não, aqui não há adultos."

"Então o que é que estou fazendo aqui?", gritou Tamina.

A menina não percebeu o seu nervosismo. Dirigiu-se à porta, deteve-se na soleira e disse: "Coloquei você junto com os esquilos".

Tamina não entendeu.

"Coloquei você junto com os esquilos", repetiu a criança com um tom de professora descontente. "Somos todos classificados em grupos que têm nomes de animais."

Tamina se recusou a discutir sobre os esquilos. Queria voltar. Perguntou onde estava o menino que a havia levado até ali.

A menina fingiu não ouvir o que Tamina dizia e continuou suas explicações.

"Isso não me interessa!", gritou Tamina. "Quero voltar! Onde está o menino?"

"Não grite!" Nenhum adulto poderia ser tão arrogante quanto aquela criança bonita. "Não entendo", retomou ela balançando a cabeça para exprimir sua surpresa. "Por que veio para cá se quer ir embora?"

"Não pedi para vir para cá!"

"Tamina, não minta. Ninguém parte numa longa viagem sem saber para onde está indo. Perca o costume de mentir."

Tamina virou as costas para a menina e precipitou-se pela alameda de plátanos. Uma vez na praia, procurou o barco que o menino tinha amarrado a uma estaca havia menos de uma hora. Mas não se via nem barco nem estaca.

Ela começou a correr para examinar a praia. A faixa de areia logo se perdeu num pântano que era preciso contornar de longe, e ela teve que procurar um bom tempo antes de encontrar novamente a água. A margem virava sempre na mesma direção e (sem encontrar vestígio do barco nem de um pontão), ao final de uma hora, ela voltou ao lugar em que a alameda de plátanos desembocava na praia. Compreendeu que estava numa ilha.

Subiu lentamente a alameda até o dormitório. Lá, cerca de dez crianças, meninas e meninos com idades de seis a doze anos, estavam num círculo. Eles a viram e começaram a gritar: "Tamina, junte-se a nós!".

Abriram o círculo para lhe dar lugar.

Nesse momento, ela se lembrou de Raphaël sorrindo e balançando a cabeça.

O medo lhe apertou o coração. Ela passou friamente diante das crianças, entrou no dormitório e deitou-se na cama.

12

Seu marido estava morto no hospital. Ela ia vê-lo o maior número de vezes possível, mas ele morrera à noite, sozinho. No dia seguinte, quando ela foi ao hospital e encontrou a cama vazia, o senhor idoso que estava no mesmo quarto lhe disse: "Moça, a senhora devia dar queixa! É horrível como tratam os mortos!". O medo estava inscrito em seus olhos, ele sabia que em breve seria a sua vez de morrer. "Eles o agarraram pelos pés e o arrastaram pelo chão. Pensaram que eu estivesse dormindo. Vi a cabeça dele bater na soleira da porta."

A morte possui um aspecto duplo: Ela é o não-ser. Mas também é o ser, o ser atrozmente material do cadáver.

Quando Tamina era muito nova, a morte só lhe aparecia sob sua primeira forma, sob o aspecto do nada, e o medo da morte (por sinal, muito vago) era o medo de não mais existir. Esse medo havia diminuído com os anos e praticamente tinha desaparecido (a idéia de que um dia não veria mais o céu e as árvores não a apavorava), mas em compensação ela pensava cada vez mais no outro aspecto, no aspecto material da morte: ficava horrorizada com a idéia de tornar-se um cadáver.

Ser um cadáver era o ultraje insuportável. Há apenas um instante éramos um ser humano protegido pelo pudor, pelo caráter sagrado da nudez e da intimidade, e basta chegar o momento da morte para que nosso corpo fique de repente à disposição de qualquer um, para que o desnudem, o estripem, para escrutar suas entranhas, tapar o nariz diante de seu fedor, jogá-lo no frigorífico ou no fogo. Se ela quis que o marido fosse incinerado e suas cinzas espalhadas, foi para não ser torturada a vida inteira pela idéia do sofrimento daquele corpo amado.

E, alguns meses mais tarde, quando pensara em suicídio, decidira afogar-se bem longe, em mar alto, para que a infâmia de seu corpo defunto fosse conhecida apenas dos peixes, que são mudos.

Já falei da novela de Thomas Mann: um rapaz acometido de uma doença mortal pega o trem e dirige-se a uma cidade desconhecida. Em seu quarto há um armário, e toda noite ele tira desse armário uma mulher nua, dolorosamente bela, que lhe conta durante muito tempo alguma coisa de suavemente triste, e essa mulher e esse relato são a morte.

São a morte suavemente azulada como o não-ser. Porque o não-ser é um vazio infinito e o espaço vazio é azul, e não há nada mais belo nem mais calmante do que o azul. Não é absolutamente um acaso se Novalis, poeta da morte, gostava do azul e nunca procurou outra coisa senão ele, em suas viagens. A suavidade da morte tem uma cor azul.

Só que, se o não-ser da personagem de Thomas Mann era tão belo, o que foi feito de seu corpo? Arrastaram-no pelos pés para transpor a soleira? Estriparam-no? Jogaram-no na cova ou no fogo?

Mann tinha então vinte e seis anos, e Novalis não chegou aos trinta. Tenho mais, infelizmente, e, ao contrário deles, não consigo não pensar no corpo. Pois a morte não é azul, e Tamina sabe disso, como eu também sei. A morte é um labor terrível. Meu pai agonizou com febre durante dias, e eu tinha a impressão de que ele trabalhava. Ele ficava molhado de suor e concentrado totalmente em sua agonia, como se a morte estivesse acima de suas forças. Nem sabia mais que eu estava sentado ao lado de sua cama, nem podia mais perceber minha presença, o trabalho da morte o esgotava completamente, ele ficava concentrado como o cavaleiro sobre o seu cavalo, quando quer chegar a um destino longínquo e só tem um último resto de força.

Sim, ele galopava sobre um cavalo.

Aonde ia?

A algum lugar distante esconder seu corpo.

Não, não é um acaso se todos os poemas sobre a morte a representam como uma viagem. O rapaz de Thomas Mann entra num trem, Tamina num carro esporte vermelho. Sentimos um desejo infinito de partir para esconder nosso corpo. Mas essa viagem é vã. Galopamos sobre um cavalo, mas nos encontramos numa cama e batem com a nossa cabeça na soleira de uma porta.

13

Por que Tamina está na ilha das crianças? Por que a imagino justamente nesse lugar?

Não sei.

Talvez porque, no dia em que meu pai agonizava, o ar estivesse cheio de canções alegres cantadas por vozes infantis?

Por toda parte, a leste do Elba, as crianças fazem parte de associações comunistas juvenis. Elas usam um lenço vermelho em volta do pescoço, vão a reuniões como os adultos e cantam às vezes a *Internacional*. Têm o bom hábito de amarrar de tempos em tempos um lenço vermelho no pescoço de um adulto eminente e de lhe conferir o título de membro de honra. Os adultos gostam disso e quanto mais velhos são, mais lhes agrada receber para o seu caixão um lenço vermelho oferecido pelos garotos.

Todos receberam um, Lênin recebeu, assim como Stálin, Masturbov e Cholokhov, Ulbricht e Brejnev, e Husak também recebeu o seu nesse dia, por ocasião de uma grande festa organizada no Castelo de Praga.

A febre de papai havia cedido um pouco. Estávamos em maio e tínhamos aberto a janela que dava para o jardim. Da casa em frente, através dos galhos floridos das macieiras, nos chegava a retransmissão televisionada da cerimônia. Ouvíamos canções no registro agudo das vozes infantis.

O médico estava no quarto. Estava inclinado sobre papai, que não conseguia mais pronunciar uma única palavra sequer. Virou-se então para mim e disse em voz alta: "Ele está em coma. Seu cérebro está se decompondo". Vi os grandes olhos de papai se abrirem ainda maiores.

Quando o médico foi embora, eu me senti terrivelmente embaraçado e quis dizer alguma coisa depressa para afugentar aquela frase. Apontei a janela: "Está ouvindo? É engraçado! Hoje Husak está recebendo o título de membro de honra!".

E papai começou a rir. Ria para me mostrar que seu cérebro estava vivo e que eu podia continuar a falar e a brincar com ele.

A voz de Husak chegava até nós através das macieiras: "Minhas crianças! Vocês são o futuro!".

E, ao fim de um instante: "Minhas crianças, nunca olhem para trás!".

"Vou fechar a janela para não o ouvirmos falar!" Pisquei o olho para papai e ele me olhou com seu sorriso infinitamente belo, fazendo sim com a cabeça.

Algumas horas mais tarde, a febre voltou a subir de repente. Ele montou em seu cavalo e galopou durante vários dias. Nunca mais me viu novamente.

14

Mas o que ela pode fazer agora que está perdida entre as crianças? O barqueiro desapareceu com o barco e ao redor há apenas o infinito da água.

Ela vai tentar lutar.

Como é triste: na pequena cidade no Oeste da Europa, ela nunca fazia força para nada, e aqui, entre crianças (no mundo das coisas sem peso), vai lutar?

E como ela quer lutar?

No dia em que ela chegou, quando se recusou a brincar e a se refugiar em sua cama como num castelo inacessível, sentiu no ar a hostilidade nascente das crianças e teve medo. Queria adiantar-se a ela. Decidiu conquistar a simpatia delas. Para isso, era preciso identificar-se com elas, aceitar sua linguagem. Ela participa então, voluntariamente, de todas as suas brincadeiras, coloca suas idéias e sua força física nos empreendimentos delas, e logo as crianças são conquistadas por seu encanto.

Se quer identificar-se com elas, ela precisa então renunciar a sua privacidade. Vai com elas ao banheiro, embora no primeiro dia tenha se recusado a acompanhá-las porque lhe repugnava se lavar sob os seus olhares.

O banheiro, uma ampla peça quadrada, é o centro da vida das crianças e de seus pensamentos secretos. De um lado há os dez vasos sanitários e do outro, dez pias. Há sempre um grupo sentado nos vasos com a camisa levantada e outro nu diante das pias. Os que estão sentados olham para aqueles que estão nus diante das pias e os que estão diante das pias se viram para ver os que estão nos vasos, e toda a peça fica cheia de uma sensualidade secreta que desperta em Tamina a vaga lembrança de algo esquecido há muito tempo.

Tamina está sentada de camisola em um dos vasos, e os tigres que estão nus diante das pias só têm olhos para ela. Em seguida ouve-se o gorgolejo das descargas, os esquilos se levantam dos vasos e tiram suas compridas camisolas, os tigres deixam as pias e dirigem-se ao dormitório, de onde chegam os gatos; estes sentam nos vasos livres e olham a grande Tamina, com o baixo-ventre negro e os seios grandes, lavar-se diante das pias, entre os esquilos.

Ela não sente vergonha. Sabe que sua sexualidade de adulto faz dela uma rainha que domina aqueles que têm o baixo-ventre sem pêlos.

15

Parece então que a viagem à ilha não era uma conspiração contra ela, como ela acreditara à primeira vez que vira o dormitório com sua cama. Ao contrário, ela se encontrava finalmente onde desejava estar: voltara para trás, longe, num tempo em que seu marido não existia, em que ele não estava nem na lembrança nem no desejo, e em que não havia, portanto, nem peso nem remorso.

Seu pudor sempre fora muito desenvolvido (o pudor era a sombra fiel do amor), e eis que ela se mostrava nua a dezenas de olhos estranhos. No começo, era surpreendente e desagradável, mas ela se acostumara depressa, porque sua nudez não era impudica, ela simplesmente perdia seu significado para se tornar uma nudez átona, muda e morta. Esse corpo, do qual cada parte fora marcada pela história do amor dos dois, afundava na insignificância, e essa insignificância era um alívio, um descanso.

Se a sensualidade adulta estava desaparecendo, um mundo feito de outras excitações começava lentamente a emergir de um passado distante. Voltavam-lhe muitas lembranças enterradas. Esta, por exemplo (não é de surpreender que ela a tivesse esquecido havia muito, porque Tamina adulta devia achá-la insuportavelmente absurda e ridícula): quando estava na décima primeira série na escola comunal, ela adorava sua jovem e bonita professora e sonhara meses inteiros em estar com ela no banheiro.

Agora ela está no vaso sanitário, sorri e fecha pela metade os olhos. Imagina que é essa professora e que a menina coberta de sardas que está sentada no vaso ao lado e que lhe lança olhares curiosos de esguelha é a pequena Tamina de antigamente. Ela se identifica com os olhos sensuais da menina de faces manchadas de sardas de maneira tão perfeita, que sente em algum lugar nas profundezas distantes de sua memória fremir a antiga excitação semidesperta.

16

Graças a Tamina, os esquilos ganhavam em quase todos os jogos, e eles decidiram recompensá-la solenemente. Era no banheiro que as crianças executavam todas as suas punições e que conferiam todas as suas recompensas, e a recompensa de Tamina foi ter todos a seu serviço nessa noite: essa noite, ela não tinha o direito de tocar em si mesma com as próprias mãos, os esquilos fariam tudo por ela com diligência, como servidores totalmente devotados.

Eles se puseram então a seu serviço: começaram por limpá-la cuidadosamente no vaso sanitário, em seguida a levantaram, puxaram a descarga, tiraram-lhe a camisola, empurraram-na até a pia e ali todos quiseram lavar seu peito e seu ventre, todos estavam ávidos para ver como ela era feita entre as pernas e qual a sensação que dava tocá-la nesse lugar. Ela teve vontade, por vezes, de repeli-los, mas era difícil: não podia ser má com os garotos, principalmente porque agiam com uma seriedade admirável, fingiam não fazer outra coisa senão servi-la para recompensá-la.

Finalmente foram colocá-la na cama e lá encontraram de novo mil pretextos encantadores para se apertarem contra ela e acariciá-la pelo corpo todo. Havia um número muito grande de crianças, e ela não distinguia a quem pertencia essa mão e aquela boca. Sentia pressões por todo o corpo, principalmente onde não era feita como eles. Fechou os olhos e julgou sentir o corpo balançar, balançar lentamente, como se estivesse num berço: experimentava uma volúpia calma e singular.

Sentia que esse prazer lhe fazia estremecer as comissuras dos lábios. Abriu novamente os olhos e viu um rosto infantil que espiava sua boca e dizia a um outro rosto infantil: "Olhe! Olhe!". Havia agora dois rostos infantis inclinados sobre ela para observar avidamente as comissuras de seus lábios que estremeciam, como se olhassem o interior de um relógio desmontado ou uma mosca de asas arrancadas.

Mas ela teve a impressão de que seus olhos viam algo inteiramente diferente do que seu corpo sentia, como se não houvesse ligação entre as crianças inclinadas sobre ela e aquela volúpia, silenciosa e embaladora, que a invadia. Mais uma vez, fechou os olhos para desfrutar de seu corpo, pois pela primeira vez na vida seu corpo sentia prazer sem a presença da alma, que não imaginava nada, não se lembrava de nada e saiu do dormitório sem fazer barulho.

17

Eis o que papai me contava quando eu tinha cinco anos: cada tonalidade é uma pequena corte. O poder é exercido pelo rei (o primeiro grau), que é apoiado por dois tenentes (o quinto e quarto graus). Eles têm às suas ordens outros quatro dignitários que têm, cada um, uma relação especial com o rei e seu tenente. Além disso, a corte hospeda outras cinco notas, chamadas de cromáticas. Elas certamente ocupam um lugar no primeiro plano das outras tonalidades, mas só estão ali como convidadas.

Porque cada uma das doze notas tem uma posição, um título, uma função própria, a obra que ouvimos é mais do que uma massa sonora: ela desenvolve uma ação diante de nós. Às vezes os acontecimentos são terrivelmente embaralhados (como, por exemplo, na música de Mahler ou, mais ainda, na de Bartók ou Stravinski), os príncipes de várias cortes intervêm e de repente já não se sabe que nota está a serviço de que corte e se ela não está a serviço de vários reis. Mas, mesmo nesse caso, o ouvinte mais ingênuo ainda consegue adivinhar, numa sucessão rápida de notas, do que se trata. A música, por mais complicada que seja, fala sempre a mesma língua.

Isso era o que me dizia papai e a continuação é minha: um dia, um homem alto constatou que, em mil anos, a linguagem da música se esgotara e só podia repisar continuamente as mesmas mensagens. Com um decreto revolucionário, ele aboliu a hierarquia das notas e as tornou todas iguais. Impôs a elas uma disciplina severa para evitar que uma aparecesse com mais freqüência que a outra na partitura e se arrogasse assim os antigos privilégios feudais. As cortes foram abolidas de uma vez por todas e substituídas por um império único fundado numa igualdade chamada de dodecafonia.

A sonoridade da música era talvez ainda mais interessante que antes, mas o homem, acostumado há um milênio a acompanhar as tonalidades em suas intrigas de corte, ouvia um som e não o entendia. O império da dodecafonia, por sinal, não tardou a desaparecer. Depois de Schönberg veio Varèse, e este aboliu, não só a tonalidade, mas a própria nota (a nota da voz humana e dos instrumentos musicais), substituindo-a por uma organização refinada de ruídos que é sem dúvida alguma magnífica, mas que já inaugura a história de algo diferente, fundado em outros princípios e outra língua.

Quando Milan Hübl desenvolvia em meu apartamento de Praga suas reflexões sobre o eventual desaparecimento do povo tcheco no Império russo, ambos sabíamos que essa idéia, talvez justificada, nos ultrapassava, que falávamos do *impensável*. O homem, embora mortal, não consegue imaginar nem o fim do espaço, nem o fim do tempo, nem o fim da História, nem o fim de um povo, ele vive sempre num infinito ilusório.

Aqueles a quem fascina a idéia de progresso não desconfiam que todo passo à frente torna, ao mesmo tempo, o fim mais próximo e que palavras de ordem alegres, como *mais adiante* e *em frente*, nos fazem ouvir a voz lasciva da morte que nos incita a nos apressarmos.

(Se o fascínio da expressão *em frente* se tornou universal, não seria, antes de mais nada, porque a morte já nos fala de perto?)

Na época em que Arnold Schönberg fundou o império da dodecafonia, a música era mais rica do que nunca e estava embriagada com sua liberdade. Não ocorria a ninguém a idéia de que o fim pudesse estar tão próximo. Nenhum cansaço! Nenhum crepúsculo! Schönberg era animado pelo espírito mais juvenil da audácia. Enchia-o de um orgulho legítimo ter escolhido o único caminho em frente possível. A história da música terminou com o desabrochar da audácia e do desejo.

18

Se é verdade que a história da música acabou, o que restou da música? O silêncio?

Ora, mas o que é isso? Há cada vez mais música, dezenas, centenas de vezes mais do que jamais houve em suas épocas mais gloriosas. Ela sai dos alto-falantes presos nos muros das casas, dos pavorosos aparelhos sonoros instalados nos apartamentos e nos restaurantes, dos pequenos rádios transistores que as pessoas carregam na mão pelas ruas.

Schönberg morreu, Ellington morreu, mas o violão é eterno. A harmonia estereotipada, a melodia banal e o ritmo ainda mais lancinante por ser monótono, eis o que restou da música, eis a eternidade da música. Com essas combinações simples de notas, todo mundo pode confraternizar, pois é o próprio ser que grita nelas seu jubiloso *estou aqui*. Não existe comunhão mais ruidosa e mais unânime do que a simples comunhão com o ser. Nela, os árabes se encontram com os judeus e os tchecos com os russos. Os corpos se agitam no ritmo das notas, embriagados com a consciência de existir. Por isso, nenhuma obra de Beethoven foi vivida com uma paixão coletiva tão grande quanto as batidas repetidas de maneira uniforme nos violões.

Cerca de um ano antes da morte de papai, eu dava com ele o passeio costumeiro em volta do quarteirão, e canções chegavam até nós de toda parte. Quanto mais as pessoas se sentiam tristes, mais os alto-falantes tocavam para elas. Eles convidavam o país ocupado a esquecer a amargura da História e a se entregar à alegria de viver. Papai parou, ergueu os olhos para o aparelho de onde vinha o barulho, e senti que ele queria me confidenciar algo muito importante. Fez um grande esforço para se concentrar, para exprimir seu pensamento, e em seguida disse devagar e com dificuldade: "A imbecilidade da música".

O que ele queria dizer com isso? Queria insultar a música, que era a paixão de sua vida? Não, creio que queria me dizer que existe um *estágio original da música*, um estágio que precede sua história, um estágio anterior à primeira interrogação, anterior à primeira reflexão, anterior ao primeiro jogo com um motivo e um tema. Nesse primeiro estágio da música (a música sem o pensamento) reflete-se a imbecilidade consubstancial com o ser humano. Para que a música se elevasse acima dessa imbecilidade primitiva, foi necessário o imenso esforço do espírito e do coração, e houve uma curva fantástica que se projetou sobre séculos de história européia e se apagou no auge de sua trajetória como um fogo de artifício.

A história da música é mortal, mas a imbecilidade dos violões é eterna. Hoje a música voltou ao seu estágio inicial. É o estágio de depois da última interrogação, de depois da última reflexão, o estágio de depois da história.

Em 1972, quando Karel Gott, cantor tcheco de música pop, deixou o país, Husak teve medo. Escreveu-lhe imediatamente em Frankfurt (isso foi em agosto de 1972) uma carta pessoal, da qual cito um trecho literalmente, sem nada inventar: "Prezado Karel, nós não lhe queremos mal. Volte, por favor, por você faremos tudo o que quiser. Nós o ajudaremos e você nos ajudará...".

Reflitam sobre isto um instante: Husak, sem pestanejar, deixou emigrar médicos, sábios, astrônomos, atletas, diretores de teatro, cameramen, operários, engenheiros, arquitetos, historiadores, jornalistas, escritores, pintores, mas não pôde suportar a idéia de Karel Gott deixar o país. Porque Karel Gott representava a música sem memória, essa música na qual estão enterrados para sempre os ossos de Beethoven e de Ellington, as cinzas de Palestrina e de Schönberg.

O Presidente do Esquecimento e o idiota da música formavam um par. Trabalhavam na mesma obra. "Nós o ajudaremos e você nos ajudará." Não podiam ficar um sem o outro.

19

Mas às vezes, na torre onde reina a sabedoria da música, o ritmo monótono do grito sem alma que chega até nós de fora e em que todos os homens são irmãos nos provoca nostalgia. É perigoso passar o tempo todo com Beethoven, como são perigosas todas as posições privilegiadas.

Tamina sempre tivera um pouco de vergonha de confessar que era feliz com o marido. Tinha medo de assim dar aos outros uma razão para detestá-la.

Agora está dividida por um sentimento ambíguo: O amor é um privilégio e todos os privilégios são imerecidos, sendo preciso pagar por eles. É portanto para sua punição que ela está na ilha das crianças.

Mas esse sentimento logo cede lugar a outro: O privilégio do amor não é apenas um paraíso, é também um inferno. A vida no amor se desenrola numa tensão perpétua, no medo e sem descanso. Ela está aqui entre as crianças para encontrar finalmente, como recompensa, a paz e a tranqüilidade.

Até aqui, sua sexualidade só fora ocupada pelo amor (digo ocupada porque o sexo não é amor, é apenas um território de que o amor se apropria), ela participava portanto de algo dramático, responsável, grave. Aqui, entre as crianças, no reino da insignificância, a atividade sexual voltou afinal a ser o que era na origem: um brinquedinho para produzir prazer físico.

Ou, para me exprimir de outra maneira: liberta da ligação *diabólica* com o amor, a sexualidade tornou-se uma alegria de uma simplicidade *angelical*.

20

Se a primeira violação de Tamina pelas crianças estava carregada desse surpreendente significado, com a repetição perdia rapidamente seu caráter de mensagem para tornar-se uma rotina cada vez mais vazia e cada vez mais suja.

Logo começou a haver brigas entre as crianças. Aquelas que adoravam os jogos amorosos puseram-se a detestar aquelas que eram indiferentes a eles. E, quanto aos que haviam se tornado amantes de Tamina, aumentava a hostilidade entre os que se sentiam protegidos e os que se sentiam repelidos. E todos esses rancores começavam a se voltar contra Tamina e a pesar sobre ela.

Um dia em que as crianças estavam debruçadas sobre seu corpo nu (estavam ajoelhadas na cama ou de pé ao lado, montadas sobre o seu corpo ou agachadas perto de sua cabeça e entre suas pernas), ela sentiu de repente uma dor aguda. Uma criança beliscava-lhe um mamilo. Ela deu um grito e não pôde resistir: expulsou-os todos de sua cama e começou a agitar os braços no ar.

Sabia que a dor não era efeito nem do acaso nem da sensualidade: um dos garotos a odiava e lhe queria mal. Ela pôs fim aos encontros amorosos com as crianças.

21

E, subitamente, já não há paz no reino onde as coisas são leves como a brisa.

Eles brincam de amarelinha e pulam de casa em casa, primeiro com o pé direito, depois com o pé esquerdo, e em seguida com os pés juntos. Tamina também pula. (Vejo seu corpo grande entre as silhuetas pequenas das crianças, ela pula, seus cabelos volteiam ao redor de seu rosto e ela sente no coração um imenso tédio.) Nesse instante, os canários começam a gritar que ela pisou na linha.

Evidentemente, os esquilos protestam: ela não pisou na linha. As duas equipes se inclinam sobre a linha e procuram a marca do pé de Tamina. Mas o traço riscado sobre a areia tem contornos incertos, e a marca da sola do pé de Tamina também. A questão é discutível, as crianças vociferam, isso já dura quinze minutos e elas estão cada vez mais absorvidas pela discussão.

Nesse momento, Tamina faz um gesto fatal; levanta o braço e diz: "Muito bem, é verdade, eu pisei".

Os esquilos começam a gritar para Tamina que não é verdade, que ela está louca, que está mentindo, que não pisou. Mas perdem o processo. Desmentidas por Tamina, suas afirmações não têm peso, e os canários lançam um clamor vitorioso.

Os esquilos ficam furiosos, gritam para Tamina que ela é uma traidora, e um menino a empurra com tanta brutalidade que ela quase cai. Ela faz menção de bater neles, e para eles isso é o bastante, e se lançam sobre ela. Tamina se defende, ela é adulta, é forte (e cheia de raiva, ah, sim, bate nas crianças como se batesse em tudo o que sempre detestou na vida), e as crianças sangram pelo nariz, mas uma pedra voa e atinge Tamina na testa, Tamina vacila, leva a mão à cabeça, o sangue escorre e as crianças se afastam. Faz-se um silêncio brusco, e Tamina volta lentamente para o dormitório. Estende-se na cama, decidida a nunca mais participar das brincadeiras.

22

Vejo Tamina de pé no meio do dormitório cheio de crianças deitadas. Ela é o alvo. Num canto, alguém grita: "Peitinhos, peitinhos!", todas as vozes repetem em coro, e Tamina ouve escandir este grito: "Peitinhos, peitinhos, peitinhos...".

O que ainda recentemente era o seu orgulho e sua arma, os pêlos negros do baixo-ventre e seus belos seios, tornara-se alvo de insultos. Aos olhos das crianças, seu ser adulto se transformara numa coisa monstruosa: os seios eram absurdos como um tumor; desumano por causa dos pêlos, o baixo-ventre lhes lembrava um animal.

Agora estava acuada. Eles a perseguiam pela ilha, atiravam pedaços de pau e pedras nela. Ela se escondia, fugia e ouvia em todos os lugares seu nome: "Peitinhos, peitinhos...".

O forte que foge do fraco — não existe nada de mais aviltante. Mas eram muito numerosos. Ela fugia e sentia vergonha de estar fugindo.

Um dia ela lhes preparou uma emboscada. Eles eram três; Tamina bateu em um deles até que ele caísse, e os outros dois chisparam. Mas ela era mais rápida, e os agarrou pelos cabelos.

Então uma rede caiu sobre ela, e mais outras redes. Sim, todas as redes de voleibol que ficavam armadas muito baixo em frente ao dormitório. Eles a esperavam nesse ponto. As três crianças que acabara de surrar eram uma isca. Agora ela está presa num embaralhamento de redes, se contorce, se debate, e as crianças a arrastam atrás de si aos berros.

23

Por que essas crianças são más?

Ora, elas não são más de modo algum. Ao contrário, têm bom coração e não param de dar umas às outras provas de amizade. Nenhuma delas quer Tamina só para si. Ouvem-se a todo instante seus "olhe", "olhe". Tamina está presa nas redes embaralhadas, as cordas lhe esfolam a pele, e as crianças mostram umas às outras o sangue dela, suas lágrimas e suas caretas de dor. Elas a oferecem generosamente umas às outras. Ela se tornou o cimento da fraternidade delas.

Sua infelicidade não é as crianças serem más, mas é ela encontrar-se além da fronteira do mundo delas. O homem não se revolta porque se matam bezerros nos abatedouros. A lei dos homens não diz respeito ao bezerro, assim como a lei das crianças não diz respeito à Tamina.

Se há alguém que está cheio de uma raiva amarga, é Tamina, e não as crianças. O desejo que sentem de fazer o mal é um desejo positivo e alegre, e pode-se com razão chamá-lo de alegria. Se desejam maltratar aquele que se encontra além da fronteira do mundo delas, é unicamente para exaltar seu próprio mundo e sua lei.

24

O tempo age, todas as alegrias e todos os divertimentos se esgotam na repetição; até mesmo a perseguição a Tamina. Aliás, é verdade que as crianças não são más. O menininho que urinou sobre Tamina quando ela estava sob ele, presa nas redes de voleibol, lhe sorrirá um dia, com um belo sorriso inocente.

Tamina participava novamente das brincadeiras, mas em silêncio. Novamente, pula de uma casa para a outra, primeiro num pé, depois no outro, em seguida de pés juntos. Nunca mais entraria no mundo deles, mas precisava evitar ficar do lado de fora. Fazia um esforço para se manter exatamente na fronteira.

Mas essa calmaria, essa normalidade, esse *modus vivendi* fundado no compromisso, traziam consigo todo o horror da permanência. Se um pouco antes a vida de animal acuado fazia Tamina esquecer a existência do tempo e sua imensidão, agora que a violência dos ataques cessara, o deserto do tempo emergia da penumbra, atroz e esmagador, semelhante à eternidade.

Guardem mais uma vez esta imagem na memória: Tamina tem que pular de casa em casa, num pé, depois no outro e em seguida de pés juntos, e considerar importante o fato de ter ou não pisado na linha. Ela tem que pular assim dia após dia e, pulando, carregar nos ombros o peso do tempo como uma cruz cada dia mais pesada.

Ela ainda olha para trás? Pensa no marido e em Praga?

Não. Não mais.

25

Os espectros dos monumentos derrubados vagavam em torno do tablado e o Presidente do Esquecimento estava na tribuna com um lenço vermelho em volta do pescoço. As crianças aplaudiam e gritavam seu nome.

Desde então, oito anos se passaram, mas ainda tenho na cabeça suas palavras, tais como chegavam até mim através dos galhos floridos das macieiras.

Ele dizia "Minhas crianças, vocês são o futuro", e hoje sei que essas palavras tinham um sentido diferente do que pareciam ter à primeira vista. As crianças não são o futuro porque um dia serão adultos, mas porque a humanidade vai se aproximar cada vez mais da criança, porque a infância é a imagem do futuro.

Ele gritava "Minhas crianças, nunca olhem para trás", e isso queria dizer que não devemos nunca aceitar que o futuro se curve sob o peso da memória. Pois as crianças também não têm passado, e é esse todo o mistério da inocência mágica de seu sorriso.

A História é uma sucessão de mudanças efêmeras, ao passo que os valores eternos se perpetuam fora da História, são imutáveis e não precisam de memória. Husak é presidente do eterno, e não do efêmero. Está do lado das crianças, e as crianças são a vida, e viver é "ver, ouvir, tocar, beber, comer, urinar, defecar, mergulhar na água e olhar o céu, rir e chorar".

Parece que, quando Husak terminou seu discurso para as crianças (eu já havia fechado a janela e papai preparava-se para montar novamente em seu cavalo), Karel Gott avançou sobre o tablado e começou a cantar. Lágrimas de emoção escorreram pelas faces de Husak, e o sorriso iluminado que brilhava por toda parte se refletia nessas lágrimas. Nesse momento, o grande milagre do arco-íris desenhou sua curva sobre Praga.

As crianças ergueram a cabeça, viram o arco-íris e começaram a rir e a aplaudir.

O idiota da música terminava sua canção e o Presidente do Esquecimento abriu os braços e pôs-se a gritar: "Minhas crianças, *viver é a felicidade*!".

26

A ilha ressoou com os gritos de uma canção e com um barulho de guitarras elétricas. Um gravador está pousado no chão, sobre o campo de jogos, diante do dormitório. Ao lado está um menino, e Tamina reconhece nele o barqueiro com quem chegou à ilha. Ela fica alerta. Se é o barqueiro, o barco deve estar por perto. Ela sabe que não pode deixar escapar essa oportunidade. Seu coração bate com muita força no peito e a partir desse momento só pensa em fugir.

O menino tem os olhos fixos no gravador e gira os quadris. Algumas crianças aproximam-se correndo pelo campo e juntam-se a ele: lançam os braços para a frente, ora um, ora outro, viram a cabeça para trás, agitam as mãos apontando o dedo indicador como se ameaçassem alguém, e seus gritos se misturam com a canção que sai do gravador.

Tamina está escondida atrás do tronco grosso de um plátano, não quer que a vejam, mas não consegue desviar o olhar. Eles se comportam com uma sensualidade provocante de adultos, movendo os quadris para a frente e em seguida para trás, como se imitassem o coito. A obscenidade dos movimentos estampada nos corpos infantis abole a antinomia entre o obsceno e o inocente, entre o puro e o imundo. A sensualidade se torna absurda, a inocência se torna absurda, o vocabulário se decompõe e Tamina se sente mal: como se tivesse um saco vazio no estômago.

E a imbecilidade das guitarras ressoa, e as crianças dançam, lançam com sensualidade a barriga para a frente, e Tamina sente o mal-estar que emana das coisas sem peso. Esse saco vazio no estômago é exatamente a insuportável ausência de peso. E, assim como um extremo pode a qualquer momento transformar-se em seu contrário, a leveza levada ao seu máximo torna-se o terrível *peso da leveza*, e Tamina sente que não poderá suportá-lo nem mais um segundo. Ela dá meia-volta e começa a correr.

Segue pela alameda em direção à água.

Já alcançou a praia. Olha em volta. Mas não há barco.

Como no primeiro dia, ela dá a volta na ilha correndo ao longo da praia para encontrar o barco. Mas não o vê em lugar nenhum. Por fim, volta ao ponto onde a alameda de plátanos desemboca na praia. Vê garotos agitados correndo desse lado.

Pára.

As crianças a viram e se lançaram em sua direção aos berros.

27

Ela pula na água.

Não porque tivesse medo. Pensava nisso havia muito. Afinal de contas, a travessia de barco até a ilha não era assim tão longa. Embora não se visse a praia do outro lado, não devia ser preciso empregar forças sobre-humanas para nadar até lá!

Os garotos precipitaram-se gritando até o local onde Tamina acabara de deixar a praia e algumas pedras caíram ao redor dela. Mas ela nadava depressa e logo ficou fora do alcance dos braços pequenos.

Nadava e, pela primeira vez depois de muito tempo, sentia-se bem. Sentia seu corpo, sentia sua antiga força. Ainda era uma excelente nadadora, e seus movimentos lhe proporcionavam prazer. A água estava fria, mas ela se deleitava com o frescor que parecia lavar sua pele de todo o cascão infantil, de toda a saliva e de todos os olhares dos garotos.

Ela nadava havia muito tempo, e o sol começava a descer lentamente sobre a água.

Então a escuridão se espessou e logo se fez completamente noite, não havia nem lua nem estrelas, e Tamina se esforçava em seguir sempre a mesma direção.

28

Para onde exatamente ela queria voltar? Para Praga?

Ela esqueceu até mesmo a existência de Praga.

Para a cidadezinha no Oeste da Europa?

Não. Queria simplesmente partir.

Isso quer dizer que ela desejava morrer?

Não, não, isso, não. Ao contrário, sentia um terrível desejo de viver.

Mas devia, pelo menos, ter uma idéia do mundo em que gostaria de viver!

Ela não tinha nenhuma idéia. Em tudo e para tudo, só lhe restavam uma extraordinária sede de viver e seu corpo. Só essas duas coisas, nada mais. Ela queria tirá-los da ilha para salvá-los. Seu corpo e essa sede de viver.

29

O dia começava a despontar. Ela estreitou os olhos para tentar ver a praia à sua frente.

Mas não havia nada diante dela, nada a não ser a água. Ela olhou para trás. Não muito distante, a menos de cem metros, estava a praia da ilha verde.

Mas como? Ela havia nadado a noite inteira sem sair do lugar? O desespero a invadiu e, a partir do momento em que perdeu a esperança, ela sentiu que seus membros estavam fracos e a água insuportavelmente gelada. Fechou os olhos e fez um esforço para continuar nadando. Não contava mais alcançar o outro lado, agora não pensava em mais nada a não ser em sua morte, e queria morrer em algum lugar no meio das águas, longe de qualquer contato, sozinha, somente com os peixes. Seus olhos se fechavam e, por ter cochilado um instante, entrara água em seus pulmões, ela tossia, sufocava, e, no meio da tosse, ouviu de repente vozes infantis.

Ela continuava no mesmo lugar, tossia e olhava ao seu redor. A algumas braças havia um barco cheio de garotos. Gritavam. Quando perceberam que ela os tinha visto, calaram-se. Aproximavam-se sem desviar o olhar dela. Ela via a enorme agitação deles.

Teve medo de que quisessem salvá-la para obrigá-la a brincar com eles como antes. Sentiu seu esgotamento e a rigidez de seus membros.

O barco estava bem perto e cinco rostos infantis se debruçavam com avidez.

Tamina agitava a cabeça desesperadamente, como que para lhes dizer deixem-me morrer, não me salvem.

Mas seu receio foi inútil. As crianças não faziam um único gesto, ninguém lhe estendia um remo ou a mão, ninguém queria salvá-la. Apenas a olhavam com os olhos arregalados e ávidos, observavam-na. Um garoto, com um remo por leme, mantinha o barco bem perto.

Ela novamente encheu de água os pulmões, tossiu, agitou os braços, sentindo que não podia mais se manter na superfície. Suas pernas estavam cada vez mais pesadas. Elas a arrastavam para o fundo como um peso.

Sua cabeça afundava na água. Ela fez movimentos violentos e conseguiu várias vezes subir novamente; a cada vez via o barco e os olhos infantis observando-a.

Então desapareceu sob a superfície.

* A citação da página 218 foi tirada da obra de Annie Leclerc, *Parole de femme*.

Sétima parte
A FRONTEIRA

1

O que ele achava sempre mais interessante nas mulheres durante o amor era o rosto. O movimento dos corpos parecia desenrolar uma longa película cinematográfica, projetando sobre o rosto, como que sobre a tela de um televisor, um filme cativante cheio de perturbação, espera, explosão, dor, gritos, emoção e raiva. Só que o rosto de Edwige era uma tela apagada que Jan olhava fixamente, atormentado por perguntas para as quais não encontrava respostas: Será que ela se entediava com ele? Estava cansada? Fazia amor contra sua vontade? Estava acostumada com amantes melhores? Ou será que se escondiam, sob a superfície imóvel de seu rosto, sensações insuspeitadas por ele?

Ele podia evidentemente perguntar-lhe. Mas acontecia com eles algo curioso. Eram sempre tagarelas e francos um com o outro, mas perdiam o uso da palavra assim que seus corpos nus se abraçavam.

Jan nunca soubera explicar muito bem esse mutismo. Talvez fosse porque, fora de suas relações amorosas, Edwige era sempre mais intrépida do que ele. Embora fosse mais jovem, ela dissera durante sua vida um número no mínimo três vezes maior de palavras do que ele e distribuíra lições e conselhos dez vezes mais. Ela era como uma mãe terna e sábia que lhe dava a mão para guiá-lo pela vida.

Muitas vezes ele imaginava que lhe murmurava no ouvido palavras obscenas durante o amor. Mas, mesmo nesses devaneios, a tentativa terminava num fracasso. Ele tinha certeza de que surgiria no seu rosto um sorriso tranqüilo de censura e de simpatia indulgente, o sorriso da mãe que observa o filho roubar no armário um biscoito proibido.

Ou então imaginava que lhe sussurrava da maneira mais banal possível: "Está gostando disso?". Com as outras mulheres, essa simples interrogação tinha sempre uma conotação maliciosa. Ao designar o ato de amor, nem que fosse pela palavra bem-comportada *isso*, despertava imediatamente o desejo de outras palavras, nas quais o amor físico pudesse se refletir como num jogo de espelhos. Ele tinha a impressão, porém, que sabia de antemão a resposta de Edwige: É claro que estou gostando, ela lhe explicaria com paciência. Você acha que eu faria voluntariamente algo que me desagradasse? Um pouco de lógica, Jan!

Então ele não lhe dizia palavras obscenas nem lhe perguntava se estava gostando daquilo. Permanecia em silêncio, enquanto seus corpos se moviam vigorosa e demoradamente, desenrolando uma bobina vazia, sem película.

Acontecia-lhe muitas vezes achar que ele mesmo era o culpado do mutismo das noites deles. Ele criara da amante Edwige uma imagem caricatural que se erguia agora entre ela e ele e que ele era incapaz de transpor para chegar à verdadeira Edwige, a seus sentidos e às suas trevas obscenas. De qualquer maneira, depois de cada noite muda dos dois, ele se prometia não fazer amor com ela da próxima vez. Amava-a como amiga inteligente, fiel, insubstituível, não como amante. No entanto, era impossível separar a amante da amiga. Toda vez que a encontrava, eles discutiam até tarde da noite, Edwige bebia, desenvolvia teorias, dava lições e, para terminar, quando Jan não agüentava mais de cansaço, ela se calava subitamente e sobre seu rosto aparecia um sorriso tranqüilo e beato. Então, como se obedecesse a uma sugestão irresistível, Jan tocava-lhe um seio e ela se levantava e começava a se despir.

Por que ela dorme comigo?, perguntava-se ele muitas vezes, mas não encontrava resposta. Só sabia de uma coisa, que seus coitos taciturnos eram inelutáveis, como é inelutável que um cidadão se coloque em posição de sentido ao ouvir o hino nacional, mesmo que não sinta com isso nenhum prazer, nem ele nem sua pátria.

2

Ao longo dos últimos duzentos anos, o melro abandonou as florestas para tornar-se um pássaro das cidades. Primeiramente na Grã-Bretanha, desde o final do século XVIII, algumas dezenas de anos mais tarde em Paris e na bacia do Ruhr. No decorrer do século XIX, ele conquistou, uma após a outra, as cidades da Europa. Instalou-se em Viena e em Praga por volta de 1900, depois progrediu em direção ao leste, ganhando Budapeste, Belgrado e Istambul.

Aos olhos do planeta, essa invasão do melro no mundo do homem é incontestavelmente mais importante do que a invasão da América do Sul pelos espanhóis ou do que a volta dos judeus para a Palestina. A modificação das relações entre as diferentes espécies da criação (peixes, pássaros, homens, vegetais) é uma modificação de uma ordem mais elevada do que as mudanças nas relações entre os diferentes grupos de uma mesma espécie. Que a Boêmia seja habitada pelos celtas ou pelos eslavos, a Bessarábia conquistada pelos romanos ou pelos russos, a Terra não dá importância a isso. Mas que o melro tenha traído a natureza para seguir o homem em seu universo artificial e contra a natureza, eis algo que muda alguma coisa na organização do planeta.

Contudo, ninguém ousa interpretar os dois últimos séculos como a história da invasão das cidades do homem pelo melro. Somos todos prisioneiros de uma concepção estática do que é e do que não é importante, fixamos sobre o que é importante olhares ansiosos, ao passo que, às escondidas, nas nossas costas, o insignificante conduz sua guerrilha que terminará por mudar sub-repticiamente o mundo e pulará sobre nós de surpresa.

Se alguém escrevesse uma biografia de Jan, poderia resumir o período a que me refiro dizendo mais ou menos isto: A ligação com Edwige marcava uma nova etapa na vida de Jan, que tinha então quarenta e cinco anos. Ele renunciara finalmente a uma vida vazia e desordenada e decidira deixar a cidade no Oeste da Europa para se consagrar, com nova energia, na América, a um importante trabalho no qual obteve em seguida etc., etc.

Mas que o biógrafo imaginário de Jan me explique por que, justamente nesse período, o livro preferido de Jan era o romance antigo *Dafne e Cloé*! O amor de dois jovens, ainda quase crianças, que não sabem o que é o amor físico. O balido de um carneiro mistura-se com o barulho do mar e outro carneiro pasta sob a sombra de uma oliveira. Os dois jovens estão deitados lado a lado, nus e cheios de um imenso e vago desejo. Eles se abraçam, se apertam um contra o outro, estreitamente enlaçados. Permanecem assim durante um tempo muito, muito longo, porque não sabem o que mais podem fazer. Pensam que esse abraço é, por si só, todo o objetivo dos prazeres amorosos. Estão excitados, seus corações batem agitados, mas não sabem o que é fazer amor.

Sim, é justamente por esse trecho que Jan é fascinado.

3

Hanna, a atriz, estava sentada sobre as pernas cruzadas, como vemos nas estátuas de Buda à venda em todas as lojas de antiguidades do mundo. Falava sem parar enquanto olhava seu polegar ir e vir lentamente sobre a borda de uma mesinha redonda colocada perto do divã.

Não era o gesto maquinal das pessoas nervosas que têm o costume de marcar o compasso com o pé ou de coçar a cabeça. Era um gesto consciente e deliberado, ágil e gracioso, que devia traçar ao redor dela um círculo mágico em que ela estaria inteiramente concentrada em si mesma e no qual os outros estariam concentrados nela.

Ela acompanhava com deleite o movimento de seu polegar e por vezes erguia os olhos para Jan, que estava sentado diante dela. Contava-lhe que tivera uma depressão nervosa porque o filho, que morava com o ex-marido, fugira e só reaparecera vários dias depois. O pai de seu filho era tão bruto que lhe dera a notícia ao telefone meia hora antes do espetáculo. Hanna tivera febre, enxaquecas e coriza. "Eu não podia nem mesmo me assoar, de tanta dor que sentia no nariz!", disse ela fixando seus belos olhos grandes sobre Jan. "Meu nariz parecia uma couve-flor!"

Seu sorriso era de uma mulher que sabe que está à vontade, mesmo um nariz avermelhado por um resfriado tem seu encanto. Ela vivia numa harmonia exemplar consigo mesma. Gostava de seu nariz e gostava também de sua audácia, que chamava um resfriado de resfriado e um nariz de couve-flor. A beleza insólita do nariz carmesim tinha assim, por complemento, a audácia intelectual, e o movimento circular do polegar, confundindo os dois encantos em sua circunferência mágica, exprimia a indivisível unidade de sua personalidade.

"Fiquei preocupada porque tive febre alta. Você sabe o que o médico me disse? Só tenho um conselho a lhe dar, Hanna: não tire sua temperatura!"

Hanna riu ruidosa e demoradamente da brincadeira de seu médico, em seguida disse: "Sabe quem conheci? Passer!".

Passer era um velho amigo de Jan. Fazia vários meses desde a última vez que Jan o vira, ele deveria submeter-se a uma cirurgia. Todo mundo sabia que ele estava com câncer, só Passer, cheio de uma vitalidade e de uma credulidade incríveis, acreditava nas mentiras dos médicos. A cirurgia que o aguardava era, de qualquer maneira, muito grave, e ele dissera a Jan, quando os dois se viram a sós: "Depois dessa cirurgia, não serei mais um homem, você entende. Minha vida de homem estará acabada".

"Encontrei-o a semana passada na casa de campo dos Clevis", prosseguiu Hanna. "É um sujeito formidável! É mais jovem do que todos nós! Eu o adoro!"

Jan deveria ter se alegrado ao saber que seu amigo era adorado pela bela atriz, mas não ficou especialmente impressionado por todo mundo gostar de Passer. Suas ações haviam subido muito, nesses últimos anos, na bolsa irracional da popularidade conferida pela alta sociedade. Tornara-se quase um rito, durante as tagarelices desconexas dos jantares na cidade, dizer algumas frases admirativas sobre Passer.

"Você conhece as belas florestas que há ao redor da *villa* dos Clevis. Lá crescem cogumelos, e adoro apanhar cogumelos! Eu disse: quem quer ir comigo apanhar cogumelos? Ninguém estava com vontade de me acompanhar, mas Passer disse: Vou com você! Imagine, Passer, um homem doente! Eu lhe digo, é o mais jovem de nós todos!"

Ela olhou para o polegar, que não parava um segundo de descrever círculos à beira da mesa, e disse: "Então fui apanhar cogumelos com Passer. Foi maravilhoso! Nós nos perdemos na floresta e em seguida encontramos um café. Um pequeno café imundo de cidade do interior. É assim que gosto deles. Nesses bistrôs, a gente bebe vinho tinto barato, como bebem os sujeitos que trabalham nas construções. Passer foi esplêndido. Eu o adoro!".

4

No verão, na época a que me refiro, as praias do Oeste da Europa se cobriam de mulheres que não usavam a parte de cima do biquíni, e a população se dividia entre partidários e adversários dos seios nus. A família Clevis — o pai, a mãe e a filha de catorze anos — estava sentada diante da televisão e acompanhava um debate cujos participantes, que representavam todas as correntes intelectuais da época, desenvolviam seus argumentos a favor ou contra a parte de cima do biquíni. O psicanalista defendia ardentemente os seios nus e falava da liberação dos costumes que nos liberta da onipotência dos fantasmas eróticos. O marxista, sem se pronunciar sobre a parte de cima do biquíni (o Partido Comunista contava, entre seus membros, com puritanos e libertinos e não era de boa política jogar uns contra os outros), desviou habilmente o debate para o problema, mais fundamental, da moral hipócrita da sociedade burguesa, que foi condenada. O representante do pensamento cristão se sentiu obrigado a defender a parte de cima do biquíni, mas só o fez muito timidamente, pois também não escapava ao espírito onipresente da época; só encontrou a favor da peça um único argumento, a inocência das crianças, que, segundo ele, temos todos o dever de respeitar e de proteger. Foi contestado por uma mulher enérgica, que declarou ser preciso acabar desde a infância com o tabu hipócrita da nudez e recomendou aos pais que andassem nus em casa.

Jan só chegou à casa dos Clevis no momento em que a locutora anunciava o fim do debate, mas no apartamento a animação persistiu ainda um bom tempo. Todos os Clevis eram espíritos avançados, portanto contrários à parte de cima do biquíni. O gesto grandioso de milhões de mulheres atirando ao longe, como que em resposta a uma ordem, essa peça do vestuário infamante simbolizava para eles a humanidade libertando-se de sua escravidão. Mulheres de seios nus desfilavam pelo apartamento dos Clevis como um batalhão invisível de libertadoras.

Os Clevis, como eu já disse, eram espíritos avançados e tinham idéias progressistas. Há muitos tipos de idéias progressistas, e os Clevis defendiam sempre a melhor possível. A melhor das idéias progressistas é aquela que contém uma dose bastante forte de provocação para que seu partidário possa se sentir orgulhoso de ser original, mas que atrai ao mesmo tempo um número tão grande de êmulos que o risco de ser apenas uma exceção solitária é imediatamente conjurado pelas ruidosas aprovações da multidão vitoriosa. Por exemplo, se, em vez de serem contra a parte de cima do biquíni, os Clevis fossem contra a roupa de um modo geral e tivessem declarado que as pessoas deviam andar nuas nas ruas das cidades, sem dúvida ainda estariam defendendo uma idéia progressista, mas certamente não a melhor possível. Essa idéia teria se tornado incômoda pelo que tem de desmedida, teria sido necessária muita energia supérflua para sua defesa (isso se a melhor idéia progressista possível se defendesse, por assim dizer, sozinha) e seus partidários nunca teriam tido a satisfação de ver sua atitude absolutamente inconformista revelar-se de repente a atitude de todos.

Ouvindo-os atacar a parte de cima do biquíni, Jan lembrou-se de um pequeno instrumento de madeira, chamado nível, que seu pai, um pedreiro, colocava na superfície superior dos muros em construção. No meio do instrumento, sob uma lâmina de vidro, havia água e uma bolha de ar cuja posição indicava se a fileira de tijolos estava horizontal. A família Clevis podia servir de nível intelectual. Colocada sobre uma idéia qualquer, indicava exatamente se se tratava ou não da melhor idéia progressista possível.

Depois de os Clevis, que falavam todos ao mesmo tempo, relatarem a Jan todo o debate que acabara de acontecer na televisão, o sr. Clevis inclinou-se até ele e disse em tom de gracejo: "Você não acha que, no caso dos peitos bonitos, é uma reforma que podemos aprovar sem restrições?".

Por que o sr. Clevis exprimia seu pensamento nesses termos? Era um anfitrião exemplar e esforçava-se sempre em escolher uma frase aceitável para todas as pessoas presentes. Como Jan tinha a reputação de gostar muito de mulheres, Clevis formulava sua aprovação aos seios nus, não no sentido exato e profundo, ou seja, como um entusiasmo *ético* diante da abolição de uma servidão milenar, mas, à maneira de condescendência (em consideração aos supostos gostos de Jan e contra sua própria convicção), como uma concordância *estética* com a beleza de um seio.

Ao mesmo tempo, ele queria ser preciso e prudente como um diplomata: não ousava dizer sem rodeios que os peitos feios deviam ficar escondidos. Contudo, sem ser dita, essa idéia absolutamente inaceitável escoava com muita clareza da frase pronunciada e foi uma presa fácil para a adolescente de catorze anos.

"E essas barrigas então? Hein? Essas panças enormes que vocês sempre exibiram nas praias sem o menor pudor!"

A sra. Clevis deu uma gargalhada e aplaudiu a filha: "Bravo!".

O sr. Clevis se juntou aos aplausos da mulher. Compreendeu imediatamente que a filha tinha razão e que mais uma vez ele era vítima daquela malfadada tendência à conciliação que a esposa e a filha lhe censuravam sempre. Era um homem tão profundamente conciliativo que só defendia suas opiniões moderadas com moderação muito grande e cedeu logo, dando razão à filha extremista. Aliás, a frase incriminada não exprimia seu próprio pensamento, mas o suposto ponto de vista de Jan; ele pôde portanto posicionar-se do lado da filha, de bom grado, sem hesitação e com satisfação paternal.

A adolescente, encorajada pelos aplausos do pai e da mãe, prosseguiu: “Acham que é para agradar a vocês que tiramos a parte de cima do biquíni? Fazemos isso por nós mesmas, porque isso nos dá prazer, porque é mais agradável assim, porque desse modo nosso corpo fica mais próximo do sol! Vocês são incapazes de nos olhar de outra maneira, a não ser como objetos sexuais!”.

O sr. e a sra. Clevis aplaudiram novamente, mas dessa vez seus bravos tinham um tom um pouco diferente. As palavras da filha eram de fato justas, mas ao mesmo tempo um pouco impróprias para os seus catorze anos. Era como se um garoto de oito anos tivesse dito: se houver um assalto, defendo mamãe. Nesse caso os pais também aplaudem, pois a afirmação do filho é incontestavelmente digna de elogios. Mas como ela dá testemunho ao mesmo tempo de uma segurança excessiva, o elogio recebe um matiz, com razão, de certo sorriso. Era com esse sorriso que o casal Clevis havia tingido seus dois últimos bravos, e a adolescente, que havia entendido o sorriso e não o aprovava, repetiu com uma obstinação irritada:

“É isso mesmo. Pois não sou objeto sexual de ninguém.”

Os pais contentavam-se em assentir para não incitar a filha a novas proclamações.

Jan, porém, não pôde deixar de dizer:

“Minha menina, se você soubesse como é fácil não ser um objeto sexual.”

Ele disse essa frase com doçura, mas também com uma tristeza tão sincera que ela ressoou durante muito tempo na sala. Era uma frase que dificilmente se podia receber com silêncio, mas também não era possível responder a ela. Ela não merecia ser aprovada, uma vez que não era progressista, mas também não merecia uma polêmica, já que não ia manifestamente contra o progresso. Era a pior frase possível, porque se situava fora do debate dirigido pelo espírito do tempo. Era uma frase além do bem e do mal, uma frase perfeitamente imprópria.

Houve uma pausa, Jan sorriu com um ar constrangido, como se se desculpasse do que acabava de dizer, então o sr. Clevis, mestre em lançar pontes entre seus semelhantes, pôs-se a falar de Passer, que era amigo comum deles. Eles se uniam na admiração por Passer: era um terreno sem perigo. Clevis elogiou o otimismo de Passer, seu amor inabalável pela vida que nenhuma dieta médica conseguia sufocar. No entanto, a existência de Passer era agora limitada a uma estreita faixa de vida sem mulheres, sem iguarias, sem bebida alcoólica, sem movimento e sem futuro. Ele fora recentemente visitá-los em sua casa de campo, num dia em que a atriz Hanna também estava lá.

Jan estava muito curioso para ver o que indicaria o nível de bolha dos Clevis pousado sobre a atriz Hanna, em quem ele observara sintomas de um egocentrismo quase insuportável. Mas o nível de bolha indicava que Jan se enganava. Clevis aprovava sem restrições o modo como a atriz se conduzira com Passer. Ela só se consagrara a ele. Fora extremamente generoso de sua parte. E no entanto todo mundo sabia o drama que ela acabara de viver.

"Que drama?", indagou com surpresa o estabanado Jan.

Como, Jan não estava a par? O filho de Hanna fugira e ficara desaparecido durante vários dias! Ela tivera uma depressão nervosa! E no entanto, diante de Passer, que estava condenado à morte, não pensara mais nem um pouco em si mesma. Queria arrancá-lo de suas preocupações e pusera-se a gritar: "Eu gostaria tanto de apanhar cogumelos! Quem quer ir comigo?". Passer juntou-se a ela, e os outros se recusaram a acompanhá-los porque desconfiavam que ele queria ficar sozinho com ela. Eles caminharam pela floresta durante três horas e pararam num café para beber vinho tinto. Passer estava proibido de caminhar e de ingerir bebida alcoólica. Ele voltou cansado, mas feliz. No dia seguinte tiveram que levá-lo para o hospital.

"Acho que seu estado é bem grave", disse o sr. Clevis; depois, como se dirigisse uma censura a Jan, acrescentou: "Você deveria ir vê-lo".

5

Jan se disse: No começo da vida erótica do homem há excitação sem prazer, e no final há prazer sem excitação.

A excitação sem prazer é Dafne. O prazer sem excitação é a balconista da loja de aluguel de artigos esportivos.

Um ano antes, quando a conhecera e a convidara para ir à sua casa, ela lhe dissera uma frase inesquecível: "Se dormirmos juntos, será certamente muito bom do ponto de vista técnico, mas não estou certa quanto ao aspecto sentimental".

Ele lhe dissera que, no tocante a ele, ela podia estar absolutamente certa do aspecto sentimental, e ela havia aceitado essa garantia como tinha o hábito de aceitar na loja um depósito de garantia para o aluguel de esquis, e não dissera mais uma palavra sobre sentimentos. Em compensação, no tocante ao aspecto técnico, ela o tinha literalmente esgotado.

Era uma fanática do orgasmo. O orgasmo era para ela uma religião, um objetivo, um imperativo supremo da higiene, um símbolo de saúde, mas também seu orgulho, que a distinguia das mulheres menos afortunadas, como um iate ou um noivo ilustre.

E não era fácil lhe proporcionar prazer. Ela lhe gritava "mais rápido, mais rápido", depois ao contrário "devagar, devagar" e novamente "mais forte, mais forte", como um treinador grita suas ordens para os remadores de um *outrigger* a oito. Concentrada totalmente nos pontos sensíveis de sua pele, ela guiava sua mão para que ele a colocasse no lugar certo no momento certo. Ele transpirava e via os olhares impacientes da mulher e os gestos febris de seu corpo, aquela máquina móvel de produzir uma pequena explosão que era o sentido e o objetivo de qualquer coisa.

Saindo da casa dela a última vez, ele pensou em Hertz, diretor da ópera da cidade da Europa Central onde havia passado sua juventude. Hertz obrigava as cantoras a interpretar nuas diante dele os respectivos papéis por ocasião dos ensaios especiais com jogos de cena. Para verificar a posição de seus corpos, ele as obrigava a enfiar um lápis no reto. O lápis projetava-se para baixo no prolongamento da coluna vertebral, de modo que o minucioso diretor poderia assim controlar o andar, o movimento, o passo e a postura do corpo da cantora com uma precisão científica.

Um dia, uma jovem soprano brigou com ele e o denunciou à direção. Hertz se defendeu dizendo que nunca havia importunado as cantoras, que nunca havia tocado em nenhuma delas. Era verdade, mas, com isso, o golpe do lápis só pareceu mais depravado, e Hertz teve que deixar a cidade natal de Jan com um escândalo nos braços.

Sua desventura tornou-se célebre e, graças a ela, Jan muito jovem começou a assistir a espetáculos líricos. Ele imaginava nuas todas as cantoras, as quais via fazer gestos patéticos, virar a cabeça e escancarar a boca. A orquestra gemia, as cantoras seguravam o lado esquerdo do peito e ele imaginava os lápis saindo dos traseiros nus. Seu coração batia, agitado: ele ficava excitado com a excitação de Hertz! (Ainda hoje não consegue ver de outra maneira um espetáculo lírico, ainda hoje, se vai à opera, é com o sentimento de um rapaz muito novo que entra, sorrateiro, num teatro pornô.)

Jan se dizia: Hertz era um alquimista sublime do vício o qual havia descoberto no lápis enfiado no traseiro a fórmula mágica da excitação. E Jan sentia vergonha diante dele: Hertz nunca teria se deixado coagir à laboriosa atividade que ele acabara de exibir docilmente sobre o corpo da balconista da loja de aluguel de artigos esportivos.

6

Do mesmo modo que a invasão dos melros acontece no reverso da história européia, meu relato se desenrola no reverso da vida de Jan. Eu o componho a partir de acontecimentos isolados aos quais sem dúvida Jan não concedeu uma atenção especial, pois a parte da frente de sua vida estava então ocupada por outros acontecimentos e outras preocupações: a oferta de um posto na América, uma atividade profissional febril e os preparativos para a viagem.

Recentemente ele encontrou Barbara na rua. Ela lhe perguntou em tom de censura por que nunca ia à sua casa quando ela recebia os amigos. A casa de Barbara é célebre pelos divertimentos eróticos coletivos organizados por ela. Temendo a calúnia, Jan recusou os convites durante anos. Mas dessa vez ele sorri e diz: "Está bem, irei com prazer". Sabe que nunca mais voltará a essa cidade, portanto pouco lhe importa a discrição. Imagina a casa de Barbara cheia de pessoas nuas e alegres e diz consigo que afinal de contas não seria assim tão mal festejar desse modo sua partida.

Pois Jan está de partida. Dentro de alguns meses, vai atravessar a fronteira. E, desde que lhe ocorreu essa idéia, a palavra *fronteira*, empregada no sentido geográfico corrente, lhe lembra outra fronteira, imaterial e intangível, na qual ele pensa cada vez mais há algum tempo.

Que fronteira?

A mulher que ele mais amou no mundo (ele tinha na época trinta anos) lhe dizia (ele ficava quase desesperado quando ouvia isto) que ela só se prendia à vida por um fio muito fino. Sim, ela queria viver, a vida lhe proporcionava uma alegria imensa, mas ela sabia ao mesmo tempo que esse "quero viver" era tecido com fios de teia de aranha. Bastava tão pouco, tão infinitamente pouco, para se encontrar do outro lado da fronteira além da qual nada mais tinha sentido: o amor, as convicções, a fé, a História. Todo o mistério da vida humana consiste no fato de ela se desenrolar em proximidade imediata e mesmo em contato direto com essa fronteira, de não ficar separada da fronteira por quilômetros, e sim apenas por um milímetro.

7

Todo homem tem duas biografias eróticas. Em geral só se fala da primeira, que se compõe de uma lista de casos e de encontros amorosos.

A mais interessante é sem dúvida alguma a outra biografia: o bando de mulheres que queríamos ter e que nos escaparam, a história dolorosa das possibilidades irrealizadas.

Mas existe ainda uma terceira, uma misteriosa e inquietante categoria de mulheres. Elas nos agradam, nós lhes agradamos, mas ao mesmo tempo compreendemos logo que não podíamos tê-las porque, na nossa relação com elas, nos encontramos *do outro lado da fronteira*.

Jan estava no trem e lia. Uma jovem e bela desconhecida sentou-se em seu compartimento (o único lugar livre era justamente em frente ao seu) e lhe fez um sinal com a cabeça. Ele respondeu ao seu cumprimento e procurou lembrar-se de onde a conhecia. Em seguida, mergulhou novamente os olhos nas páginas de seu livro, mas lia com dificuldade. Sentia o olhar da mulher fixado nele, cheio de curiosidade e de expectativa.

Ele fechou novamente o livro: "De onde a conheço?".

Não era nada de extraordinário. Eles haviam se encontrado, disse-lhe ela, cinco anos antes entre pessoas insignificantes. Ele se lembrava desse período e lhe fez algumas perguntas: o que fazia ela exatamente na época, quem ela via, onde trabalhava agora e se tinha um trabalho interessante.

Ele estava acostumado com isto: entre ele e qualquer mulher, ele sabia fazer saltar a centelha rapidamente. Só que dessa vez tinha a penosa impressão de ser um empregado do departamento pessoal que faz perguntas a uma mulher que procura emprego.

Calou-se. Abriu outra vez o livro e fez um esforço para ler, mas sentia-se observado por uma invisível banca examinadora com todo um dossiê de informações a seu respeito e que não tirava os olhos de cima dele. Ele olhava as páginas a contragosto, sem saber o que havia nelas, e não lhe passava despercebido que a banca registrava pacientemente os minutos de seu silêncio para levá-los em conta no cálculo da nota final.

Ele fechou novamente o livro e tentou mais uma vez conversar com a mulher em tom frívolo, mas constatou de novo que isso não dava em nada.

Concluiu que o fracasso provinha de estarem conversando num compartimento muito cheio. Convidou a mulher para ir ao vagão-restaurante, onde encontraram uma mesa para dois. Ele falava com mais facilidade; mas também ali não conseguia acender a centelha.

Os dois voltaram para o compartimento. Ele abriu novamente o livro, mas, como um pouco antes, não sabia o que havia em suas páginas.

A mulher ficou alguns instantes sentada diante dele, em seguida levantou e foi ao corredor olhar pelo vidro.

Ele se sentia terrivelmente descontente. A mulher lhe agradava e sua saída do compartimento não passava de um chamado silencioso.

No último instante, ele quis mais uma vez salvar a situação. Foi para o corredor e pôs-se ao lado dela. Disse-lhe que se não a havia reconhecido era sem dúvida porque ela havia mudado o penteado. Afastou-lhe os cabelos da testa e olhou seu rosto subitamente diferente.

"Sim, reconheço-a agora", disse. Obviamente, não a reconhecia. E isso, aliás, não tinha importância. Tudo o que ele queria era apertar com firmeza a mão contra o alto de seu crânio, inclinar-lhe suavemente a cabeça para trás e olhá-la assim, nos olhos.

Quantas vezes na sua vida ele havia pousado a mão sobre a cabeça de uma mulher perguntando-lhe: "Deixe-me ver como você ficaria assim". Esse contato imperioso e esse olhar soberano invertiam de um só golpe toda a situação. Como se contivessem em germe (e puxassem do futuro) a grande cena em que ele se apossaria dela totalmente.

Mas dessa vez seu gesto não produziu nenhum efeito. Seu olhar era muito mais fraco do que o olhar que ele sentia sobre si, o olhar dubitativo da banca examinadora, que sabia muito bem que ele se repetia e que o fazia compreender que toda repetição não passa de uma imitação e que toda imitação não tem valor. Jan, de repente, se via pelos olhos da mulher. Via a deplorável pantomima de seu olhar e de seu gesto, aquela pantomima estereotipada que se esvaziara de todo significado à força de se repetir no decorrer dos anos. Por ter perdido sua espontaneidade, seu sentido natural e imediato, seu gesto lhe causava de repente um cansaço insuportável, como se ele tivesse pesos de dez quilos presos aos punhos. O olhar da mulher criava em volta dele um ambiente estranho que aumentava o peso.

Não havia mais meio de continuar. Ele largou a cabeça da mulher e olhou pelo vidro da janela os jardins que desfilavam.

O trem chegou ao seu destino. Saindo da estação, ela disse a Jan que não morava longe e convidou-o a ir à sua casa.

Ele recusou.

Em seguida, pensou nisto semanas inteiras: como pudera recusar uma mulher que lhe agradava?

Na sua relação com ela, ele se encontrava do outro lado da fronteira.

8

O olhar do homem já foi descrito muitas vezes. Ele pousa friamente sobre a mulher, ao que parece, como se a medisse, a pesasse, a avaliasse, a escolhesse, ou seja, como se a transformasse em coisa.

O que não se sabe tão bem é que a mulher não está inteiramente desarmada contra esse olhar. Se ela é transformada em coisa, ela então observa o homem com o olhar de uma coisa. É como se o martelo tivesse de repente olhos e observasse fixamente o pedreiro que o usa para enfiar um prego. O pedreiro vê o olhar mau do martelo, perde a segurança e dá uma martelada no próprio dedo.

O pedreiro é o senhor do martelo, porém é o martelo que leva vantagem sobre o pedreiro, porque a ferramenta sabe exatamente como deve ser manejada, ao passo que aquele que a maneja só pode sabê-lo mais ou menos.

Poder olhar transforma o martelo em ser vivo, e o bravo pedreiro precisa sustentar seu olhar insolente e, com a mão firme, transformá-lo novamente em coisa. Dizem que a mulher vive assim um movimento cósmico para o alto e depois para baixo: a elevação da coisa tornada criatura e a queda da criatura tornada coisa.

Mas acontecia a Jan cada vez com mais freqüência que o jogo do pedreiro e do martelo não fosse mais jogável. As mulheres olhavam mal. Estragavam o jogo. Seria porque nessa época elas haviam começado a se organizar e tinham decidido transformar a condição secular da mulher? Ou seria porque Jan estava envelhecendo e via de outro modo as mulheres e seu olhar? Era o mundo que mudava ou era ele?

Difícil dizer. A verdade é que a mulher do trem o olhava com olhos desconfiados, cheios de dúvidas, e ele largara o martelo antes de ter tido tempo de erguê-lo.

Encontrara recentemente Pascal, que se queixara de Barbara. Barbara o havia convidado para ir à sua casa. Lá estavam duas moças que Pascal não conhecia. Ele conversara um pouco, e em seguida, sem preveni-lo, Barbara fora à cozinha buscar um grande despertador de ferro branco, como aqueles de antigamente. Começara a tirar a roupa sem dizer uma palavra e as duas moças fizeram o mesmo.

Pascal se lamentou: "Você compreende, elas tiraram a roupa com indiferença, com displicência, como se eu fosse um cachorro ou um jarro de flores".

Em seguida, Barbara lhe ordenara que tirasse a roupa também. Ele não queria perder a oportunidade de fazer amor com duas desconhecidas, e obedecera. Quando já estava nu, Barbara lhe mostrara o relógio: "Olhe bem para o ponteiro de segundos. Se não ficar de pau duro dentro de um minuto, pode se retirar!".

"Elas não tiravam os olhos da região entre as minhas pernas e, como os segundos começassem a passar, desataram a rir! Depois disso, me puseram porta afora!"

Eis um caso em que o martelo decidiu castrar o pedreiro.

"Sabe, Pascal é um grosseirão e senti uma secreta simpatia pelo comando disciplinar de Barbara", dizia Jan a Edwige. "Aliás, Pascal e seus colegas fizeram com algumas moças algo muito parecido com essa peça que Barbara pregou nele. A moça vinha, queria fazer amor, e eles a despiam e a amarravam sobre o divã. A moça não se importava nem um pouco em ser amarrada, isso fazia parte do jogo. O mais escandaloso é que não faziam nada com ela, nem sequer a tocavam, contentavam-se em examiná-la por todos os lados. A moça tinha a impressão de estar sendo violentada."

"É compreensível", disse Edwige.

"Mas posso muito bem imaginar que essas moças, amarradas e observadas, ficavam bastante excitadas. Numa situação semelhante, Pascal não ficou excitado. Ele foi castrado."

Já era noite alta, eles estavam na casa de Edwige, e tinham uma garrafa de uísque esvaziada pela metade diante deles, sobre uma mesa baixa. "O que você quer dizer com isso?", perguntou ela.

"Quero dizer", respondeu Jan, "que, quando um homem e uma mulher fazem a mesma coisa, não é a mesma coisa. O homem violenta, a mulher castra."

"Você quer dizer com isso que é feio castrar um homem, mas que é uma bela coisa violentar uma mulher."

"Com isso, quero apenas dizer", replicou Jan, "que a violação faz parte do erotismo, mas que a castração é sua negação."

Edwige esvaziou seu copo de um só gole e respondeu, encolerizada: "Se a violação faz parte do erotismo, isso quer dizer que todo o erotismo é dirigido contra a mulher e que é preciso portanto inventar outro".

Jan bebeu um gole, ficou em silêncio um instante e retomou: "Há muitos anos, no meu antigo país, compus com alguns colegas uma antologia das palavras que nossas amantes diziam durante o amor. Sabe qual foi a palavra que surgiu com mais freqüência?".

Edwige não sabia.

"A palavra *não*. A palavra *não* repetida muitas vezes seguidas: *não*, *não*, *não*, *não*, *não*, *não*, *não*... A moça vinha para fazer amor e, quando o rapaz a tomava nos braços, ela o repelia dizendo *não*, de modo que o ato de amor, iluminado pela luz vermelha dessa palavra que é a mais bela de todas, tornava-se uma pequena imitação da violação. Mesmo quando se aproximavam do orgasmo, elas diziam *não*, *não*, *não*, *não*, *não* e muitas gozavam gritando *não*. Desde essa época, *não* é para mim uma palavra principesca. Você também tinha o costume de dizer não?"

Edwige respondeu que nunca dizia não. Por que dizer uma coisa que ela não pensava? "Quando uma mulher diz não, quer sempre dizer sim. Esse aforismo de machos sempre me revoltou. É uma frase tão idiota quanto a história humana."

"Mas essa história está em nós e não podemos fugir dela", replicou Jan. "A mulher que foge e se defende. A mulher que se entrega, o homem que se apossa. A mulher que se cobre de véus, o homem que arranca sua roupa. São imagens seculares que trazemos conosco!"

"Seculares e idiotas! Tão idiotas quanto as imagens religiosas! E se as mulheres começassem a ficar fartas de se comportar de acordo com esse modelo? Se sentissem náuseas com essa eterna repetição? Se quisessem inventar outras imagens e outro jogo?"

"É, são palavras idiotas que se repetem de maneira idiota. Você tem toda razão. Mas, e se nosso desejo do corpo feminino dependesse justamente dessas imagens idiotas e somente delas? Quando forem destruídas em nós, um homem ainda poderá fazer amor com uma mulher?"

Edwige desatou a rir: "Acho que você está se preocupando sem razão".

Em seguida, ela fixou sobre ele seu olhar maternal: "E não fique imaginando que todos os homens são como você. Como se comportam os homens quando se vêem face a face com uma mulher? O que é que você sabe disso?".

Jan não sabia realmente como se comportavam os homens quando se viam sozinhos face a face com uma mulher. Houve um silêncio e Edwige tinha sobre o rosto o sorriso beato que indicava que já era tarde e que se aproximava o momento em que Jan ia desenrolar sobre o seu corpo a bobina cinematográfica vazia.

Após um instante de reflexão, ela acrescentou: "No final das contas, não é tão importante assim fazer amor".

Jan ficou de orelha em pé: "Você acha que não é tão importante fazer amor?".

Ela lhe sorriu com ternura: "Não, não é tão importante assim".

Ele esqueceu imediatamente a discussão porque acabava de compreender algo muito mais importante: para Edwige, o amor físico era apenas um signo, um ato simbólico, uma confirmação da amizade.

Essa noite, pela primeira vez, ele ousou dizer que estava cansado. Deitou-se ao lado dela na cama como um amigo casto sem desenrolar a bobina de película. Acariciava-lhe os cabelos e via erguer-se acima do futuro comum dos dois o arco-íris tranqüilizador da paz.

9

Havia cerca de dez anos, Jan recebia visitas de uma mulher casada. Eles se conheciam havia alguns anos mas se viam muito raramente, porque essa mulher trabalhava e, mesmo quando ela estava livre para vê-lo, eles não tinham tempo a perder. Ela começava por sentar-se numa poltrona e eles conversavam um instante. Logo Jan se levantava, se aproximava dela, lhe dava um beijo e a erguia nos braços.

Em seguida a soltava, eles se afastavam um pouco um do outro e começavam a tirar a roupa às pressas. Jan atirava o paletó sobre uma cadeira. Ela tirava o pulôver e colocava-o nas costas da cadeira. Ele desabotoava as calças e as deixava escorregar. Ela inclinava-se para a frente e começava a tirar sua malha. Os dois se apressavam. Estavam de pé face a face, inclinados para a frente, Jan soltava um pé, depois o outro, das calças (para isso, erguia as pernas muito alto, como um soldado que desfila), ela se curvava para fazer a malha descer até os tornozelos, depois libertava as pernas levantando-as para o alto, exatamente como ele fazia.

Era sempre parecido, mas um dia produziu-se um pequeno fato que ele nunca iria esquecer: Ela o olhou e não pôde conter um sorriso. Era um sorriso quase terno, cheio de compreensão e simpatia, um sorriso tímido que procurava se fazer perdoar, mas incontestavelmente um sorriso nascido da luz do ridículo que inundou de repente toda a cena. Ele teve muita dificuldade para se dominar e não lhe devolver esse sorriso. Pois também via emergir da penumbra do hábito o ridículo inopinado de duas pessoas que estão de frente uma para a outra e que levantam as pernas muito alto numa estranha precipitação. Por pouco ele não desatou a rir. Mas sabia que em seguida não poderiam mais fazer amor. O riso estava ali como uma enorme armadilha que esperava pacientemente na peça, escondido atrás de uma parede fina e invisível. Apenas alguns milímetros separavam o amor físico do riso, e ele receava transpô-los. Alguns milímetros o separavam da fronteira além da qual as coisas não têm mais sentido.

Ele se controlara. Repelira o sorriso, jogara as calças para o lado e avançara depressa para junto da amante, para tocar-lhe logo o corpo, cujo calor ia espantar o diabo do riso.

10

Ele soube que o estado de saúde de Passer tinha piorado. O doente só resistia graças a injeções de morfina e só se sentia bem algumas horas por dia. Jan pegou o trem para ir visitá-lo numa clínica distante e, durante o trajeto, censurou-se por ir vê-lo tão pouco. Assustou-se ao ver que Passer havia envelhecido muito. Alguns cabelos prateados desenhavam sobre o seu crânio uma curva ondulante, a mesma que desenhava, não havia muito tempo, sua espessa cabeleira castanha. Seu rosto era a lembrança do rosto do passado.

Passer o acolheu com a exuberância de sempre. Pegou-o pelo braço e, com um passo enérgico, levou-o para o quarto, onde os dois se sentaram um de cada lado de uma mesa.

A primeira vez que Jan encontrara Passer, já fazia muito tempo, Passer havia falado das grandes esperanças da humanidade e, ao falar, batia com o punho na mesa acima da qual brilhavam seus grandes olhos eternamente entusiasmados. Hoje ele não falava das esperanças da humanidade, mas das esperanças de seu corpo. Os médicos afirmavam que, se ele conseguisse, graças a um tratamento intensivo com injeções e ao preço de grandes dores, passar pelo cabo dos próximos quinze dias, ele venceria. Dizendo isso a Jan, ele batia com o punho sobre a mesa e seus olhos brilhavam. O relato entusiasmado a respeito das esperanças do corpo era o eco melancólico do relato sobre as esperanças do gênero humano. Esses dois entusiasmos eram igualmente ilusórios e os olhos brilhantes de Passer emprestavam a ambos uma luz igualmente mágica.

Depois ele começou a falar da atriz Hanna. Com uma pudica timidez masculina, confessou a Jan que ainda uma última vez ficara louco. Ficara louco por uma mulher loucamente bonita, sabendo muito bem que era a mais insensata de todas as loucuras. Falava, os olhos brilhantes, da floresta onde os dois tinham procurado cogumelos como quem procura um tesouro, e do café onde pararam para beber vinho tinto.

“E Hanna foi formidável! Você compreende? Ela não fez

cara de enfermeira solícita, não olhava com compaixão me fazendo lembrar da minha doença e da minha decrepitude, ria e bebia comigo. Entornamos um litro de vinho! Eu tinha a impressão de ter dezoito anos! Minha cadeira estava colocada exatamente sobre a linha da morte, e eu tinha vontade de cantar."

Passer bateu com o punho na mesa e olhou Jan com seus olhos brilhantes, acima dos quais a abundante cabeleira desaparecida era agora desenhada por três fios prateados.

Jan disse que estamos todos a cavalo sobre a linha da morte. Que o mundo inteiro, que afunda na violência, na crueldade e na barbárie, se sentou sobre essa linha. Ele disse isso porque gostava de Passer e achava atroz que esse homem, que batia de maneira magnífica com o punho sobre a mesa, morresse antes do mundo, que não merecia nenhum amor. Esforçava-se por fazer parecer mais próximo o fim do mundo para que a morte de Passer se tornasse mais suportável. Mas Passer não aceitava o fim do mundo, batia com o punho na mesa e recomeçava a falar das esperanças da humanidade. Disse que vivemos uma época de grandes mudanças.

Jan nunca partilhara da admiração de Passer pelas coisas que mudam, mas gostava de seu desejo de mudança, porque via nele o mais antigo desejo do homem, o conservantismo mais conservador da humanidade. Contudo, embora gostasse desse desejo, queria tirá-lo dele, agora que a cadeira de Passer estava a cavalo sobre a linha da morte. Queria sujar a seus olhos o futuro, para que ele lamentasse um pouco menos a vida que estava perdendo.

Disse-lhe: "Sempre nos dizem que vivemos uma grande época. Clevis fala do fim da era judaico-cristã, outros da revolução mundial e do comunismo, mas tudo isso são asneiras. Se nossa época é um momento decisivo, é por outra razão".

Passer o olhava nos olhos com seu olhar brilhante, acima do qual a lembrança da cabeleira era desenhada por três fios prateados.

Jan prosseguia: "Você conhece a história do lorde inglês?".

Passer bateu com o punho sobre a mesa e disse que não conhecia essa história.

"Após a noite de núpcias, um lorde inglês disse para a mulher: 'Lady, espero que esteja grávida. Não gostaria de repetir uma segunda vez esses movimentos ridículos'."

Passer sorriu, mas sem bater com o punho sobre a mesa. Essa anedota não era daquelas que suscitavam seu entusiasmo.

Jan prosseguiu: "Que não venham me falar de revolução mundial! Vivemos uma grande época histórica em que o ato sexual se transforma definitivamente em movimentos ridículos".

Um sorriso de traçado delicado surgiu no rosto de Passer. Jan conhecia bem esse sorriso. Não era um sorriso alegre nem aprovador, mas o sorriso da tolerância. Sempre tinham ficado bem afastados um do outro e, nos raros momentos em que a diferença entre eles se manifestava de maneira muito visível, um dirigia ao outro esse sorriso para assegurar que a amizade dos dois não estava em perigo.

11

Por que tem ele sempre diante dos olhos essa imagem da fronteira?

Ele se diz que é porque está ficando velho: As coisas se repetem e perdem a cada vez uma fração de seu sentido. Ou, mais exatamente, perdem gota a gota sua força vital, que pressupõe automaticamente o sentido. A fronteira, segundo Jan, quer dizer então a dose máxima admissível de repetições.

Um dia ele assistira a um espetáculo em que, no meio da ação, um cômico muito talentoso começava de repente a contar muito lentamente e com uma expressão de extrema atenção: um, dois, três, quatro..., dizia cada número com um ar muito concentrado, como se ele lhe tivesse escapado, e procurava-o no espaço à sua volta: cinco, seis, sete, oito... No número quinze, o público começara a rir, e quando ele chegara a cem, lentamente e com ar cada vez mais concentrado, as pessoas caíam de seus assentos.

Numa outra representação, o mesmo ator se pusera ao piano e começara a tocar uma ária de valsa com a mão esquerda: tantantam, tantantam. Sua mão direita pendia, não se ouvia nenhuma melodia, mas sempre o mesmo tantantam, tantantam que se repetia continuamente, e ele olhava o público com um olhar eloqüente como se esse acompanhamento de valsa fosse uma música esplêndida, digna de emoção, de aplausos e de entusiasmo. Tocou sem parar vinte vezes, trinta vezes, cinqüenta vezes, cem vezes o mesmo tantantam, tantantam, e o público morria de rir.

Sim, quando se transpõe a fronteira, o riso ressoa, fatídico. Mas e quando se vai ainda mais longe, ainda *além* do riso?

Jan imagina que os deuses gregos a princípio participaram com paixão das aventuras dos homens. Em seguida pararam no Olimpo para olhar para baixo e riram muito. E hoje estão dormindo há muito tempo.

A meu ver, porém, Jan se engana se pensa que a fronteira é um traço que corta a vida do homem num lugar determinado, que ela indica uma ruptura no tempo, um segundo preciso no relógio da vida humana. Não. Estou, ao contrário, certo de que a fronteira está constantemente conosco, independentemente do tempo e de nossa idade, de que ela é onipresente, embora seja mais ou menos visível, segundo as circunstâncias.

A mulher que Jan tanto amou tinha razão em dizer que o que a mantinha presa à vida era apenas um fio de teia de aranha. Basta tão pouco, uma ínfima corrente de ar para que as coisas se movam imperceptivelmente, e aquilo por que ainda teríamos dado a vida um segundo antes de repente pareça um contra-senso no qual não há nada.

Jan tinha amigos que, como ele, haviam deixado a antiga pátria e que consagravam todo seu tempo à luta por sua liberdade perdida. Já lhes acontecera a todos sentir que o elo que os unia a seu país não passava de uma ilusão e que era apenas uma persistência de hábito se eles ainda estavam prontos a morrer por algo que lhes era indiferente. Todos conheciam esse sentimento e ao mesmo tempo temiam conhecê-lo, viravam a cabeça, com medo de verem a fronteira e de deslizarem (atraídos pela vertigem como por um abismo) para o outro lado, lá onde a língua de seu povo torturado não fazia mais nada a não ser um barulho insignificante parecido com o pipilo dos pássaros.

Se Jan define para si mesmo a fronteira como a dose máxima admissível de repetições, vejo-me então na obrigação de corrigi-lo: a fronteira não é o resultado da repetição. A repetição é apenas uma das maneiras de tornar a fronteira visível. A linha da fronteira está coberta de poeira e a repetição é como que o gesto da mão que afasta essa poeira.

Eu gostaria de lembrar a Jan esta experiência notável que remonta à sua infância: Ele tinha então cerca de treze anos. Falava-se de criaturas que vivem em outros planetas e ele gostava de imaginar que esses extraterrestres tinham sobre o corpo mais zonas erógenas do que o homem, habitante da Terra. A criança que ele era então e que se excitava às escondidas diante da foto roubada de uma dançarina nua finalmente tivera a sensação de que a mulher terrestre, dotada de um sexo e de dois seios, essa trindade simples demais, sofre de indigência erótica. Ele sonhava com uma criatura que tivesse sobre o corpo, não esse miserável triângulo, mas dez ou vinte zonas erógenas, e oferecesse ao olhar excitações totalmente inesgotáveis.

Quero dizer com isso que ele já sabia, no meio de seu trajeto muito longo de mancebo, o que é sentir-se cansado do corpo feminino. Mesmo antes de conhecer a volúpia, em pensamento ele já chegara ao fim da excitação. Já chegara ao fundo dela.

Ele vivia então, desde a infância, com essa fronteira misteriosa ao alcance de seu olhar, além da qual um seio feminino não passa de uma excrescência incongruente sobre o peito. A fronteira era seu quinhão desde os primeiros começos. Aos treze anos, Jan, que sonhava com outras zonas erógenas sobre o corpo feminino, a conhecia tão bem quanto Jan trinta anos mais tarde.

12

Ventava e havia muita lama. O cortejo fúnebre pusera-se mais ou menos em semicírculo diante da cova aberta. Jan estava lá, assim como quase todos os seus amigos, a atriz Hanna, os Clevis, Barbara e, naturalmente, os Passer: a esposa com o filho aos prantos e a filha.

Dois homens de roupas surradas ergueram as cordas sobre as quais estava pousado o caixão. No mesmo instante, uma personagem nervosa que segurava uma folha de papel na mão aproximou-se do túmulo, virou-se de frente para os coveiros, levantou a folha e começou a ler em voz alta. Os coveiros olharam para ela, hesitaram um instante, perguntando-se se deveriam recolocar o caixão ao lado do túmulo, e começaram a fazê-lo descer lentamente dentro da cova, como se tivessem decidido poupar ao morto a obrigação de ouvir ainda um quarto discurso.

O súbito desaparecimento do caixão desconcertou o orador. Todo o seu discurso fora redigido na segunda pessoa do singular. Ele se dirigia ao morto, lhe fazia promessas, o elogiava, o tranqüilizava, lhe agradecia e respondia a suas supostas perguntas. O caixão chegou ao fundo da cova, os coveiros retiraram as cordas e permaneceram humildemente imóveis junto ao túmulo. Vendo que o orador discursava para eles com tanta impetuosidade, abaixaram a cabeça, intimidados.

Quanto mais o orador compreendia o absurdo da situação, mais era atraído por aquelas duas tristes personagens, e quase teve que se violentar para olhar para outro lado. Ele se virou para o semicírculo do cortejo fúnebre. Mas, mesmo assim, seu discurso escrito na segunda pessoa não soava muito melhor, pois tinha-se a impressão de que o estimado falecido escondia-se em algum lugar na multidão.

Para que lado o orador deveria olhar? Ele contemplava com angústia a folha de papel e, embora soubesse o discurso de cor, mantinha os olhos grudados no texto.

Todo o público presente cedia a um nervosismo aumentado ainda mais pelas rajadas histéricas do vento. O sr. Clevis estava com o chapéu cuidadosamente enfiado sobre o crânio, mas o vento era tão violento que lhe arrancou o chapéu e foi depositá-lo entre o túmulo aberto e a família Passer, que estava na primeira fila.

Seu primeiro desejo foi esgueirar-se pelo grupo e correr para apanhar o chapéu, mas percebeu que essa reação poderia dar a entender que ele atribuía maior importância ao chapéu do que à seriedade da cerimônia em homenagem ao amigo. Tomou então a decisão de ficar quieto e fingir que não havia notado nada. Mas não foi a melhor solução. Desde que o chapéu se encontrava sozinho no espaço vazio diante do túmulo, o público estava ainda mais nervoso e inteiramente incapaz de ouvir as palavras do orador. Apesar de sua humilde imobilidade, o chapéu perturbava muito mais a cerimônia do que se Clevis tivesse dado alguns passos para pegá-lo. Ele acabou então por dizer à pessoa que estava à sua frente *com licença* e saiu do grupo. Assim ele se viu no espaço vazio (semelhante a um palco) entre o túmulo e o cortejo. Abaixou-se, estendeu o braço para o chão, mas exatamente nesse momento o vento começou a soprar novamente, carregando o chapéu para um pouco mais longe, para junto dos pés do orador.

Ninguém mais conseguia pensar em outra coisa a não ser no sr. Clevis e em seu chapéu. O orador, que não percebera o que acontecera com o chapéu, sentiu porém que estava acontecendo alguma coisa no auditório. Levantou os olhos da folha de papel e viu com surpresa um desconhecido que estava a dois passos à sua frente e que o olhava como se estivesse se preparando para dar um pulo. Depressa, ele baixou os olhos novamente para o texto, esperando talvez que a incrível visão tivesse desaparecido quando ele tornasse a erguer os olhos. Mas levantou-os e o homem continuava à sua frente e continuava olhando-o.

O sr. Clevis não podia nem avançar nem recuar. Achava inconveniente atirar-se aos pés do orador e ridículo voltar para o seu lugar sem o seu chapéu. Permanecia ali, portanto, sem se mexer, grudado ao solo pela indecisão, e tentava inutilmente descobrir uma solução.

Gostaria que alguém fosse ao seu socorro. Lançou um olhar na direção dos coveiros. Estavam imóveis do outro lado da cova e olhavam fixamente para os pés do orador.

Nesse instante, houve uma nova rajada de vento e o chapéu deslizou lentamente para a beira da cova. Clevis decidiu-se. Deu um passo enérgico, estendeu o braço e se abaixou. O chapéu se esquivava, se esquivava sempre, estava quase sob os dedos dele quando deslizou ao longo da beira e caiu dentro da cova.

Clevis estendeu mais uma vez o braço, como que para chamá-lo para junto de si, mas resolveu de repente fazer de conta que o chapéu nunca existira e que ele se encontrava à beira da cova por um acaso insignificante. Queria mostrar-se absolutamente natural e tranqüilo, mas era difícil porque todos os olhares estavam fixados nele. Ele tinha o ar crispado; fez um esforço para não ver ninguém e foi colocar-se na primeira fila, onde soluçava o filho de Passer.

Quando o espectro ameaçador do homem que se preparava para pular desapareceu, a personagem da folha de papel recuperou a calma e ergueu os olhos para a multidão, que já não o ouvia absolutamente, a fim de dizer a última frase de seu discurso. Virando-se para os coveiros, declarou num tom solene: "Victor Passer, aqueles que o amavam não o esquecerão jamais. Que a terra lhe seja leve!".

Ele se inclinou na beira do túmulo sobre um monte de terra onde estava fincada uma pá pequena, pegou um pouco de terra com a pá e debruçou-se sobre a cova. Nesse momento, o cortejo foi sacudido por um riso abafado. Pois todas as pessoas imaginavam que o orador, que se imobilizara com a pá de terra na mão e olhava para baixo sem se mexer, via o caixão no fundo da cova e o chapéu sobre o caixão, como se o morto, num vão desejo de dignidade, preferisse ficar com a cabeça coberta durante o instante solene.

O orador se dominou, jogou a terra sobre o caixão cuidando para que ela não caísse sobre o chapéu, como se a cabeça de Passer se escondesse realmente sob ele. Em seguida, estendeu a pá para a viúva. Sim, teriam todos que beber até o fim o cálice da tentação. Todos teriam que viver aquele terrível combate contra o riso. Todos, inclusive a esposa e o filho que soluçava, teriam que pegar a terra com a pá e se inclinar sobre a cova, onde havia um caixão e, sobre o caixão, um chapéu, como se Passer, com sua vitalidade e seu otimismo indomáveis, quisesse pôr a cabeça para fora.

13

Cerca de vinte pessoas estavam reunidas na *villa* de Barbara. Todos estavam no grande salão, sentados no divã, nas poltronas ou no chão. No centro, no círculo de olhares distraídos, uma moça que, ao que parecia, chegara de uma cidade do interior se agitava e se contorcia de todas as maneiras.

Barbara reinava numa ampla poltrona de veludo: "Você não acha que está demorando muito?", perguntou ela lançando um olhar severo sobre a moça.

A moça olhou para ela e girou os ombros, como se mostrasse assim todas as pessoas presentes e se queixasse da indiferença e do ar distraído delas. Mas a severidade do olhar de Barbara não admitia desculpa muda, e a moça, sem interromper seus movimentos inexpressivos e ininteligíveis, pôs-se a desabotoar a blusa.

A partir desse momento, Barbara não se preocupou mais com ela e pousou os olhos sucessivamente sobre todas as pessoas presentes. Compreendendo esse olhar, elas interromperam suas tagarelices e voltaram, dóceis, os olhos para a moça que se despia. Em seguida, Barbara levantou a saia, pôs a mão entre as coxas e dirigiu novamente olhos provocantes para todos os cantos do salão. Observava com atenção seus ginastas para ver se seguiam sua demonstração.

As coisas por fim começaram, segundo seu próprio ritmo preguiçoso mas seguro, a provinciana estava nua havia muito tempo, deitada nos braços de um macho qualquer, os demais se dispersaram pelos outros cômodos da casa. Contudo, Barbara estava presente em todos os lugares, sempre vigilante e infinitamente exigente. Não admitia que seus convidados se dividissem em casais e se escondessem em seus cantos. Enfureceu-se com uma mulher cujos ombros Jan abraçava: "Se quiser ficar a sós com ele, vá à casa dele. Aqui estamos em sociedade!". Pegou-a pelo braço e levou-a para um cômodo vizinho.

Jan notou o olhar de um jovem careca simpático que estava sentado à parte e havia observado a intervenção de Barbara. Sorriram um para o outro. O careca se aproximou e Jan lhe disse: "A marechala Barbara".

O careca deu uma gargalhada e disse: "É uma treinadora que nos prepara para a final dos Jogos Olímpicos".

Olhavam Barbara juntos e observavam a continuação de sua atividade:

Ela se ajoelhou perto de um homem e de uma mulher que estavam fazendo amor, insinuou a cabeça entre seus rostos e pressionou a boca sobre os lábios da mulher. Cheio de consideração por Barbara, o homem afastou-se de sua parceira, achando sem dúvida que Barbara a queria só para si. Barbara pegou a mulher nos braços, puxou-a para si, até que ambas estavam grudadas uma contra a outra, deitadas de lado, e o homem ficou de pé diante delas, humilde e obediente. Barbara, sem deixar de beijar a mulher, descreveu um círculo no ar com a mão levantada. O homem compreendeu que era um chamado que lhe era dirigido, mas não sabia se lhe ordenavam que ficasse ou que se afastasse. Observava com uma atenção tensa a mão cujo movimento era cada vez mais enérgico e impaciente. Barbara terminou por afastar seus lábios da boca da mulher e exprimiu seu desejo em voz alta. O homem assentiu, deslizou novamente para o chão e juntou-se por trás à mulher, que estava agora presa entre ele e Barbara.

"Todos nós somos as personagens do sonho de Barbara", disse Jan.

"É", concordou o careca. "Mas nunca dá muito certo. Barbara é como um relojoeiro que precisa deslocar ele mesmo os ponteiros de seu relógio."

Assim que conseguiu mudar a posição do homem, Barbara se desinteressou imediatamente da mulher que ela acabara de beijar com paixão. Levantou-se e aproximou-se de um casal de amantes muito jovens encolhidos um contra o outro, com uma expressão de angústia, num canto do salão. Estavam apenas semivestidos, e o rapaz esforçava-se para esconder a moça com seu corpo. Como figurantes numa cena de ópera que abrem a boca sem emitir um som e agitam absurdamente as mãos para criar a ilusão de uma conversa animada, penavam muito para fazer crer que estavam totalmente absorvidos um pelo outro, pois tudo o que queriam era passar despercebidos e fugir aos outros.

Barbara não se deixou enganar pela manobra dos dois, ajoelhou-se contra eles, acariciou-lhes um instante os cabelos e disse-lhes alguma coisa. Em seguida desapareceu num cômodo vizinho e voltou acompanhada de três homens nus. Pôs-se novamente de joelhos contra os dois amantes, pegou nas mãos a cabeça do rapaz e beijou-a. Os três homens nus, guiados pelas injunções mudas de seu olhar, inclinaram-se sobre a menina e lhe tiraram o resto das roupas.

"Quando tudo tiver acabado, haverá uma reunião", disse o careca. "Barbara vai nos convocar a todos, nos fará formar um semicírculo ao redor dela, se postará diante de nós, colocará os óculos, analisará o que fizemos de bom e de ruim, elogiará os alunos aplicados e distribuirá censuras aos vadios."

Os dois amantes tímidos dividiam finalmente seus corpos com os outros. Barbara deixou-os e dirigiu-se aos dois homens. Dirigiu um sorriso breve a Jan e aproximou-se do careca. Quase no mesmo instante, Jan sentiu sobre a pele o contato delicado da provinciana cujo despimento dera o sinal de partida da noite. Ele disse consigo que o grande relógio de Barbara não funcionava tão mal assim.

A provinciana ocupava-se dele com um zelo fervente, mas a todo instante ele deixava os olhos desviarem-se para o outro lado do cômodo, em direção ao careca, cujo sexo era trabalhado pela mão de Barbara. Os dois casais estavam na mesma situação. As duas mulheres, o busto inclinado, ocupavam-se, com os mesmos gestos, da mesma coisa; dir-se-ia que eram jardineiras cuidadosas debruçadas sobre um canteiro de flores. Cada casal era apenas a imagem do outro refletida num espelho. Os olhares dos dois homens se cruzaram e Jan viu que o corpo do careca estremecia com o riso. E porque estavam mutuamente unidos, como está uma coisa a seu reflexo num espelho, um não podia estremecer sem que o outro estremecesse também. Jan virou a cabeça para que a moça que o acariciava não se sentisse ofendida. Mas sua imagem refletida o atraía de maneira irresistível. Ele olhou novamente para aquele lado e viu os olhos do careca esbugalhados pelo riso contido. Estavam unidos por uma corrente telepática muito forte. Não somente cada um sabia o que o outro estava pensando, mas sabia que ele sabia disso. Todas as comparações com que haviam agraciado Barbara alguns momentos antes voltavam-lhe à mente, e eles descobriam novas comparações. Olhavam-se evitando o olhar do outro, pois sabiam que aqui o riso seria um sacrilégio tão grande quanto na igreja, quando o padre eleva a hóstia. Mas, quando essa comparação lhes passou pela cabeça, os dois só tiveram mais vontade de rir. Eram fracos demais. O riso era mais forte. Seus corpos eram acometidos de irresistíveis sobressaltos.

Barbara olhou a cabeça de seu parceiro. O careca havia capitulado e ria a valer. Como se adivinhasse onde estava a causa do mal, Barbara virou-se para Jan. Justamente nesse momento, a provinciana lhe murmurava: "O que é que está acontecendo com você? Por que está chorando?".

Mas Barbara já estava junto dele e dizia entre os dentes: "Não pense que você vai dar aqui o golpe do enterro de Passer!".

"Não fique zangada", disse Jan; ele ria e as lágrimas corriam-lhe pelas faces.

Ela lhe pediu que saísse.

14

Antes de partir para a América, Jan levou Edwige para o litoral. Era uma ilha abandonada onde havia apenas algumas minúsculas cidadezinhas, pastos onde pastavam carneiros indolentes, e um único hotel numa praia cercada. Eles haviam alugado um quarto cada um.

Ele bateu à sua porta. A voz, que lhe chegou do fundo do quarto, lhe disse para entrar. Primeiro ele não viu ninguém.

"Estou fazendo xixi", gritou ela do banheiro, cuja porta estava entreaberta.

Ele conhecia isso de cor. Mesmo quando na casa dela havia um grande número de pessoas reunidas, ela anunciava calmamente que ia fazer xixi e ficava conversando através da porta entreaberta do banheiro. Não era nem coquetismo nem impudor. Muito ao contrário, era a abolição absoluta do coquetismo e do impudor.

Edwige não aceitava as tradições que pesam sobre o homem como um fardo. Recusava-se a admitir que um rosto nu é casto, mas um traseiro nu é impudico. Não sabia por que o líquido salgado que pinga de nossos olhos tinha de ser de uma poesia sublime ao passo que o líquido que expelimos do ventre tinha de suscitar a repugnância. Tudo isso lhe parecia idiota, artificial, insensato, e ela tratava essas convenções como uma garota revoltada trata o regulamento interno de um internato católico.

Saindo do banheiro, sorriu para Jan e deixou-se beijar nas duas faces: "Vamos à praia?".

Jan aceitou.

"Deixe suas roupas no meu quarto", disse ela tirando o penhoar sob o qual estava nua.

Jan sempre achava um pouco insólito despir-se na frente dos outros e quase invejava Edwige, que ia e vinha na sua nudez como num confortável roupão. Ela se mostrava até muito mais natural nua do que vestida, como se, ao livrar-se de suas roupas, se livrasse de sua difícil condição de mulher para ser apenas um ser humano sem caracteres sexuais. Como se o sexo estivesse nas roupas e a nudez fosse um estado de neutralidade sexual.

Os dois desceram a escada nus e se viram na praia, onde grupos de pessoas nuas descansavam, passeavam, se banhavam: mães nuas com crianças nuas, avós nuas e seus netos nus, rapazes e velhos nus. Havia uma enorme quantidade de seios femininos nas formas mais diversas, bonitos, menos bonitos, feios, grandes, enrugados, e Jan compreendeu com melancolia que perto dos seios jovens os velhos não ficam mais jovens, que, ao contrário, os jovens ficam mais velhos e que juntos são todos igualmente estranhos e insignificantes.

E mais uma vez ele foi assaltado por aquela vaga e misteriosa idéia da fronteira. Tinha a impressão de se encontrar exatamente sobre a linha, de estar atravessando-a. E foi tomado por uma estranha tristeza e dessa tristeza emergia, como que de uma névoa, uma idéia mais estranha ainda: era em multidão e nus que os judeus iam para as câmaras de gás. Ele não compreendia por que exatamente essa imagem lhe chegava com tanta obstinação à mente nem o que ela queria ao certo lhe dizer. Talvez ela quisesse lhe dizer que nesse momento os judeus também estavam do *outro lado da fronteira* e que, portanto, a nudez é o uniforme dos homens e das mulheres do outro lado. Que a nudez é uma mortalha.

A tristeza que Jan sentia por causa dos corpos nus espalhados pela praia era cada vez mais insuportável. Ele disse: "É tão curioso todos esses corpos nus aqui...".

Edwige concordou: "É. E o mais curioso é que todos esses corpos são bonitos. Olhe, mesmo os corpos senis, mesmo os corpos doentes são bonitos, a partir do momento que são apenas corpos, corpos sem roupas. São belos como a natureza. Uma árvore velha não é menos bonita que uma árvore nova e o leão doente ainda é o rei dos animais. A feiúra do homem é a feiúra das roupas”.

Ele e Edwige não se compreendiam nunca e no entanto estavam sempre de acordo. Cada um interpretava à sua maneira as palavras do outro e havia entre eles uma maravilhosa harmonia. Uma maravilhosa solidariedade fundada na incompreensão. Ele sabia disso muito bem e quase se comprazia com isso.

Eles caminhavam lentamente pela praia, a areia queimava-lhes os pés, o balido de um carneiro se misturava com o barulho do mar, e sob a sombra de uma oliveira um carneiro sujo comia um monte de relva ressecada. Jan lembrou-se de Dafne. Está deitado, fascinado com a nudez do corpo de Cloé, está excitado, mas não sabe para o que essa excitação o atrai, é uma excitação sem fim nem satisfação, que se estende sem limites, a perder de vista. Uma imensa nostalgia apertava o coração de Jan e ele sentia vontade de voltar atrás. Atrás, ao rapazinho. Atrás, aos começos do homem, aos seus próprios começos, aos começos do amor. Desejava o desejo. Desejava a batida do coração agitado. Desejava estar deitado ao lado de Cloé e não saber o que é o amor carnal. Não saber o que é a volúpia. Transformar-se para não ser nada além da excitação, nada além da misteriosa, incompreensível e milagrosa perturbação do homem diante do corpo de uma mulher. E disse bem alto: “Dafne!”.

O carneiro comia a relva ressecada e Jan repetiu mais uma vez suspirando: “Dafne, Dafne...”.

“Você está chamando Dafne?”

“É”, disse ele, “estou chamando Dafne.”

“Muito bem”, disse Edwige, “é preciso voltar a ele. Ir até onde o homem ainda não foi mutilado pelo cristianismo. Era o que você queria dizer?”

“Era”, respondeu Jan, que queria dizer algo inteiramente diferente.

"Para lá onde talvez ainda haja um pequeno paraíso natural", retomou Edwige. "Carneiros e pastores. Pessoas que pertencem à natureza. A liberdade dos sentidos. Para você, Dafne é isso, não é?"

Ele assegurou-lhe mais uma vez que era exatamente o que queria dizer, e Edwige afirmou: "Você tem razão, é a ilha de Dafne!".

E como sentisse prazer em desenvolver o entendimento deles fundado no mal-entendido, ele acrescentou: "E o hotel onde estamos hospedados deveria se chamar Do Outro Lado".

"Isso mesmo!", exclamou Edwige, com entusiasmo. "Do outro lado do cárcere dessa nossa civilização!"

Pequenos grupos de pessoas nuas se aproximavam deles; Edwige lhes apresentou Jan. As pessoas apertaram-lhe a mão, cumprimentaram-no, disseram seus títulos e afirmaram estar encantadas. Em seguida, falaram de diferentes temas: da temperatura da água, da hipocrisia da sociedade que mutila a alma e o corpo, da beleza da ilha.

A propósito deste último assunto, Edwige ressaltou: "Jan disse que é a ilha de Dafne. Acho que ele tem razão".

Todo mundo ficou maravilhado com esse achado e um homem extraordinariamente barrigudo desenvolveu a idéia de que a civilização ocidental ia perecer e que a humanidade ficaria enfim livre do fardo avassalador da tradição judaico-cristã. Eram frases que Jan já ouvira dez vezes, vinte vezes, trinta vezes, cem vezes, quinhentas vezes, mil vezes, e logo aqueles poucos metros de praia se transformaram em anfiteatro. O homem falava, todos os demais o escutavam com interesse e seus sexos nus olhavam boba e tristemente para a areia dourada.

MILAN KUNDERA nasceu em Brno, na República Tcheca, em 1929, e emigrou para a França em 1975, onde vive como cidadão francês. Romancista e pensador de renome internacional, é autor, entre outras obras, de *A insustentável leveza do ser*, *A identidade*, *A brincadeira*, *Risíveis amores*, *A ignorância* e *A cortina*, publicadas no Brasil pela Companhia das Letras.

COMPANHIA DE BOLSO

Jorge AMADO
Capitães da Areia
Mar morto
Carlos Drummond de ANDRADE
Sentimento do mundo
Hannah ARENDT
Homens em tempos sombrios
Philippe ARIÈS, Roger CHARTIER (Orgs.)
História da vida privada 3 — Da Renascença ao Século das Luzes
Karen ARMSTRONG
Em nome de Deus
Uma história de Deus
Jerusalém
Paul AUSTER
O caderno vermelho
Jurek BECKER
Jakob, o mentiroso
Marshall BERMAN
Tudo que é sólido desmancha no ar
Jean-Claude BERNARDET
Cinema brasileiro: propostas para uma história
Harold BLOOM
Abaixo as verdades sagradas
David Eliot BRODY, Arnold R. BRODY
As sete maiores descobertas científicas da história
Bill BUFORD
Entre os vândalos
Jacob BURCKHARDT
A cultura do Renascimento na Itália
Peter BURKE
Cultura popular na Idade Moderna
Italo CALVINO
O barão nas árvores
O cavaleiro inexistente
Fábulas italianas
Um general na biblioteca
Por que ler os clássicos
O visconde partido ao meio
Elias CANETTI
A consciência das palavras
O jogo dos olhos
A língua absolvida
Uma luz em meu ouvido
Bernardo CARVALHO
Nove noites
Jorge G. CASTAÑEDA
Che Guevara: a vida em vermelho
Ruy CASTRO
Chega de saudade
Mau humor
Louis-Ferdinand CÉLINE
Viagem ao fim da noite
Sidney CHALHOUB
Visões da liberdade
Jung CHANG
Cisnes selvagens
John CHEEVER
A crônica dos Wapshot
Catherine CLÉMENT
A viagem de Théo
J. M. COETZEE
Infância
Joseph CONRAD
Coração das trevas
Nostromo
Alfred W. CROSBY
Imperialismo ecológico
Robert DARNTON
O beijo de Lamourette
Charles DARWIN
A expressão das emoções no homem e nos animais
Jean DELUMEAU
História do medo no Ocidente
Georges DUBY
História da vida privada 2 — Da Europa feudal à Renascença (Org.)
Idade Média, idade dos homens
Mário FAUSTINO
O homem e sua hora
Meyer FRIEDMAN,
Gerald W. FRIEDLAND
As dez maiores descobertas da medicina
Jostein GAARDER
O dia do Curinga
Maya
Vita brevis
Jostein GAARDER, Victor HELLERN,
Henry NOTAKER
O livro das religiões
Fernando GABEIRA
O que é isso, companheiro?
Luiz Alfredo GARCIA-ROZA
O silêncio da chuva
Eduardo GIANNETTI
Autoengano
Vícios privados, benefícios públicos?

Edward GIBBON
Declínio e queda do Império Romano
Carlo GINZBURG
Os andarilhos do bem
História noturna
O queijo e os vermes
Marcelo GLEISER
A dança do Universo
O fim da Terra e do Céu
Tomás Antônio GONZAGA
Cartas chilenas
Philip GOUREVITCH
Gostaríamos de informá-lo de que amanhã seremos mortos com nossas famílias
Milton HATOUM
Cinzas do Norte
Dois irmãos
Relato de um certo Oriente
Patricia HIGHSMITH
O talentoso Ripley
Eric HOBSBAWM
O novo século
Albert HOURANI
Uma história dos povos árabes
Henry JAMES
Os espólios de Poynton
Retrato de uma senhora
Ismail KADARÉ
Abril despedaçado
Franz KAFKA
O castelo
O processo
John KEEGAN
Uma história da guerra
Amyr KLINK
Cem dias entre céu e mar
Jon KRAKAUER
No ar rarefeito
Milan KUNDERA
A arte do romance
A identidade
A insustentável leveza do ser
A lentidão
O livro do riso e do esquecimento
A valsa dos adeuses
A vida está em outro lugar
Danuza LEÃO
Na sala com Danuza
Primo LEVI
A trégua
Paulo LINS
Cidade de Deus
Gilles LIPOVETSKY
O império do efêmero
Claudio MAGRIS
Danúbio
Naguib MAHFOUZ
Noites das mil e uma noites
Norman MAILER (JORNALISMO LITERÁRIO)
A luta
Janet MALCOLM (JORNALISMO LITERÁRIO)
O jornalista e o assassino
A mulher calada
Javier MARÍAS
Coração tão branco
Ian MCEWAN
O jardim de cimento
Heitor MEGALE (Org.)
A demanda do Santo Graal
Evaldo Cabral de MELLO
O negócio do Brasil
O nome e o sangue
Luiz Alberto MENDES
Memórias de um sobrevivente
Jack MILES
Deus: uma biografia
Ana MIRANDA
Boca do Inferno
Vinicius de MORAES
Antologia poética
Livro de sonetos
Nova antologia poética
Fernando MORAIS
Olga
Toni MORRISON
Jazz
V. S. NAIPAUL
Uma casa para o sr. Biswas
Friedrich NIETZSCHE
Além do bem e do mal
Ecce homo
A gaia ciência
Genealogia da moral
Humano, demasiado humano
O nascimento da tragédia
Adauto NOVAES (Org.)
Ética
Os sentidos da paixão
Michael ONDAATJE
O paciente inglês
Malika OUFKIR, Michèle FITOUSSI
Eu, Malika Oufkir, prisioneira do rei
Amós OZ
A caixa-preta

José Paulo PAES (Org.)
Poesia erótica em tradução
Georges PEREC
A vida: modo de usar
Michelle PERROT (Org.)
História da vida privada 4 — Da Revolução Francesa à Primeira Guerra
Fernando PESSOA
Livro do desassossego
Poesia completa de Alberto Caeiro
Poesia completa de Álvaro de Campos
Poesia completa de Ricardo Reis
Ricardo PIGLIA
Respiração artificial
Décio PIGNATARI (Org.)
Retrato do amor quando jovem
Edgar Allan POE
Histórias extraordinárias
Antoine PROST, Gérard VINCENT (Orgs.)
História da vida privada 5 — Da Primeira Guerra a nossos dias
David REMNICK (JORNALISMO LITERÁRIO)
O rei do mundo
Darcy RIBEIRO
O povo brasileiro
Edward RICE
Sir Richard Francis Burton
João do RIO
A alma encantadora das ruas
Philip ROTH
Adeus, Columbus
O avesso da vida
Elizabeth ROUDINESCO
Jacques Lacan
Arundhati ROY
O deus das pequenas coisas
Murilo RUBIÃO
Murilo Rubião — Obra completa
Salman RUSHDIE
Haroun e o Mar de Histórias
Oriente, Ocidente
O último suspiro do mouro
Os versos satânicos
Oliver SACKS
Um antropólogo em Marte
Tio Tungstênio
Vendo vozes
Carl SAGAN
Bilhões e bilhões
Contato
O mundo assombrado pelos demônios
Edward W. SAID
Cultura e imperialismo
Orientalismo
José SARAMAGO
O Evangelho segundo Jesus Cristo
História do cerco de Lisboa
O homem duplicado
A jangada de pedra
Arthur SCHNITZLER
Breve romance de sonho
Moacyr SCLIAR
O centauro no jardim
A majestade do Xingu
A mulher que escreveu a Bíblia
Amartya SEN
Desenvolvimento como liberdade
Dava SOBEL
Longitude
Susan SONTAG
Doença como metáfora / AIDS e suas metáforas
Jean STAROBINSKI
Jean-Jacques Rousseau
I. F. STONE
O julgamento de Sócrates
Keith THOMAS
O homem e o mundo natural
Drauzio VARELLA
Estação Carandiru
John UPDIKE
As bruxas de Eastwick
Caetano VELOSO
Verdade tropical
Erico VERISSIMO
Clarissa
Incidente em Antares
Paul VEYNE (Org.)
História da vida privada 1 — Do Império Romano ao ano mil
XINRAN
As boas mulheres da China
Ian WATT
A ascensão do romance
Raymond WILLIAMS
O campo e a cidade
Edmund WILSON
Os manuscritos do mar Morto
Rumo à estação Finlândia
Simon WINCHESTER
O professor e o louco

1ª edição Companhia de Bolso [2008] 4 reimpressões

Esta obra foi composta pela Verba Editorial em Janson Text e
impressa em ofsete pela Gráfica Bartira sobre papel Pólen Soft
da Suzano S.A. para a Editora Schwarcz em outubro de 2023